世界科幻大师丛书
主编：姚海军

星域怨仇

II 新伊甸

[日]梶尾真治 著　张真 译

四川科学技术出版社

VENDETTA PLANET New Eden
Copyright ⓒ 2015 by Shinji Kajio
This book is published by arrangement with Hayakawa Publishing Corporation
Simplified Chinese edition copyright: 2021 SCIENCE FICTION WORLD
All rights reserved.

图书在版编目（CIP）数据

怨仇星域Ⅱ：新伊甸 / [日]梶尾真治 著；张　真　译
——成都：四川科学技术出版社，2021.6
（世界科幻大师丛书 / 姚海军　主编）

ISBN 978-7-5727-0159-7

Ⅰ.①怨… Ⅱ.①梶…②张… Ⅲ.①幻想小说—日本—现代 Ⅳ.① I313.45

中国版本图书馆 CIP 数据核字（2021）第 115824 号

图进字：21-2021-81

世界科幻大师丛书

怨仇星域Ⅱ：新伊甸

出 品 人	程佳月
丛书主编	姚海军
著 者	[日]梶尾真治
译 者	张 真
责任编辑	宋 齐　姚海军
特邀编辑	李闻怡
封面绘画	秋 原
封面设计	施 洋
版面设计	施 洋
责任出版	欧晓春
出版发行	四川科学技术出版社
	四川省成都市槐树街 2 号 出版大厦　邮政编码：610031
成品尺寸	140mm×203mm
印　　张	12.5
字　　数	248 千
插　　页	2
印　　刷	成都博瑞印务有限公司
版　　次	2021 年 10 月成都第一版
印　　次	2021 年 10 月成都第一次印刷
定　　价	56.00 元

ISBN 978-7-5727-0159-7

目录

降诞祭即将到来

新伊甸的技术文明，自某个阶段起，取得了爆发式的进步。

如同地球的技术文明在二十世纪的区区百年间就取得令人吃惊的进步一样，同样的事情也发生在了新伊甸。由于矿石冶炼技术有所发展，能源也得到了保障，到达异星的人类子孙，如今终于过上文明生活，生活环境也大有改观。

在刚刚抵达应许之地那会儿，人类两手空空，除了一副身体，便再也没有称得上是工具的东西。对于重新出发的人类而言，这是一个真正从零开始的局面。他们如同原始人一般，身上裹着破布，结成原始的共同社会，赤手空拳地摸索这个未知的世界。

然而，文明化能达到如此惊人的速度，应该归功于"跳跃"到伊甸的每一个人所拥有的关于文明的记忆。此外，每个人所具备的能力和掌握的知识也没有丢失，传播了开来。在与村子合并形成新伊甸之前的伊甸郊外，石油的发现无疑给技术文明的进步增加了马力。不过，人们发现这些石油储备充其量使用几十年便会见底，于是，能源转换很快推动实施了。

现在，新伊甸的能源是氢气和阳光。冶炼则采用湿法冶炼结合氢气能源冶炼。也许，正因为社会基础设施还不成熟，能源的转换才得以顺利进行。

在来伊甸之初，人们便搞清楚了包围着村子的山脉里面蕴藏着丰富的矿物资源。

文明快速复兴的这几十年，新伊甸的人们怀着感激的心情，将其称为"黄金时代"。

道路逐渐修整完善。各种各样的厂房渐渐鳞次栉比，根据人们对地球的记忆，与人类生活息息相关的器具、装置等逐步恢复到了地球上的水平。

虽然并不能算是完全恢复，但人们的生活至少没那么不便了。住宅区里，独栋的房屋一幢幢排列得整整齐齐。洞穴生活仿佛已是非常久远的记忆了。

不少年轻人已经快要想不起，自己的祖父辈、父辈在其年轻时还过着原始人一般的生活了。

有时候，人们会觉得这里的生活比曾经在地球上的生活还要方便些，有时候又会发现，这里有很多比不上地球的地方，但是日子一天天地过去，也真没觉得有什么让人困扰的事情。

新伊甸比地球先进之处，在于为了弥补劳动力不足，发展了技术。人们在产业方面动了不少脑筋。虽说用于生产的机器人技术尚未恢复到地球上的水平，但通过改进生产系统，生产效率比起在地球时有了飞一般的进步。工业方面，至少不用再将劳动力投放到生产上，而是渐渐转向了生产管理。

时至今日，从移民时代开始算起，新伊甸的居民正处于第四代向第五代过渡的阶段。只经过如此短暂的时间，便可以使文明复原，不得不说是个奇迹。只不过，未曾亲历的年轻人，即便在学校的历史课上学习过，也很难有切身的体会。达郎便是这样一位年轻人。他每周工作一天，休息一天，其余的时间都在学校里度过。

达郎所学的科目里，"文化类"课程占了四成，而"未复原工程学科"占了剩余的六成。"未复原工程学科"研究那些被用于地球日常生活中，而在新伊甸尚未复原的技术。在新伊甸，这部分技术就如同纵横填空字谜里留下的空白一样，不计其数。有的技术只记载了用途，而其描述却仿佛魔法一般充满了谜团；还有一些附有详细的设计图，只不过其中一部分装置被记载为原理不明的"黑箱"。

达郎计划在完成学业之后，去复原工厂工作。复原工厂分为好几个领域，列入研究计划的复原装置政府会统一管理，主要是为了避免大家重复选择。对于复原的情况，工作人员需要随时向政府汇报，还要进行公示。这是因为但凡与复原相关的信息，不存在知识优先权或者专利权一说。

新伊甸的人们以生活水准恢复到地球上的水平为首要目标，因此，社会还未出现贫富差距。可以说，所有人的生活水准都相当。

生活在这样的社会里的达郎，虽说想要加入复原工厂，但究竟加入哪个领域，他还没有决定。他在好几个选择之间摇摆不定。离做出最后的决定，还有一些时间。虽然并不长，但达郎明白这段时间非常宝贵。

假如没有这段缓冲时间的话，达郎也就没法儿接受新伊甸降诞祭——达郎就读的东方职业学校也会参加——的校内委员一职了。

决定职业方向的缓冲时间大概有五个月。距离降诞祭却只有不到两个月了。作为降诞祭校内委员的一员，达郎的脑子里都是跟迫在眉睫的降诞祭有关的事情。因为目前连究竟要在降诞祭上表演什么，都还没定下来。

一月一日，换句话说，就是新年这天是新伊甸的降诞祭。这一天的天气跟地球上北半球的四五月差不多，温暖宜人，之后则会慢慢炎热起来。一般认为，人们最早从地球"跳跃"到新伊甸来正是在这一天。只不过，对于这个说法已经无从鉴别真伪了。

不知道从什么时候开始，降诞祭成了新伊甸最盛大的节日。在那几天，人们会将所有的工作暂停，一起庆祝人类终于在新伊甸过上了像样的生活。同时，也会表达对地球的思念之情，表达对开拓时代祖先的辛劳付出的感恩之心。

在那期间，新伊甸的市区满是各式各样的节日活动。降诞祭的主会场通常设在市政厅前的户外音乐厅。按照惯例，在整个仪式里面，大约有四十分钟是交给达郎所在的东方职业学校的。在过去，说起学校，能够学习到专业课程的，就只有东方职业学校，因为这一历史，东方职业学校时至今日仍然享有在主会场演出的荣誉。之后设立的中央分校、南方职业学校虽说也会登台演出，但都是在别的活动会场，观演人数不可同日而语。并且，东方职业学校演出的节目一直是好评如潮。

"果然还是东方职业学校的演出精彩啊！简直太棒了！"这样的评价达郎自己也听过好几回。

而今年的降诞祭，轮到达郎所在的年级担当主力了，这让他感到了不小的压力。并且，即使是精心策划的舞台，也必须接受考查，得到许可才行。

这可不是来自校方的考查，而是来自市政厅降诞祭组委会的考查。

目前别说做决定，达郎根本连头绪都没有。达郎小时候曾看过几次"学校"的舞台。最开始他以为那是演奏会。由圆木棒组合而成的打击乐器、螺和卒塔婆竹制成的笛子，还有茧猫吐的丝制成的弦乐器，这些组成了奇妙的音乐。而演奏曲子的间隙里穿插着小品演出。此外，有些年还表演了莫名其妙的舞台剧。不过也有可能是由于那时达郎还小,尚不能理解其中的含义。毕竟,观众们热烈的掌声表明,作为一部舞台剧,演出无疑是成功的。

从初级学校毕业后进入东方职业学校的这四年里,他每年都会去观看组织活动的学长们表演。去年和前年他一直在后台忙碌。去年,他们学校出的节目是乐器演奏。使用复原的吉他和鼓演奏的曲子得到了观众的强烈好评。演奏的曲子好像是一支在地球上被叫作"甲壳虫"的乐队的老歌。据说,乐谱是学长们从幸存下来的老人们那里记来的。当时那场演奏会给观众们带来了剧烈的冲击,以至于直到今天,几位学长们一开演唱会,便会有大批听众闻风而至。达郎也经常会哼一哼那个时候一听倾心的歌——《昨天》。

今年,自己升到了组织活动的年级,他们究竟能够表演什么呢?单纯模仿学长们去年的表演无异于东施效颦,绝对不行。达郎绞尽脑汁,想到胃痛。

"我出门了。"达郎一边说着一边背着包离开了家。母亲正在训斥年幼的弟弟:"你再这么任性的话,蛇鲨会过来把你吃掉哦!妈妈可不会管你的。"

"没——有——蛇——鲨。"弟弟回答道。

妈妈和弟弟的对话,对达郎来说是无关紧要的。他骑上自行车,朝着学校的方向奔去。在道路上奔驰的,全是自行车和巴士。巴士是唯一的公共交通工具。为了尽可能地多载人,巴士上没有设置座位,驾驶座后面就如同装货的台面一般,从外观上看更像是一辆卡车。虽说像卡车,可速度却很慢,被急驰的自行车超过也绝对不是什么稀奇事。

在新伊甸没有私人汽车。一般来讲,成年人通常会骑自行车,而老人、小孩则依靠巴士出行。

一个家庭只有一辆自行车。上班的地方就在家附近的人,基本是步行上班。达郎的父亲是市政厅的工作人员,一直步行上班。正因为如此,达郎去学校的时候才可以使用自行车。

达郎这一天的课程是见习、假定复原学,以及文化课。此外,他还联络了主要的干事在放学后开会。达郎对于上课和见习都拥有浓厚的兴趣,因此在学校里的时间感觉过得飞快。

放学后,就在见习室的一个角落,大家开了会。校内委员会本来有五人,但奇斯和丹尼由于家里的事情需要帮忙,无论如何也腾不出手,上午就已经申请缺席了。这两人都学习农业方面的课程,家里也都是种植户。他们表示,现在正是搭苗床最繁忙的季节。等过了这段时间,一定会全力配合校内委员会的事情。

已经说到这个份儿上,自然是不好再勉强了。结果最后集合在一起开会的,只有艺术复原专业的亚裔安莉,和与达郎一样选择了未复原工程学科的拉丁裔塞尔吉奥。塞尔吉奥平时少言寡语、双眼无神,但只要一到举办活动的热闹时候,立刻就会双眼放光,十分活跃地投入其中,是个典型的"聚会男"。他正是因此才加入委员会的吧。可他平时实在沉默寡言,跟达郎很少有语言上的交流。

安莉有一双亮闪闪的眼睛和一头乌黑的长发。因为她平时总是积极乐观，大家都很喜欢她。担当这份重任，也是她自己所希望的。据说，她父亲是日本人，母亲是中国人。达郎也很喜欢每天笑眯眯的安莉，可惜安莉周围太多喜欢她的女生了，自己几乎没有可以插空的机会。因此，可以借着这样一个机会，在人少的时候与安莉说话，感觉并不坏。只不过，达郎现在根本无暇顾及这件事情了。

塞尔吉奥和达郎正坐在窗边发呆时，安莉一边说话一边走进见习室，"不好意思，赶着提交课题，到刚才才结束。"接着她开始聊起了如今正在进行恢复的有关《蒙娜丽莎的微笑》的话题。当然，无论是这幅画的原作还是仿制品，她都没有见过。只不过，从父母那里听说这是地球上的名画后，她对此充满了兴趣。

安莉聊起了如何从几乎为零的基础开始，一点一点还原这幅名作的过程。她说起在第一代移民里面，有人仅凭自己的记忆临摹出了《蒙娜丽莎的微笑》。这样的事情在达郎看来近乎奇迹。他用余光瞄了一眼桌上厚厚的素描本，封面写着"MONNALISA"。他想，那里面应该有着几十幅安莉心目中的蒙娜丽莎的素描吧。他很想翻开看一看，却无法开口。

"对不起，我自顾自地就说开了。达郎和塞尔吉奥，你们最近在干什么呢？"

被问到了。

"我啊——"达郎吞吞吐吐。自己要复原的作品，离完成还早着呢。

而原本盯着半空发呆的塞尔吉奥，突然轻声答道："我做了电吹风，不过构造很简单。"

"咦，那是什么东西？我第一次听说呢。"安莉的声音听上去有些兴奋。

"可以把湿头发吹干，也可以把安莉画的画吹干，用处大概就是这些。是风扇和红外线的组合，靠电运转。"

安莉的眼睛亮晶晶的，"这可真是太棒了！"

达郎感觉自己的胃仿佛被揪住了一般。电吹风这个地球上的物件，究竟是什么东西，他一点儿概念都没有。虽然塞尔吉奥自己说这个东西的构造很简单，但是达郎认为，已经有模有样的东西与什么东西都没做出来之间，有着天壤之别。

塞尔吉奥看起来呆呆的，可是做起事儿来好像也不含糊，达郎对他又有了新的认识。反观自己，倒是很惨。要把复原的东西做成形，得到毕业后了。现在算是助跑期，所以也没什么其他办法。达郎这样开导自己，可是一种失败的沮丧感始终挥之不去。

"不好意思，我老是说起无关的话题。现在来商量降诞祭的事情吧。"

安莉转换了话题，达郎暗自松了口气。

"刚刚我在校园里碰见奇斯和丹尼了，不过他俩说来不了了，事情就全权委托我们三人。说非常抱歉，还说不管我们做什么决定，他们绝对不会有半句怨言。"

"这样啊。"这么回答安莉后，达郎内心暗淡下来。真是无忧无虑的人儿哪，达郎想，他们明明什么都还没开始考虑呢。

"想到什么好点子了吗？"

达郎这么问了塞尔吉奥后，塞尔吉奥半张着嘴巴摇了摇头。这家伙估计也什么都没想过。达郎虽然很生气，可又不能表现出来，只好紧抿着嘴唇。

"达郎，你有什么好主意吗？"

"嗯。上次学长们不是搞了个甲壳虫的音乐会嘛。我觉得最好不要和他们重复。上一回反响太好了，如果我们也搞音乐会，观众一定会把我们拿来做比较。更何况，今年我们年级貌似没有在音乐方面有特长或是兴趣的人吧？"

"是这么回事。上届毕业生那会儿真是个奇迹，竟然能把有音乐特长的人攒到一块儿表演节目！"

大家结束了这个话题，开始冥思苦想。

"如果不是演奏，而是跳舞呢？"

塞尔吉奥眼珠子动了动，但没有发言。达郎自己也并非有了具体打算才这么提议的。这不过是个还未成形的想法罢了。

"舞蹈也分很多种类哟。有地域民族舞蹈，也有芭蕾；有舒缓的，也有很激烈的。要跳哪种舞呢？还有，谁来指导我们？"

达郎当然不知道谁可以指导舞蹈。他把学校里的伙伴挨个儿考虑了一遍，没觉得谁有舞蹈才能。倒是能轻易想象出他们在询问下露出的退缩表情——"若是别的事儿，我还能帮上点儿忙。可唯独跳舞这件事，我真是一点儿都不擅长。抱歉。"

"没有人。我都没怎么见过有人跳舞。"塞尔吉奥挺直了背，突然说道，"我的祖先们在地球上生活的时候，好像跳过节日庆典的舞蹈。叫什么狂欢节来着。据说，在庆典期间，人们会近乎疯狂地持续舞蹈。节奏有点儿像那个什么桑巴舞。我想起来了。"

"塞尔吉奥，那个舞蹈你亲眼见过吗？"

"我虽然没见过，但小时候只要我兴奋地手舞足蹈，奶奶就会教我跳那个舞，说跟我撒欢的样子挺像的。"

"嗯，这个主意挺好的嘛。就是在舞台上举办狂欢节呀。挺适合降诞祭的氛围的。我们只要跟着塞尔吉奥跳不就可以了吗？"

安莉对平时少言寡语的塞尔吉奥的意见如此感兴趣，这对于达郎而言可不是什么好事情。可是话说回来，如果这件事情就这么定下来，自己肩上的担子会轻不少。

"啊，如果把我跳的舞蹈编排一下，一定所有人都能跳。它的节奏非常简单。"

"不过，只有舞蹈的话，不知道够不够？"

"这个我就不清楚了。不过，比起当观众，可能参与跳舞会更加有趣吧。还有，我听奶奶说，跳这个舞的时候，女人不穿衣服，只在头上和背上弄上装饰。"

安莉惊讶地张大了嘴巴，"不穿衣服？你是说裸舞吗？"

"对啊，这才是狂欢节啊。"

安莉一时无话可说，随后驳回了塞尔吉奥的提案。

"光是跳舞的话，我们可能……必须得跳。可是裸舞？"

"正因为如此，观众才会有兴趣！而且，时间上面也绝对撑得住。"

"不行。这个绝对不行。这样，大家可能会质疑东方职业学校的品位和眼界的。"

"安莉你的身段那么好，绝对会成为全场的焦点的！"

安莉一言不发，眉头紧锁。

塞尔吉奥就如同被拔掉了电源一般，再次变得面无表情、目光呆滞，仿佛对一切都提不起兴趣。

"要不我们试试舞台剧？"

第一次观看降诞祭时的记忆突然复苏了，达郎开口问道。当然，他并不清楚当时舞台剧表演的是什么内容。对于年幼的达郎来说，也不可能明白自己所看的舞台剧表达了什么意思。

"这倒是个办法。最近几年好像都没有人表演过舞台剧，说不定能出奇制胜呢。"

安莉抱着胳膊点头道。达郎用余光看了看塞尔吉奥，只见他半睁着眼睛，打了个大大的哈欠。

"塞尔吉奥，你觉得怎么样？"

"啊?"塞尔吉奥忍住哈欠,"这个主意不错。"

"不过,我们演什么呢?如果是舞台剧,那就得想故事,写剧本,还要确定演员,排练也是必不可少的。很耗精力呢!"

"剧本……这个嘛,没有。我们只能靠自己想办法了。要是演舞台剧的话,你们知道有什么合适的故事吗?创作剧本的话,我们恐怕没有那么多时间了!"

"嗯,这个比较困难。"

"我想不出来。"

"不过,要演舞台剧的话,主旨必须要围绕降诞祭这个主题才可以哦!"

"主旨?"听安莉口中又冒出生僻的词语,达郎忍不住重复了一遍。

"是的。降诞祭不是为了纪念和庆祝人类从地球'跳跃'到新伊甸的庆典吗?此外,还有向地球上的祖先传递思念之情的意义。所以说,舞台剧可不是随便表演什么内容都可以的哦。去年表演的甲壳虫的乐曲,正是借传承自地球的曲子传递了乡愁,才在观众间引起了巨大反响。"

这番话一说出来,感觉舞台剧可以选择的剧目范围更狭窄了。达郎开始头痛。音乐这种东西,记得旋律的人们"跳跃"到这颗星球之后,比较容易传给他人,所以说乐谱的采集相对来说要轻松些。

"你们谁知道一些地球上的故事吗?"

塞尔吉奥刚听到安莉的问题便立刻摇了摇头。达郎虽然绞尽脑汁地想要挖出点儿什么来,可是,地球上的故事,他似乎完全没有听过。

"都想不出来啊。"安莉深深地叹了一口气。

"安莉,你也不知道吗?"

"小时候父亲讲过的故事,我还记得一些。比如说……猿蟹大战的故事。"

"那是什么故事啊? 猿蟹是陆蟹的一种吗?"

"不是。这个故事讲的是一种叫作猴子的动物,和一种类似陆蟹的生物搏斗的故事。是来自地球上的日本传说。"

"到底是一个什么样的故事啊? 过去的战争故事? 那个……是像叙事诗那样的?"

"不是那种宏大的故事。在故事里出场的有猴子、螃蟹、石臼、蜜蜂,还有板栗等。"

这些出场角色,没有一个是达郎所知晓的。

"地球上面是有叫作石臼……蜜蜂……板栗的生物吗? 我完全搞不懂呢。"

"石臼可不是什么生物,是从前在日本,人们使用的一种工具。可以把谷子磨成面粉……类似咱们现在所用的磨粉机。就是那种东西。"

"哦，原来如此。不是人或者动物啊。"

"嗯。蜜蜂是一种昆虫。一种会蜇人的虫子。板栗，是一种植物的果实。在这个故事里面，它们都被拟人化了。"

"到底是什么样的故事啊？"

于是，安莉从每一个出场角色的设定开始讲起了故事。

猴子是最像人类的动物，十分狡猾。螃蟹特别容易被骗。石臼、蜜蜂和板栗充满了正义感，懂得帮助弱者。石臼的身体是石头制成的，非常沉重。蜜蜂蜇人据说痛得不得了。而假如将板栗这种果实扔进火里，听说会噼里啪啦地裂开。

角色交代好了之后，安莉望着半空，调整了平常说话的语调，缓缓地讲起了故事。

"很久很久以前，在很远很远的地方，有一只螃蟹，它拿着一只饭团在路上走着。突然有谁叫住了它。它回头一看，身后站着猴子，正冲它龇牙咧嘴地笑着。

"——螃蟹先生，螃蟹先生。我可以用这枚柿子的种子，换螃蟹先生拿着的饭团吗？八年之后，这枚种子将变出好多好多香甜的柿子来哟。"

"你为什么要用这种语气讲话？"达郎插嘴问道。

"我父亲就是用这种语调给我讲故事的。我的语调和他当时一模一样。"

"柿子，不就是树木的果实吗？有那么美味？饭团是用米饭团起来的吧。"

"没错，柿子就是一种水果。猴子巧言令色迷惑了螃蟹，把马上就能吃进嘴里的饭团骗到手了。"

虽然达郎仍不明白柿子是什么样的，可是安莉告诫他"有问题的话，待会儿再说"，然后继续讲起了故事。

讲故事也需要一定的节奏感，老是打岔的话，安莉讲起来会很辛苦吧。达郎保持沉默，时而附和几句，认认真真地听起了故事。为了方便理解，猴子也好，螃蟹也罢，他决定先把它们理解成人的名字。

于是，螃蟹用饭团换来了柿子的种子，并种进了土里。"快快发芽吧，种子种子。你如果不发芽，我就用钳子剪掉你。"讲到这里的时候，安莉的语气像是在歌唱一样。并且，两只手的手指比成钳子的样子。直到这时候，达郎才恍然大悟，怪不得螃蟹类似陆蟹，原来它也有两把大钳子，的的确确不是人类，是另一种生物。

柿子的种子渐渐成长，变成树，结满了果实。可是，螃蟹没办法上树摘果实。这时候猴子来了，说它可以上树去摘柿子。螃蟹拜托猴子上去摘柿子，猴子却爬上树自顾自地吃起来。直到这时，螃蟹才意识到自己被猴子骗了，忍不住在树下激动地大骂猴子。猴子嘲笑螃蟹，将未成熟的青柿子朝着螃蟹掷去。螃蟹被击中要害，在床上一病不起。

听闻螃蟹卧床的消息后，它的朋友石臼、蜜蜂和板栗相约去探望它。当它们听说了螃蟹和猴子的事情之后，义愤填膺地发誓要让猴子受到惩罚。听到这里，在达郎眼中，无论是石臼还是蜜蜂、板栗，都像是人类，每一个角色都拥有各自的超能力。板栗让藏在暖炉里的炸药爆炸，把靠近暖炉的猴子烧伤。为了缓解烧伤的灼痛，猴子赶紧跑向水缸，谁知躲在水缸里面的蜜蜂飞了出来，用毒针刺遍猴子全身。猴子害怕了，慌慌张张地向外面逃去，一直躲在屋顶伺机行动的石臼瞄准机会用它那庞大的身躯猛扑下去，压死了猴子。

至此，针对猴子的复仇便完结了。

"这就是猿蟹大战的主要内容。"安莉的语气又恢复了正常。

听完故事的达郎和塞尔吉奥张大了嘴，一个问题也问不出来。只能点了点头。

"你们有何感想呢？我是按照父亲的语调将这个故事讲给你们听的，一点儿戏都没有加哦。"

达郎终于回过神来，用嘶哑的嗓音说道："令人感慨。厉害，太惊人了。虽然说什么猴子呀，螃蟹呀，石臼呀，我是一点儿概念都没有，然而这些并不重要，我觉得故事实在是太精彩了。虽说跟猴子做过的坏事儿比起来，它最后受到的惩罚有些太残酷了，可是猴子遭受到如此残暴的复仇又让人觉得大快人心。或许，这就是这个故事的魅力所在吧。"

可能是因为达郎认为猿蟹大战这个故事有趣，安莉微笑着点了点头。

"塞尔吉奥，你的意见呢？"

被这么一问，塞尔吉奥眨了眨眼睛，然后难得地用一种充满感情的声调说道："令人感动！"

无论是安莉还是达郎，都有些意外。他们都没想到会自塞尔吉奥那里得到这样的答案。

塞尔吉奥提高了嗓门继续讲道："我是从我奶奶那里听说的。我奶奶曾经住在地球上巴西一个叫作里约的地方。据说那里有贫民窟这种充斥着犯罪的地方。她小时候，与她年龄相近的男孩子们也会拿起刀和枪，加入集团的斗争。集团内某个弱小的成员被欺负了，他的同伴会蜂拥至对方那里，将其本人及其亲人朋友全部暴揍一顿。我刚刚听了安莉讲的故事，这不也是集团斗争吗？真是让人热血澎湃呀！我一边听着，一边兴奋得鸡皮疙瘩都起来了。太棒了！我太感动了！"

安莉和达郎面面相觑。一直面无表情的塞尔吉奥，难得把自己的感情写在了脸上。

"那么……"安莉正想说话，却被打断了。

"决定吧！降诞祭我们就表演这个节目！太棒了！就演猿蟹大战吧！"

"这只是一个故事呀。如果要把它变成舞台剧的话，要先写剧本并获得认可，还要确定演员……对了，谁来导演啊？"

身为提议者的安莉，反而有些慌张了。

剧本啊……一想到这个，达郎又感到头疼了。写一张板子那么多字的作文，都要耗尽精力。剧本的话，是不是必须写在珍贵的纸上？要是写错了，得浪费多少张珍贵的纸啊……如果是自己来写剧本的话……

"如果是由熟悉故事精髓的安莉来写剧本的话，当然是最好不过的了。你的口述就已经称得上绝妙了。"塞尔吉奥继续说道。

达郎一听，全身一轻，放下心来。哎，真是谢谢你了，塞尔吉奥。

达郎立刻接过话头说道："剧本的事情就拜托安莉了。你绝对能够胜任！"这么说着，他感觉自己整个儿被罪恶感俘虏了。因为他把麻烦推给了安莉。

"可是，我不确定我能不能写好。"

这是安莉的心里话吧。她端正的脸上眉头紧锁，看上去忧心忡忡。

"没关系的。安莉肯定能写出最棒的剧本！"塞尔吉奥冷静地说道。

"嗯，安莉写出来的东西大家肯定都喜欢。"达郎说道。这可不是奉承话，而是肺腑之言。

"你们真的这么想？"

"嗯，千真万确！"塞尔吉奥和达郎齐声回答道。

"这个……要是失败了的话……我们学校可会成为众人的笑

柄哦。"

在达郎看来，安莉显然是快下定决心了。

"如果那样的话，那也不是安莉的责任。我、塞尔吉奥，还有今天没来开会的家伙们，大家都有责任。我们绝不会让安莉一个人背锅！总之，大家要齐心协力共同合作！"

之后，所有人陷入一阵沉默之中。达郎也说不出更多的话来了。

终于，安莉点头了。

"我明白了。虽然心里面很不安，但我还是决定试着写一写。不过，我有一个请求。我写作的过程中，你们能帮我读一读吗？如果有什么奇怪的地方，请帮我指出来。"

"嗯，就这么办！"达郎一口答应下来。塞尔吉奥却说："那就拜托达郎了吧！我可是最不擅长阅读了。"说完，他看着远处，耸了耸肩。

这究竟意味着什么，达郎跟二人分别，回到家里之后才反应过来。对于自己的迟钝，达郎感到惊讶。

不管怎样，首先要尽快把剧本写出来。这么一来，达郎就不得不频繁地跟执笔写剧本的安莉碰面了。

达郎知道安莉是个相当优秀的女孩子，内心对她怀着仰慕之情。不过，他也有自知之明，像安莉这样的女孩他是高攀不上的。无论何时，总有那么多朋友围着她，她是那样的引人注目……要是能和那样优秀的女孩在一起多好……每当这样痴心妄想的时候，达郎就会劝导自己，不可能，这种事情绝对不会发生。

却没有想到，事情会有这样的发展。

散会之后，塞尔吉奥没了踪影。安莉歪着头说道，"剧本究竟应该怎么写才好呢？"安莉似乎已经意识到，即便问塞尔吉奥也问不出什么东西来，还是要依靠达郎。

"总之，先试着把要在舞台上说的话罗列出来，怎么样？把自己当作一名观众。"

"明白了。我这么试着写写。"

"还有，台词与台词之间，人物需要如何动作，这些事项可以标注在一旁。这样的话，其他人一看剧本，也比较容易联想出画面来。"达郎拼命思索后说道。期间，安莉一动不动地盯着达郎，一双大眼睛让人垂涎欲滴。

第二天早上，达郎刚到学校，安莉便来到他的教室，说已经写好一部分了，想请他过过目。

安莉的写作速度惊人，这一点达郎早有耳闻。不过，剧本并不是写在纸上的，而是写在她家用的板子上面的。放学后，安莉一共给达郎展示了四张板子。每张板子上都密密麻麻地写满了她那娟秀的小字。

信息量大到让达郎忍不住后退了一步。板子虽然很薄，可是展开后也有安莉张开双手那么大。要全部拿到学校来，实在是不容易。

"这些都是一天之内写出来的吗？你的能力也太让人惊

叹了！"

"我昨晚上几乎没睡。一直傻傻地闷头在写……不过，也就只写了三分之二左右。我也不确定，这种进度是否合适。"安莉坐在达郎面前的椅子上说道。

她希望我立刻读一下吧。达郎想。可是，他真心不愿意在安莉面前阅读。

其实时间并没有紧迫到如此地步，现在，达郎和安莉随便聊聊天也是可以的。不过，这样达郎反而会更紧张。

达郎将目光投向剧本底稿，开始阅读。一开始，他总是觉得安莉在看他。

看到标题，达郎大吃一惊——

《地球大战叙事诗——猴子与螃蟹》。

——舞台上站着一位女性。黑发垂到肩头，穿着一身宽松的黑色衣装，脸上挂着迷一般的微笑。背景轻轻响起了能够使人联想到地球的音乐。

女性娓娓道来："今天让我们一起来欣赏一个远古地球上广为流传的故事吧。那时候的地球，由于连年歉收，大家都饱受饥荒之苦。猴子也被逼到了走投无路的地步。连续八天，除了水以外，它什么东西都没有吃过。在此之前，它只吃了一点点名字都叫不上来的草根。而因为这草根，它连着呕吐了三天，越发虚弱了。"

这位女子似乎就是讲故事的人。

"整个舞台剧都有这位女子吗?"达郎问道。

安莉似乎对达郎如此认真感到很满意,眼睛都眯成了一条细缝,"她会在开场的时候、中间故事发展到高潮的时候,以及最后结尾的时候出场。她的出场是为了给观众解说一些出场人物的心理活动,或者仅凭舞台很难表现出来的东西。"

是这样啊,达郎恍然大悟。不过,对于那个讲故事的女人,他总觉得有些熟悉。

"这位女子的原型,是不是就是安莉试图复原的蒙娜丽莎? 有谜一般的微笑? "

"对! 你看懂了? 她应该算得上是地球上很有代表性的故事讲述者了吧? "

果然如此……不过,那会呈现出什么样的舞台效果呢? 达郎知道自己的艺术修养极其一般,完全想象不出来。

"嗯,的确是很有代表性。总之,这应该是很有安莉风格的舞台。"

这才刚刚开始看剧本,绝对不可以贬低安莉的作品,她可是拼了命地在完成这个任务。

接下来,达郎集中精神,开始阅读写在板子上面的文字。

舞台上,猴子已濒临饿死,还在拼命挣扎。只见它从舞台右边捡起一个东西来。它想吃,可是这个东西很硬,不像是食物。这时候,蜜蜂和板栗刚好经过。它们告诉猴子,那个东西是柿子的种子。

虽然不能直接吃掉,但是几年之后会长成大树,结出无数美味的柿子来。

猴子忍不住抱怨,几年之后,自己还能等到几年之后吗?那个时候自己恐怕已经饿死了。板栗和蜜蜂认为猴子会不会饿死与自己并无关系,留下猴子扬长而去。孤零零的猴子有气无力地躺在地上,一步也挪动不了。

这时候,螃蟹从舞台的左边登场了,手上举着一个将米饭裹成球状的饭团。

螃蟹哼着小曲儿:"饭团呀饭团,你是多么好吃的东西呀。我只能横着走,没法儿爬树。两只手像钳子一样,也不能将东西牢牢地抓住。不过,只要认真工作,就能获得饭团啦。"

猴子挣扎着起身。若是吃掉螃蟹手中的饭团,自己就不会被饿死了。猴子匍匐着爬到螃蟹身边,低声哀求道:"请把这个饭团施舍给我好吗?这样下去,我就要被饿死了。"

然而,螃蟹拒绝了猴子的请求,因为它也只有这一个饭团。

这时候,猴子想起自己右手还握着一粒柿子的种子。于是它又说,它并不是要螃蟹把饭团白给它,而是想用珍贵的种子交换。如果柿子的种子发芽长成大树,那会结出数也数不清的美味来。总之,猴子拼命地夸奖着种子。螃蟹终于同意交换了。

"这跟昨天安莉讲的,有微妙的不同呢。昨天,我只觉得猴子很狡猾,今天读了之后,觉得它也是被逼到走投无路了。如果不吃掉饭团,它就只能被饿死。它并不是想要欺骗螃蟹,只是迫于生计,逼不得已啊。"

"你读出来了?我太开心了。"安莉点点头,"我觉得这样修改后故事更有内涵。后半段就是螃蟹的伙伴们结成同盟,向猴子展开复仇了。我想到,那时观众们也会觉得,复仇是空洞而肤浅的行为吧?虽然猿蟹大战这个故事很有趣,可是我心里总有些介意,为什么故事一定要以残忍的局面来收尾呢?"

原来如此!达郎对安莉的解释感到佩服。这个女孩比她的外表看上去要成熟得多。

达郎的目光回到剧本,迅速浏览着。不知不觉,便完全沉浸到故事的世界中去了。

螃蟹又像往常一样哼着小曲儿登场了。达郎感觉这个设想也非常新颖。螃蟹相信了猴子的话,将种子种在土里,唱着歌儿帮助柿子快快生长。这时候,石臼、蜜蜂和板栗一起过来了,它们告诉螃蟹,猴子的交换行为绝对是一种欺骗。但螃蟹坚信柿子树会结出累累果实,从而更加卖力地唱着充满希望的歌曲。

歌词是这样的——

快快发芽吧,种子种子。你如果不发芽,我就用钳子剪掉你。

达郎有些不明白,如果柿子的种子不发芽,有什么东西能够被螃蟹剪掉。他歪着头若有所思,可能螃蟹已经窥到种子冒出了新芽,于是威胁它如果不快快长成大树就把新芽剪掉。这个威胁对新芽也许有些效果吧。

不过,这个疑问他暂时没有说出口。得赶紧先往下看。

之后,时光流逝,柿子树渐渐长大结出了累累果实,眼看着就到了收获的季节。

就像昨天安莉讲的那样,情节继续往前推进。不过,有几处和昨天不太一样。与其说不一样,倒不如说是安莉让故事变得更加丰富了。

情节的设定是这时候猴子刚好又饿了。因为螃蟹无法爬树,猴子便提议,自己可以提供劳动力和爬树的技术,但要把果实作为报酬。

交易达成,猴子本应该爬上树开展柿子采摘工作。可是,这时候的猴子又饿到了极限。

猴子握着拧下来的一枚柿子,忍不住向螃蟹请求道:"我能先吃一个吗?"这时候的猴子已经饿得头昏眼花,"只吃一个就行。吃完马上开始采柿子。"

然而,螃蟹拒绝了。要求猴子先采柿子,完成之后再分配。

猴子根本就没法儿把这话听进去。两只手捧着的柿子散发着一阵阵清甜的香味。猴子控制不住自己了,右手拿着柿子往自己的嘴里送去。

真好吃。终于又活过来了!猴子摘下另一个柿子大口地吃起来,根本停不下双手。歇了口气后,猴子总算是听到螃蟹的叫声了。

螃蟹正在生气地大骂猴子呢。

猴子摘下身旁的柿子向螃蟹扔去。谁知,那枚柿子直直地击中了螃蟹。不祥的声音响起,螃蟹倒在了地上。

螃蟹抽搐着无法再动弹。

"这不是我的本意。我本来是想让你也尝尝柿子的味道。"猴子哭喊着,"我真的没想到事情会变成这样。"

可事实就是如此,不幸的事情发生了。准备逃走的猴子为了生存,将剩下的柿子都摘下来带走了。临走前它对着螃蟹道歉:"对不起,我并不想这样的。"

随后,恰好路过此处的石臼、蜜蜂和板栗发现螃蟹倒在地上,赶紧凑上前去。螃蟹渐渐恢复了意识,向它们说起了事情的经过。

石臼听完气得浑身发抖,举着拳头叫喊道:"这简直太无情无义了! 老天爷放过了它,我们也不会饶了它!"

蜜蜂和板栗也站起来,三人把拳头叠在了一起。

"没错。螃蟹君,我们就是三剑客! 我们一定会和猴子决一胜负!"

安莉就写到这里。

达郎一抬起头便看见了安莉那张写满了不安的脸庞。

"你觉得怎么样?"她问道。

"很有趣啊。即便没有看舞台剧,就这么读一读剧本也觉得很有趣呢。昨天听你讲的时候,我还觉得故事后半段里,蜜蜂、板栗它们的出场有些突兀。现在剧本里面把它们设定为一开场就出现，对它们的关系就理解得更清楚了。不过，在如此紧张的节骨眼儿上停下来，不知道故事结局的人，这心里不知道得有多么七上八下呢。"

听了这话，安莉大概是太开心了吧，她一把握住了达郎的手，脸上洋溢着笑容。这个举动完全出乎达郎的预料，他惊得一抖，慌慌张张往后退去。这下坏了，他想。

不过，达郎的感想恰好说明他为人正直。

"啊，对不起！我实在是太开心了。"安莉像是在道歉似的，松开了原本握着达郎的手。达郎的心脏依旧怦怦直跳，他觉得自己必须说点儿什么。

"嘿，没事儿。不过，三剑客是什么意思呀？"

"据说是地球上代表正义的一个组合。具体的我也不太清楚，总之是三个人的组合。我只是想起，父亲当时讲着讲着，突然说了一句'嗯，石臼、蜜蜂、板栗，真像是三剑客啊'。加上这个，是不是更有地球的感觉了？"

达郎还是不太明白。不过，既然安莉的父亲当时是这样讲的，那就加上呗。或许就像安莉说的那样，更有地球的感觉呢。

"明白了。那么，就照现在这样继续把剧本写完怎么样？我觉得非常有趣。"

达郎一边回味着自己手上残存的安莉的触感，一边向她这么说道。

第三天，安莉完成了她的剧本——一部篇幅达六张大板的巨作。

校内委员会的成员聚在一起，以传阅的形式读完了故事。

向猴子的复仇完成之后，先前那位"蒙娜丽莎"又登场了，她总结道："复仇并不能将众生从饱受饥荒的痛苦中解救出来，之后地球上类似的纷争依旧不断。"之后，幕布缓缓合上。这可真是充满了虚无感的结尾啊，达郎想。这或许就是艺术吧？不，这就是艺术！

"蒙娜丽莎"总结时，身后立着石臼、蜜蜂、板栗和螃蟹的剪影，他们静止的剪影一定可以打动观众。

大家读完以后，陷入了一片沉默。达郎不安起来。奇斯率先打破沉默，发言了："安莉，你可真有才！故事太有趣了。"

丹尼也像个玩偶似的，一个劲儿地点头，"太有地球的感觉了！完美！虽说不管是石臼、蜜蜂、板栗，还是螃蟹和猴子，我一个都没见过，可是读着读着就激动不已。写得太好了！咱们就演这个吧！"

面无表情的塞尔吉奥在看剧本的时候也不禁踩起了脚，尤其是看到后半段三剑客向猴子展开报复的时候。

不过，说起感想，他认为："石臼、蜜蜂和板栗，向猴子的报复如果更残忍一些的话，效果会更好。"

"那么，这部分的修改就拜托塞尔吉奥了。"达郎如此回应道。

塞尔吉奥沉默片刻之后说："算了。就保持现状吧，其实也挺好的。"

最终，校内委员会一致决定在降诞祭的盛会上表演舞台剧《猿猴与螃蟹》。

负责降诞祭的校内老师那边的审核也顺利通过了，老师还点评道："写得真不错啊。"

"不过组委会的意见可说不准哪。"他模棱两可道，"取得市政厅的认可之后，再把剧本誊写到纸上吧。剩下的准备时间已经不多了，早点儿拿到批准吧！"

当天，达郎便拿着剧本去了市政厅。以往，达郎几乎没有去过市政厅那边。虽说达郎的父亲就在那里工作，可达郎和市政厅却没什么交集。所以，他只知道父亲在市政厅工作，可是具体做什么，却完全说不上来。不过，现在只能硬着头皮先报上父亲的名字。

"我找一下田边正弘。我是他儿子，我叫田边达郎。"

前台是位胖胖的黑人女性，她眯缝着眼睛说道："是城市道路规划部的田边先生吧？"

达郎并不清楚父亲所在的部门。顺着女人手指的方向，他看到了父亲的身影。父亲惊讶地朝前台走了过来。

达郎跟着父亲去了二楼的降诞祭组委会。

父亲不知道达郎正在策划跟降诞祭相关的事情，所以着实吃了一惊。虽然每天住在同一屋檐下，可彼此并不知道对方在做些什么啊，达郎一边上着台阶一边这么想着。不过父亲看起来虽说有些意外，但似乎挺开心的。"你具体做些什么？""你们的委员会一共有几个人呢？"父亲罕见地跟他聊了很多。

这天只是提交剧本。父亲向负责的官员介绍了达郎，对方是一位叫哈兹拉特的高个子男士，皮肤是浅黑色的。"我们将尽快讨论出结果来。后天你能来一趟吗？"他问道。

要在组委会内部讨论出结果来，似乎至少需要两天时间。

哈兹拉特客气地将达郎送出了门，并说道："辛苦了。"

约定的日子到了。校内委员会的全体成员都聚集在了市政厅。达郎认为让他一个人去承受这个结果有些压力，于是主张委员会的所有人一起前去。

本来还有个选项，就是达郎和安莉两个人前往，可安莉似乎也害怕面对这个结果。所以，最终决定大家一起去的其实是安莉。

如果组委会给出的结果是不行，不知道安莉会多么失望。但不管结果如何，今后校内委员会的五个人必须齐心协力才行。

这一天，一行五人并没有经过前台，而是径直去了位于二楼的降诞祭筹备室。除了达郎，其余四人应该也是第一次来到市政厅，他们打量着高高的天花板以及古老的石建筑，似乎对这里的昏暗感到有些意外。

这一天，筹备室里除了哈兹拉特之外没有其他人。

"我们是东方职业学校的。今天，我们校内委员会的全体成员都来了。"达郎向哈兹拉特介绍道。

哈兹拉特从自己的座位上起来，深深地鞠了一躬。他眯缝着眼睛，伸出双手将五人招呼到了窗边开会用的桌子前。随后他从自己的桌上抱起安莉的板子放在了会议桌上。

只见板子上面用红笔密密麻麻地写满了字。达郎立刻紧张起来。

"我是降诞祭组委会的事务局局长，哈兹拉特。今天能够看到你们这群朝气蓬勃的年轻人，实在是太开心了。借此机会，对于你们为降诞祭所付出的一切，表示由衷的感谢。"哈兹拉特如此说道。对于五人而言，他真是一个礼数周到的人。

惶恐不安的五人自我介绍时，他也笑容满面，渐渐地，他们也没那么紧张了。

"田边达郎先生之前交给我的剧本，我们组委会已经拜读了。这个寓言故事是原创吧？"

达郎连忙否认："不是，这是以地球上的日本民间故事为蓝本改编的，并非原创。"

"是这样啊。"哈兹拉特两手十指交叉在一起，点了点头，"不过改编得真是不错呢！台词也写得妙。完全没想到是出自学生之手。这个猿猴大战螃蟹的故事，里面蕴含着很多现实的东西呢。"

这是褒奖。达郎面部终于放松了。他用余光看了一眼安莉，她几乎要哭出来了，眼中盈着泪水。

"是高手写的吧？那么，请问谁是这个剧本的主笔呢？"

大家的视线落在安莉身上。她缩着肩,羞怯地举起了右手。

"果然是你啊,是安莉小姐写的……能够从剧本里面读出女性的感性来呢。"哈兹拉特恍然大悟般地连连点头。

达郎胸中的一块大石头终于落了地。

太好了,审核就这样通过了。之后,只需要按部就班地做准备,直到登台演出就好了。舞台布置、服装、音乐、道具、灯光、演出人员……排演舞台剧的时候,还需要些什么呢?

接着,达郎向哈兹拉特进一步确认,他希望听到明确的结论。

"谢谢您的夸奖。这么说,我们可以按照这个剧本,准备降诞祭的演出了吗?"

可是哈兹拉特接下来说的话却让在场所有人都怀疑自己的耳朵出了问题。

"稍微等等。如果要按照这个剧本准备舞台剧,有些事我必须和你们谈一谈。如果能够再加一些要素的话,应该就没什么问题了。我正打算和你们讨论这个事情。"

哈兹拉特的语气虽然很客气,可是这话相当于给了否定的答案。五位学生半张着嘴,待在那里。

"首先呢,剧本必须要清晰地表达出降诞祭这个概念来。大家知道我们为什么要举行降诞祭吗?"

达郎代表大家做了回答:"这是一个为了纪念人类从地球来到这里的节日。所以,举行降诞祭是为了传递对地球的思念,以及表达对开拓新伊甸，付出辛勤劳动的先辈们的感谢之情。"

"对，完全正确。所以要庆祝，让人们尽量不要丢失与地球相关的记忆。可是，直接讲述地球上面的信息，新伊甸的人们能够理解多少呢，我不清楚。比如说，这个剧本的标题，猿猴、螃蟹。你们或许是知道的，可要是换了别的年轻人，能够理解吗？你们可以试着问问看，恐怕他们连想象一下都困难。"

或许还真是这样，达郎想。在听安莉讲猿猴大战螃蟹的故事之前，他完全不知道还有猿猴、螃蟹这样的生物。直到现在，他其实也搞不清楚猿猴、螃蟹到底长什么样儿。他想象中的猿猴、螃蟹与现实中的猿猴、螃蟹差距到底有多大，他还真不知道。

见五人呆若木鸡，哈兹拉特继续追问："你们打算怎样让演员表演猿猴和螃蟹呢？是把猿猴和螃蟹的戏服整个儿地穿在身上吗？那么，戏服怎样才能正确地向观众们展示猿猴和螃蟹的特征呢？"

达郎的身体微微震了一下。他竟然连如此基本的东西都没有考虑过。他看了看其他小伙伴。塞尔吉奥似乎已经放弃思考，看着天花板。安莉紧紧咬着自己的嘴唇。

达郎下定决心，坚定地说道："诚如您所言，对于螃蟹、猴子的外形，我们只有想象。所以，我们也是打算让演员们穿上象征螃蟹、猴子的演出服来表演。"

"象征，具体指的是什么呢？"

"嗯，我知道螃蟹两只手上有钳子。"

"是像陆蟹吗？我听说陆蟹也是因为和螃蟹长得很像，所以被这样命名。不过这个并不重要。猴子呢？"

"猴子……"

"猴子有什么特征？"

达郎再次无言以对。他实在想象不出来猴子长什么样。安莉说过猴子长得像人。似乎爬树很快。他所能想象到的，就是眼前这个叫作哈兹拉特的男人光着身子爬树的情形。

象征的东西，还真想不出来。

"呃……我们再仔细想想吧。"

也只能这样回答了。

哈兹拉特右手的食指和中指在桌上咚咚咚地敲着，之后说道："也就是说，只能照目前这样，做出半成品的舞台剧来了。"

这句话一下子就刺痛了达郎的心。

"没有的事儿！"他大声回答道。

"这部剧的主人公是猴子和螃蟹，对吧？如果连主人公之一的猴子的特征都无法好好地表现出来的话，后面上场的石臼、蜜蜂、板栗，它们又该如何表现呢？无论是蜜蜂还是板栗，我想观众们应该都没见过。通过剧本文字描述，能知道石臼是类似手动磨粉机的东西。它并不是任何生物。那为什么它在剧中会说话呢？观众要是一上来就有了这样的疑问，那他们怎么沉浸到故事里面去呢？"

达郎很想回一句，这点儿想象力观众们肯定还是有的。可是他不能这样做。他渐渐意识到，自己的想法和哈兹拉特的想法，就如同两条永远也不会相交的平行线。

可是，这个时候他只关心结果。

安莉看上去也很想知道。她终于开口说话了："这么说，这个故事不能够用在降诞祭的节目里了，对吗？"她的声音有些嘶哑。

哈兹拉特使劲儿摇了摇头，"不是不是，这个故事非常有趣。筹备室里的其他同事看了也都说好。只不过，他们当中大多数人的意见也如我刚才所说。所以，我们的结论是，希望这个故事再稍微改动一下，变得更容易理解。"

"改动？"

达郎和安莉同时不假思索地反问道。哈兹拉特点了点头，与此同时，他脸上的笑意消失了。

"改动的要求，已经用红笔写在板子上了。我们主要有两点希望。一点是希望能够把角色改动得更好理解。还有一点，就是希望你们能够再考虑一下，把降诞祭的意义也表现出来。"

达郎又为难了。他努力不让自己表现出来，问道："是降诞祭真正的意义吗？"

"是的。各位同学，你们有听过'卧薪尝胆'这个词语吗？"

达郎他们第一次听到这个词，摇了摇头。

"这样啊。这是我之前从中国朋友那里听来的故事。很早之前，在中国这个地方，吴国和越国之间纷争不断。吴王被越王杀害，吴王之子在心底暗暗发誓一定要报仇雪恨。他为了让自己谨记誓言，睡觉的时候就在柴草上面就寝。后背的疼痛，是为报仇所吃的苦，让他不忘仇恨。并且，他从一种叫作熊的生物身上取下熊胆。据说熊胆非常苦。他每舔一次熊胆，都会一边感受着奇苦无比的味道，一边提醒自己不要忘记复仇的誓言。最后，他终于实现了自己的誓言，报仇雪恨。这就是卧薪尝胆。"①

"这和降诞祭有什么关系呢？"

这时候，哈兹拉特脸上的笑意又回来了。

"嗯，降诞祭的意义首先在于向我们的祖先曾经居住过的行星——地球表达思念之情，展现那究竟是怎样的一颗星球。然后，毫无疑问，是让大众了解新伊甸的开拓史，并对开拓新伊甸的祖先们表达感谢和敬意。另外，还有一点我们不能忘记，那就是我们的祖先为何必须在这颗星球上付出辛劳。本来是不会有我们这一代人的。太阳这颗恒星的耀斑会吞噬整个地球，灭绝我们的祖先。除了一小部分坏人。艾迪森一党将人类的知识、技术还有财富通通据为己有之后，叛逃了地球。还好，'跳跃'这种堪称奇迹的技术被发明了出来。正因为如此，我们才得以在新伊甸生存下来。可是，两手空空来到这颗星球上的祖先们，经历了怎样的艰辛和苦难，你们能明白吗？

"艾迪森一党对我们的祖先弃而不顾，然后过着稍有不便的生

---

① 此处内容已确认，为典故流传的版本有所不同。

活，朝着新伊甸进发。

"这就是我们的卧薪尝胆。当第一代移民刚来到这颗星球时，他们为了给自己鼓劲，打消沮丧的心情，于是将无情无义抛弃大家的艾迪森一党作为复仇目标，并为此而奋斗。说到降诞祭的意义，就是提醒人们绝对不能忘记这一点！这就是躺在柴草堆上睡觉！这也是在尝苦胆！

"这一主旨，在近年的降诞祭上却逐渐被淡忘。组委会对于这一点也产生了担忧。

"这部舞台剧也是一部复仇剧。你们觉得，是不是有些共同点啊？而且，故事又是如此有趣。这一点，不仅仅是我个人的意见。我们一致认为，如果你们可以稍做改编，这部剧绝对可以成为让降诞祭回归初心的招牌节目！"

"改编？"

安莉呆呆地问了一句。哈兹拉特笑容满面地点了点头。要是改编的话，应该改成什么样呢，达郎他们心里一点儿谱都没有。

"对于改编，您有什么想法呢？"

"那张板子上面都写着呢，首先请把角色换成观众们容易理解的角色。比如，把螃蟹换成陆蟹，那么即使什么说明也没有，大家也能立刻明白。蜜蜂就换成影卡，石臼就换成蛇鲨，也就是夜行怪。板栗呢，改成烤糯薯如何？"

哈兹拉特稍做停顿，想看看达郎他们的反应如何。可是达郎他们呆呆地坐在那里，没有任何反应。

的确，比起石臼、蜜蜂和板栗，蛇鲨、影卡以及烤糯薯即便不添加任何说明，观众也能轻松明白。如蛇鲨之类，虽说今天新伊甸的人们谁也没见过，可它作为传说中的怪物可谓是家喻户晓。把板栗换作烤糯薯，已经烤过一次的糯薯如果再烤第二次，表面已经变得坚硬的糯薯就会爆裂开，震惊在场的所有人。

很好理解。的确是很好理解。

可是这样一来，原有的地球上的独特感觉就会消失殆尽，唯留庸俗。

哈兹拉特终于拿出了自己的那块板子。很小巧，他摊开放在自己的膝盖上，一边迅速地浏览着一边说道："嗯，故事情节我也稍稍做了改动，你们愿意听一听吗？"

达郎简直不敢相信自己的耳朵。连故事情节也要改动吗……

"首先是设定。陆蟹这个角色，我们设定它本来是在地球上的……"

"什么？这个舞台剧不就是以地球为舞台吗？"

"对。我们现在在聊改编。前半段它是在地球，故事的后半段请把它放在新伊甸。这样一来，蛇鲨、影卡登场也就不奇怪了。"

达郎看了一眼安莉。安莉睁大了眼睛，双手捂着自己的嘴。

"另外，猴子的角色请换成艾迪森这个恶人。你们都知道的吧？学校班会的各种讨论中，这个名字应该也会多次出现。"

"情节设定是这样的。陆蟹在地球上过着贫困潦倒的生活。艾迪森让它不断地工作，并表示这样就会过上幸福的生活。同时，艾迪森以各种税赋为名目不断地压榨着陆蟹的大部分劳动所得。陆蟹的生活没有变得更好，反而每况愈下。某一天，等陆蟹发现的时候，艾迪森已经从他面前消失了。与此同时，奇怪的事情发生了，地球变得越来越热，简直无法忍耐。就在陆蟹快要变成一只烤陆蟹的时候，一位神仙出现在倒地的陆蟹面前，并告诉它艾迪森已经逃到了很远的地方。神仙告诉它，它一直都被艾迪森蒙在鼓里。陆蟹又气又恼，几乎背过气去，神仙将悲愤不已的陆蟹送到了艾迪森逃亡的目的地——新伊甸。"

之后，达郎想象的故事情节跟哈兹拉特的描述完全相同。

陆蟹在濒死之际被送到了新伊甸。影卡、蛇鲨、烤糯薯发现了它。它们救下陆蟹并悉心照料，陆蟹向它们讲述了自己为何会遭此不幸……

之后，便迎来了改编版的猿蟹大战的结局。

不过，在安莉的剧本中，有一种世事无常的感觉。

"关于结局，'杀掉艾迪森是正义的！'必须要态度鲜明。不能夹杂一丝一毫的同情。

"要尽可能残忍地杀死艾迪森。在杀死艾迪森的场景里面加入一些搞笑情节也是可以的。然后，我认为强调正义已得到伸张，简洁地收尾就可以了。

"按照这样的设定修改就可以了。同学们，你们觉得如何呢？"

虽然语气客气礼貌，可是言下之意不就是只有这样修改才能得到演出许可吗？

达郎感觉内心似乎有一股无名火蹿出。这样的改动，已经不仅仅是改了，是对安莉倾注了心血才完成的剧本的侮辱。这是最糟糕的篡改。对于原创的民间传说，没有丝毫的敬意。

真想拒绝……

达郎没有本事再为东方职业学校重新想一个演出节目。他不禁想，就这么拒绝会破坏学校的传统吗？……在我们担当校内委员的时候，若是浪费了参加名额的话……即便如此，也是没有办法的事情吧？对于安莉的创作，这样的改动绝对是蔑视加侮辱。她太可怜了。如果接受了这样的改动，一定会伤害安莉的自尊。

这时候，达郎已经下定了决心。

今年，东方职业学校退出降诞祭的演出，不就可以了吗？

达郎抬起头，正准备对哈兹拉特开口。

旁边的安莉说话了："我明白了。我们会按照您的指导进行修改。"

她的语气十分坚决。

达郎再一次怀疑起自己的耳朵，他脱口道："安莉，可以吗？"

安莉非常坚定地点了点头。

哈兹拉特大力地点了点头，笑容满面，"这是真的吗？不，我相信你们肯定能够理解我的苦心。修改剧本或许会费些工夫，毕竟这本身就是个很有趣的故事。我觉得你们也不需要做多么大的改动，就把我们刚刚聊的添进去。一定能让观众们感动得一塌糊涂的。"

最终，还是得到了演出许可，可是……

走出市政厅，精疲力竭的感觉一下子涌了上来。

其他人都是一副茫然自失的表情。除了安莉。

安莉眉头紧蹙，神情严肃。自己的创作被改得不成样子，也难怪会有这样的表情。

达郎甚至没有勇气和安莉说话。

这时开口的，是奇斯。"安莉，你的作品被要求改成那样，还要继续吗？别勉强自己哦。"

达郎明白，奇斯也很担心安莉，才会说出这番话。

可是，安莉似乎已经下定了决心。

"我会改的。大家不用担心，这个舞台剧的主题不会有改动。一心一意地写这个剧本是件很有趣的事。我会边写边想象观众受感动的样子，这使我心情非常好。一开始，这部作品受到批评的时候，我的心情也非常沮丧，想着为什么、为什么呢。不过，我后来想通了，这样改动之后的确更好理解了。我有这个自信，这次改动之后，一定可以让观众充分享受这个故事。让我们把它变成有史以来最棒的演出吧！"

安莉原来是内心如此强大的人。达郎震惊了。因为连他自己，也是跌入谷底无法再爬起来的感觉。

　　安莉说完之后，笑盈盈地看着大家。

　　所有人都被安莉的积极乐观感动了。

　　"回去之后我立刻就动手改写。时间已经不多了。"

　　安莉宣布道。她将退回来的板子的第一张打开。

　　上面用红色的笔写着：

　　标题也请修改，下面这个标题更容易理解。

　　——《艾迪森讨伐传》

　　除了安莉之外，其余四人只觉得浑身无力。

特型演员艾迪森

在市政厅降诞祭组委会的筹备室里接受了审核之后，东方职业学校遵循所有修改要求，正式进入了演出的准备阶段。

变化最为明显的是安莉。她呕心沥血完成的作品《地球大战叙事诗——猴子与螃蟹》被批改得体无完肤。

达郎十分担心她。安莉内心会不会已经受伤了？

如果是自己的话会怎样呢？如果被事务局局长哈兹拉特要求改这改那的人是自己……估计达郎现在已经沮丧到不想出门见人了吧。说不定，让改写的部分一句也改不了呢。

可是，安莉并不这样。跟之前相比，她眼睛里的神采突然不一样了。达郎感觉，她内心的某个地方一定发生了巨大的变化。她没有陷入沮丧。

每次在学校里碰到她，达郎都感觉她不像以前那样爱说话了。安莉的心思一定全扑在剧本的改编上了。

安莉没有发现走廊上的达郎。达郎有些担心，忍不住叫住她："安莉！你怎么了？没事吧？"

安莉猛地回过神似的抬起头来。随后她凝视着达郎，长叹了一口气："对不起。我没有注意到你在这里。就跟没看见你似的。"

"你是在想问题吗？"达郎问。

安莉坦诚地点了点头，回答道："嗯，是的。现在我的脑袋里面塞满了东西。我随时随地都在想，剧情如何铺开，下一个场景是什么，等等。哪怕我在做其他事情，心里也会忍不住想这些问题。我还没想好结局，所以现在就像钻进了死胡同，反复纠结同一个场景。"

"安莉，你真是了不起！你是在根据指出的问题，重构故事吗？如果是我的话，是绝对没有这样的斗志的。"

"别的都不说，时间实在太紧了。已经走到这一步了，绝对不能放弃。那次之后，我问过父亲的意见。如果父亲反对的话，我也许已经放弃了。可是父亲说，我自己决定就好了。"

自己做决定，于是就选择了改写吗？达郎惊讶得合不拢嘴。安莉的想法跟自己真是有天壤之别。如果让自己做选择的话，达郎肯定会选择相对轻松的道路。轻松的道路，自然是放弃做舞台剧。

"所以，你决定继续写下去了？"

安莉使劲点点头，"我告诉了父亲我的选择。我父亲后来又跟我说了很多他记得的东西。我父亲曾说过，娱乐故事通常分为两种类型。一类是寻宝，一类是复仇。它们会以不同的组合形式呈现出来。当坏人被设定为艾迪森总统的时候，这个娱乐故事就应该更强调复仇了。所以，让我们的祖先遭受厄运的艾迪森或他的后代，在剧中遭受的不幸越大，就越能给观众带来快感。"

安莉看起来还想继续说下去。达郎决定姑且当一当安莉的倾诉对象，反正他接下来也没有什么安排。

校园中间有一棵巨大的面包树，东方职业学校成立之前就生长在此。白色的花开过之后，会结出一种被老教师们形容为"和法国面包长得一模一样"的果实。不过，只是外形相似而已，果实摸上去软乎乎的，果肉却带着浓郁的苦味。完全不适合食用。

这棵面包树下安置着一张长椅，两人在那里坐下来。

"达郎，谢谢你。我脑子里一直在考虑剧情会如何发展，如果不放松一下，我感觉自己都快疯了。不过，像现在这样只是说说话，感觉也大不一样了。"

安莉看上去格外开心。她坐在达郎旁边，两手紧紧拽着达郎的左胳膊。这对达郎而言，无疑又是一个让他脸红心跳的举动；可对安莉而言，这无非是一个表示善意的动作，与爱情什么的没有半点儿关系。安莉的笑脸就是证据，笑容里面没有夹杂一丝一毫的杂念。

达郎心跳如擂鼓，却毫无办法。他没有将胳膊从安莉的双手中抽出来，只是任由安莉拽着。

"说起来，剧本要求对于要复仇的对象，不可以有半分的同情心。如果一开始安排他做尽各种毫无人性的坏事，那么之后无论他遭到何种程度的报复，观众们都会觉得他是罪有应得，不会觉得残忍了。

"此外，我父亲还把他所知道的古代传说全都告诉我了。他讲的传说，相似之处还真不少呢。寻宝的故事也是这样。"

这时候，达郎激荡起伏的内心稍稍平静下来，开始有余力思考安莉父亲的言论是不是有点儿极端了。

"不是有这种故事吗？从水果里面生出来的英雄，召集动物小伙伴们，一起打败了入侵村子的所有鬼怪。不过，我不太清楚故事的名字。"

"啊，你说的那是《桃太郎》。"

"这个故事，应该不属于两种类型中的任何一种吧。既不是复仇类，也不是寻宝类。"《桃太郎》是达郎所知道的为数不多的古代传说之一。

"这是主人公跟有特异功能的动物结成同盟，一起驱赶鬼怪的故事呢。这个故事的背景是，村子被鬼怪入侵并且遭到了众多破坏。毫无对抗能力的村民们直到主人公出现才得救。因此，袭击鬼怪的老巢恰好是这个故事最有趣的地方。并且，赶走鬼怪之后，主人公们拿走了鬼怪的所有财产。这一点，又带来了寻宝的快感。这不是一个单纯的复仇或是寻宝故事，而是将两种要素结合起来的故事。再比如说爱情故事，那也可以说是主人公在追求对自己十分珍贵的爱情这份宝物呢。虽然故事的重点并不在于是否真的有宝物到手了。"

"哦。"

说完，安莉松开达郎的胳膊，站了起来。

"谢谢你，达郎。就在刚才，我还在为故事应该怎样发展而发愁呢，可是和达郎聊着聊着，我竟然有种豁然开朗的感觉。我也没想到竟会有这种事情。我终于明白了，虽然最开始就确定了故事的梗概，但是对于自己的困惑，我是一步也没有迈出来。"

安莉一边笑盈盈地说着，一边点了点头。随后她伸出了右手，看样子想和达郎握手。达郎配合了她，并问了一个自己一直很在意的问题："故事的标题是《艾迪森讨伐传》吧。就用这个了吗？"

"嗯，我是这样打算的。大致的剧情没有什么变化。只是主要人物从猴子改成罪大恶极的艾迪森了。总之，我先一门心思地改稿子吧……"

果然，安莉没有一丝一毫的动摇。达郎感到佩服。

"对了，剧本写完了之后，就该开始选角了吧。你写剧本的时候……我是说写《猿猴与螃蟹》的时候，是一边想着演员的样子一边写的吗？"

"不是。我压根儿没想这个事儿。"

安莉对达郎提出的问题有些吃惊，随后明白了达郎为何要问这个问题。达郎继续向安莉确认，似乎非弄清楚不可。

"这部剧里面最重要的角色……"

"是艾迪森。我已经明白你想要说什么了。"

"是的。这个故事里，艾迪森一开始丧尽天良、做尽坏事；在故事的结尾，他遭到报复，以悲剧收场。所以，故事和舞台剧能否取得成功，关键还要看谁来演绎艾迪森这个人物。你说是不是？"

"同意。"

"问题是，这个艾迪森该让谁来演呢？这个问题很重要哦。"

安莉没有立刻回答这个问题。她的喉咙似乎被什么东西堵住了似的。她不是不回答，而是根本答不上来吧。

可是，达郎必须这么继续问下去："谁看上去有点儿像艾迪森的感觉呢？你心目中有没有合适的人选？"

安莉重重地叹了口气，摇了摇头，"我是最近才意识到这个问题的。最开始，我考虑过要不就让奇斯、丹尼、塞尔吉奥或者你来演一演。但是随着台词一句句丰富起来，我开始想，谁能够把这些台词的张力表现出来呢？好像大家都不够强势呢。也许是我们都太年轻的缘故吧。确实，这个劣势可以通过化妆或是服装填补一些。如果演技够强的话，也许能够表现出来……但大家都是业余的呢。

"对了，你还记得吗？我们把最开始的剧本送到降诞祭组委会之前，大家曾经一起朗读过。"

"啊，想起来了。是有这么回事儿。"

为了把剧本送到降诞祭组委会去审核，校内委员会的五人聚在一起准备前往市政厅，去之前也不知是谁提议，要大家一起读一读剧本。达郎不禁想，如果组委会要求他们演一演片段，那该怎么办呢？

"那时候扮演猴子的好像是塞尔吉奥。你觉得他演得怎么样？"

"那时候"的剧本，代表艾迪森的恶人是猴子。达郎想起了塞尔吉奥读剧本时的样子。很糟糕。

"嗯……当时我们就是照本宣科吧。"

"不仅仅是塞尔吉奥，你、奇斯还有丹尼都参加了朗读，对吧？我想，即使不太擅长朗读，只要加以练习就会好一些。"

"不光是塞尔吉奥的表现，其他的事我也都记得。我以前觉得，大家只要勤加练习，或许都能演个什么角色吧。但是艾迪森这个角色不行。谁都没有那种压倒一切的气势。这是无论怎样练习都实现不了的。这感觉就如同无论什么数字和零相乘最后还是零一样。艾迪森需要带给观众们的冲击力，必须要具备这种特质的人才能演绎出来。"

"那怎么办呢？"

"我们只能从东校的学生里面挑选演员吗？"

"这个我不太清楚。你有什么想法了吗？"

达郎当时完全猜不到安莉有什么打算。等他知道的时候，已经是第二天放学以后了。

安莉召集了校内委员会的所有成员一起开会。达郎再次感觉到，安莉真是一个既有爆发力又有执行力的人。

这一次，安莉一共带来了八张大型板子请大家看剧本。大家迅速浏览了一番。

达郎忍不住赞叹连连。

所有出场人物都按照组委会事务局局长哈兹拉特的要求修改好了。不过，陆蟹、蛇鲨、影卡还有烤糯薯都做了拟人化处理。哈兹拉特所要求的一些小插曲安莉也考虑到了。对于艾迪森这个角色，安莉极力增加了他的残忍程度。对陆蟹的欺凌也异常无情。在地球上生活的陆蟹，生活环境极其恶劣，且极度贫困。艾迪森出现在他们面前，假意要确保他们生活的安全，实则是想侵吞他们的财产。他想出了"税金"这个招数，对陆蟹们说"税金"是用于提升公众生活便利性的资金。即便陆蟹的家人失业了、病倒了，生活已经雪上加霜了，他依然毫不犹豫地向他们征税。

可以想象，无论是谁看了这个剧情，都会对艾迪森恨到骨子里去。光是剧本都能有如此鲜明的效果，现实中，如果技巧精湛的演员就在面前表演的话，那舞台效果肯定是空前绝后的。

把剧本看完后，大家一句话也说不出来，呆呆地坐着。

最后一个看完剧本的奇斯将板子靠在墙壁上，安莉注视着他回到座位，开口说道："大家觉得怎么样？我感觉我是一气呵成的。"

达郎想，这就属于那种有气势的舞台剧吧。此外，还有安莉的想象力所带来的效果。大家似乎都没有任何反对意见，拼命地点了点头。

"那我们就按照这个来演吧！"安莉做了决定，接着说道，"艾迪森这个角色，是否必须从东校的学生里面挑演员呢？这点我已经请示过了。你们读的时候或许也能感受到，在我们东校，别说学生了，就是老师当中似乎也没有适合演艾迪森的人呢。"

大家依旧没有反对意见。

"我跟那位组委会的事务局局长哈兹拉特先生讨论过，他说采用校外人员应该没有问题。还说，他并不认为东校能够独自把台前幕后的所有事情都包揽了。"

听安莉这么一说，达郎也认为是这个道理。东校中会积极参加降诞祭的，也就是校内委员会，再加上一小部分协助的学生。其余的师生都认为自己只是旁观者，不要指望他们能帮什么忙。所以，可以预见，一定会人手不足。而且规模越大，这个问题就越严重。

"怎么办呢？"

"当然，筹备舞台剧《艾迪森讨伐传》的工作，主要还是由东校来承担。哈兹拉特先生说，人手如果不够，也可以从校外补充。所以，我们从校外挑选最适合的人担任演员，也是可以的。"

"这样啊……"奇斯长长地舒了一口气，说道，"也就是说，不是必须让我们当中的谁来演艾迪森吧。我之前还在想，如果叫我来演该怎么办呢。"

丹尼也说道："我也这么苦恼过。"

"你们真是杞人忧天。你们身上都没有艾迪森的气质，从一开始就没有想过让你们来演。因为缺少气势。"

丹尼和奇斯对视了一眼，耸了耸肩。

"那么，接下来我们就分头突击剩下的工作，来完善舞台吧。"

接着，安莉将舞台上会用到的大小道具以及她对于演员角色分配的构思一一道来。在安莉的心中，似乎已经有了具体到各种细节的方案。

大家当即决定让安莉来担任总制作人，以及演出的总指挥。此外还决定了由校内委员会的各位成员分别负责舞台布景、选角、道具等。接下来还必须在各个班级征召志愿者，立刻开始准备工作。

"总之，时间已经不多了，我们要立刻行动起来才行。虽然是由达郎负责选角，但有一件事情，我希望大家能一起来想想办法——有没有适合演艾迪森的人呢……现在想不出来也没关系。今明两天之内，请大家找找看，有没有什么人是有强烈存在感、适合演艾迪森的。"安莉说完认真地看着大家，"现在的第一要务就是找适合演艾迪森的人。那种看着就像恶魔、小孩子都会害怕的人。见了一面之后，好几天都忘不了的人。拥有强烈存在感的人。"

丹尼怯怯地举起了手。

"丹尼,怎么了?"

"嗯,其实也没什么……当然,我肯定会马上开始看周围有没有像艾迪森的人。可是……那个……就算是发现了类似的人,他就一定可以演吗?他的……演技如何呢?还有,他可以在剩下的日子里配合我们一起排练舞台剧吗?我担心的是台词。我的演技不行,或许没资格说这个,可是假如让我来演的话,我会觉得背台词是一件非常痛苦的事情。而且,在出场人物当中,艾迪森属主角级别,需要一直上场。他的台词是最多的。即便找到了和艾迪森感觉一模一样的人,他能够在有限的时间内记住大量台词吗?这么一来,我认为我们找到能够出演艾迪森的人的概率是极低的。不,即使找到,对方也会拒绝我们吧。关于这一点,安莉你是怎么想的呢?"

达郎轻轻地叹了一口气。这看法实在是太悲观了。可是,只剩下十几天的时间了。会有种种不安的情绪也情有可原。

然而,安莉看上去却没有一丝不安,简直可以说是气定神闲……

她点了点头,然后说道:"这个你们不用担心。我拜托大家的,只是找找长得很像艾迪森的人。大家只需要找到这个人,然后告诉我就可以了,剩下的事情我来判断。

"台词背诵功底也好,演技也好,这些都交给我来判断吧。大家只需要集中精力找演艾迪森的人就可以了。"安莉说道。

校内委员会的紧急会议结束了。大家一致决定,在第二天举行了学生集会后,就开始准备学校的舞台剧。

奇斯负责准备大型道具，塞尔吉奥负责音响和灯光，大家都各自行动起来。无论哪项工作，准备的时间都相当紧张。

令达郎吃惊的是，希望参演的普通学生比预计的多。真没想到对这个活动感兴趣的人有那么多。除了艾迪森这个角色之外，其他角色都要在学生当中确定。相较于出演人数而言，应征的学生有数倍之多，因此只能让有演出意愿的学生全部参加试镜。大家此前虽然没有相关经验，但试镜的学生当中，不乏天生的演员，演技精湛得令达郎瞠目结舌。达郎想，这就是天赋吧。可惜，即便有演技爆棚的学生，他们也不适合演艾迪森。这是达郎的直觉。即便他很佩服应征者的突出演技，却也明白他们都不适合演艾迪森。一同观摩了试镜的安莉也有同感。

不过，安莉的确是想尽快把艾迪森的演员确定下来。"今明两天"……她用了这样的措辞。

然而，现实情况却是，三天过去了，能够饰演艾迪森的演员还是没有出现。

从安莉的神情来看，她也很着急。但是，她不会轻易妥协。

丹尼来了，说有一位农夫，自称热爱表演，愿意出演艾迪森这个角色。校内委员会的成员们全体出动，拜会这位糯薯地里的农夫。

他身形高大，会在舞台上熠熠发光吧……见到这位农夫后，达郎忍不住在心里感叹。如果安莉决定让这个人来演艾迪森，自己绝对不会反对。

塞尔吉奥和奇斯也点了点头。

然而安莉却没有点头。很显然，农夫还没有达到她的标准。

"为什么不行？现在距离降诞祭已经没几天了！"

好不容易找来了相对合适的人选，却没被安莉看上，丹尼有些不高兴地抱怨道。

"对不起，他和我心目中的艾迪森有些不同。如果勉强找一个不那么合适的人来演，只会让事情变得无法挽回。我也明白，留给我们的时间不多了。"安莉坦诚地向丹尼致歉。

"既然形象不符合，那也没办法了。"丹尼也没法儿再说什么别的抱怨的话了。

达郎心想，安莉可真是一位完美主义者啊。

在此之前，还有几位前来试镜艾迪森的人，有毛遂自荐的，也有他人推荐的，可他们似乎也与安莉心目中的艾迪森有较大出入。

"你不觉得，他很有艾迪森的感觉吗？"

有一次，送走了前来应征的学生之后，达郎也曾这么对安莉说过。

"嗯，感觉还是不对。就是浑身散发出来的气息……而且，演艾迪森的话，他给人的感觉过于开朗了。缺少了点儿邪恶阴险的感觉。如果观众对艾迪森产生了同情，那可就不好办了呀。"

"可是，在舞台上的话，演技应该可以弥补吧？毕竟是戏剧。"

"是可以弥补一部分，但是不能百分之百地达到预期呀。"

此话一出，达郎顿时哑口无言。毕竟这部戏剧的总责任人是安莉。这是她的戏剧。

自从安莉拒绝农夫出演艾迪森后，达郎内心深处有一种感觉日益强烈——会不会到最后，这部剧无法上演？

到了那时，会发生什么？又该怎么办？他感觉自己的大脑似乎被一团浓雾包裹，混沌不清。

"哥哥，那件事怎么样了？"刚刚上小学的俊郎摇了摇躺着的达郎。

"什么事呀？我正睡着呢。"

达郎忍住内心的不耐烦回答道。他也知道，俊郎很少到自己的房间来。特别是像今天这样，还向正在睡觉的自己问话。

俊郎一点儿抱歉的样子都没有，"那个呀，艾迪森的演员定下来了吗？"

达郎一下子坐了起来。他从未想过，会从弟弟口中蹦出这个话题。

他想起来了。几天前吃晚饭的时候，他曾跟父母说过降诞祭准备工作的进展。他就着母亲的询问，将《艾迪森讨伐传》的梗概讲了一遍。还说了正在找饰演主角艾迪森的演员，可是怎么也找不到合适的人选。

那时候，俊郎就在达郎的旁边。达郎当时完全没有察觉到，俊郎正津津有味地竖着耳朵听他们聊的事。

"欸？你为什么这么问？"

"前不久听哥哥说起过呀，说艾迪森的演员还没定下来。"

"哦，是还没定下来呢。"

达郎敷衍道。谁知弟弟竟然又说出了意料之外的话来。

"我知道有人适合演艾迪森。"

"欸？"达郎站了起来，简直不敢相信自己的耳朵。他对着俊郎脱口而出，"你知道自己在说什么吗？"

"当然知道。之前爸爸妈妈和哥哥说话的时候，我可是认认真真地听着呢。"

"那你知道艾迪森是个什么样的家伙吗？"

"是地球上最坏最坏的人，对吧？我知道的，因为我在学校里学过。"

真是不能小瞧了自己的弟弟啊，达郎感叹道。脸上若无其事，耳朵却竖起来听得仔仔细细、明明白白。

"你说的这个人现在在哪里？可不要说是你班上的同学哦！艾迪森可不是小孩子！"

达郎的话音刚落，俊郎便不满地噘起嘴来，"这点我还是明白的！我今天见到那个人了。当时我就在想，那个人不就是艾迪森吗？"

看弟弟说话的样子，倒真是一本正经的。

"那位俊郎觉得和艾迪森一模一样的人，现在在哪里呢？在社区吗？是哥哥认识的人吗？"

"不知道。不晓得哥哥知不知道，就是伊甸的尽头，关口附近。"

"关口附近？那一带几乎没有人啊。你怎么知道那种地方？"

"今天老师带我们去那边的农场见习。对了，哥哥。关口就是指门吧？为什么那一带并没有门，却要叫关口呢？哥哥知道为什么吗？"

"嗯，因为很早以前我们就管那里叫关口了。传说那一带有鬼怪，关口或许就是不让鬼怪闯进来的门吧。话说回来，你真的在那里见到了和艾迪森一模一样的人吗？"

"嗯，就是艾迪森。"

弟弟坚定的语气令达郎感到惊讶。这是达郎不曾想到的。更让达郎在意的是，究竟是什么让弟弟如此确信呢？就算是听到了自己和父母的谈话，也不会确信到那种程度吧。

"你说得像艾迪森，能不能再具体一点儿？比如说，他的外形是怎样的？"达郎煞有介事地眯缝着眼睛皱起眉，奇怪地问道。

"嗯，他的年纪看起来比爸爸还要大一点儿。个子也比爸爸高。肩膀宽宽的，感觉非常健壮。"

父亲的个子并不矮，听俊郎的描述，这个人应该是大个子。

"还有，他满脸都是胡子。"

感觉像头野兽。

"关口附近有住宅吗？"

"不知道有没有住宅。不过，有一些以前搭建的小屋，不知道他是不是住在那里面。不过，那个像艾迪森的人应该就住在那一带。"

达郎也知道，的确有一些小屋被设置在关口附近那些两面皆是悬崖的地带。那些小屋都是恶鬼的传说刚流行时所建，被称为"驻防小屋"。

"你有没有去看看小屋里面？"

"我看过了，不像是有人居住的样子。"

"这么说来，也不能够保证那位艾迪森随时都出现在那一带啊。"

"我和那位艾迪森说过话了。"

"什么？"达郎不敢相信自己的耳朵，"你说了些什么？"

"我觉得他长得太像艾迪森了嘛，于是就和朋友上前询问了他。"

"你问他什么了？"

"我问他，有没有人说他长得像艾迪森。结果那个人先是沉默了一会儿，随后发出一阵大笑。说这是第一次有人这么问他。他用词很奇怪。伊甸也好，社区也好，总之没有人像他这么说话的。不过他说的内容我倒是都能听懂。"

或许他是通路那头的村子里的人吧。达郎这么想着，可随着话题的深入，情况好像并不是这样。

"他说，自己说话的方式奇怪，是由于自己一直待在那一带。"

果然，他是住在关口那一带的。以前，总是传言说有危及人类的不明生物徘徊在那一带，但最近没怎么听到这样的说法了。所以，简简单单地搭个小窝在那里生活，应该是不成问题的。

俊郎将陷入沉思的达郎唤醒："哥哥！你在想什么呢？如果不亲眼去看看，你估计没法儿明白我所说的。现在可不是你放飞思绪的时候哦，艾迪森的演员还没有找到呢。"

达郎把这件事告诉了安莉。安莉对达郎的话反应激烈，一刻也不想耽误的样子。

面对达郎"明天去看看吧"的邀约，安莉表示想立刻去。可外面正下着雨。天空一片昏暗，三个月亮一个也看不见。虽说最近没怎么听说有蛇鲨出没，可是那位酷似艾迪森的先生住在关口附近，在这夜里毫无防备地前往，总觉得潜伏着危险。

安莉最终接受了明天天亮前出发的提议。此外，俊郎因为明天是家庭实习日不用去学校，早上还可以给他们带路。明天应该能见上，达郎这么说服安莉。

虽说达郎和安莉的家在社区中都是位于靠近关口的位置，但距离也有将近二十千米。如果步行前往的话，往返得花上不少时间。所以，要去的话还是得骑自行车。虽说有一段道路还没有铺好，但距离不算长。骑自行车过去是最佳选择。

天亮之前，安莉便按照约定的时间来找达郎了。幸运的是，雨已经停了。安莉的心也已经飞奔到关口那一带去了。

弟弟俊郎因为能够和安莉一起行动，开心得不得了，一直闹腾着。对达郎来说，要是和安莉两人单独骑自行车去的话，那就更完美了。然而，安莉将这次出行的目的定为"见到艾迪森的演员"，弟弟必须要一同前往。

"早上好！准备好了吗？"安莉这么问道。

达郎"嗯"了一声，点了点头。而弟弟立刻伶牙俐齿道："安莉姐姐，初次见面好。不过我老早之前就知道安莉姐姐你啦！"

达郎对这个圆滑的弟弟甘拜下风。

"哎呀，那我真是太荣幸了。你为什么会知道我呢？"

"因为你是和我哥哥同龄的女生当中最漂亮的呀！"

听了安莉和弟弟之间的对话，达郎忍不住撇了撇嘴。

俊郎说想要坐安莉姐姐自行车的后座。达郎知道他在想什么。无非就是趁着摇摇晃晃的时候好紧紧抱着安莉之类的鬼主意。

"不行，坐哥哥的后座。你太沉了，对安莉来说负担太重了。"达郎这么对俊郎说道。俊郎不满地咂舌，达郎也假装没听见，立刻骑上车出发了。

他们要骑上二十千米的路程。目前伊甸的道路通行量还比较小，两辆自行车向着关口方向全速前进。穿过市区，菜地在道路两旁绵延展开。由于这一带几乎都是平地，就算不停蹬车倒也还轻松。达郎和安莉默默前行，只有俊郎兴奋不已地说个不停。比起跟哥哥搭话，他更愿意大声说话吸引安莉的注意。所幸，安莉正拼命蹬着自行车全速前进，回应都心不在焉的。几次下来，俊郎也意识到了，渐渐消声。在能看见大海的地方，他们遇见了日出，那景色太美了，三人不由得停了下来，远远地眺望着从水平面上升起的朝阳。平日里，这时候达郎才刚刚醒来。一直生活在市区，是见不到这样的风景的。

弟弟也忘记了耍嘴皮子，叫了一句"哇"之后便只是大张着嘴。朝阳眼看着越升越高，安莉和达郎相互点点头，骑上自行车继续上路了。这一带的地形有一些坡度，必须扛着自行车。道路并没有变窄，但地面多了好多凸起的岩石，没办法骑车上坡。一连几十米的坡道，安莉和达郎一样，也只能扛着自行车走上去。但是，弟弟俊郎竟然精明地跑去帮安莉抬着自行车一角。

"谢谢你，俊郎君！"听到安莉的感谢，俊郎的脸颊变得绯红。

登上斜坡之后，三人稍事休息。海风轻轻拂过燥热的肌肤，让人心情十分愉悦。

三人休息的地方，两旁是种着糯薯的庄稼地。正干着农活的中年农妇，吃惊地看着三人，搭话道："天啊，你们怎么这么早就出来了?! 是从伊甸的社区那边过来的吧。你们来这儿……你们这是要去哪里呀？是去关口的对面吗？"

"不是，是关口近前的那一带。"答话的是弟弟俊郎，"我们是去见一个长着乱蓬蓬的大胡子的人。他应该是住在那一带的吧。"

中年农妇扭过头，对正在拾掇糯薯苗的两个男人喊道："关口那一带，有人住着吗？"

看上去像是她儿子的年轻男子回答道："不知道呢。伊甸市政厅来做调查的人，通常到了咱们这里就差不多回去了。从来没见过他们继续往关口那边走。"

另一位跟年轻男人长得几乎一模一样的中年男人，一边护着自己的腰，一边对着年轻男子说道："嗯，也说不好有人住在那边。我隐约记得有人打听过。从七八年前开始，偶尔会有人来打听。不过，对我们倒是没什么影响，我们也不会去关口那边。搞不清楚。也许只是个传说吧，也许真有人无法在伊甸登记。不过，就是现在，也时不时会听说那边有鬼呢。"

达郎和安莉对视了一眼。看样子，过了这片庄稼地，直到关口那里，都是没有人居住的。

只有弟弟俊郎得意地看了看达郎，又看了看安莉。

"就是那个就是那个。闹鬼的传说。就是那个呢。我觉得说的应该就是该演艾迪森的那个人了。"

"会不会是住在那边的人呢？"达郎用下巴指了指前面远方的那片土地。那边山顶似乎比三人目前所在的地方还要高。云雾缭绕，很难判断出真实的高度。

"不是。我是在还没到关口的斜坡上见到他的。"

"你和那个人说话了吗？"

弟弟点了点头。

"他说话的方式和我们有些不一样。是艾迪森的说话方式。"俊郎断言道。

"你和他说了些什么?"

"你住在什么地方呀? 还有,你和谁住一起呀?"

"他怎么说?"

"他看着我们的时候,感觉非常有气势。不是那种可以问好多问题的人。还有,他长着胡子。然后,他声音很大,回答我们问题的时候却叽叽咕咕的。'住的地方吧……在附近。''一个人住……'就是这种说话方式。"

完全不明所以。

曾经,会有人因为守卫任务到这儿来。这一点达郎是知道的。他觉得那个人有可能是执行任务的人的后代。

达郎就这么胡乱地猜测着却找不到答案。还是先去关口那边一探究竟吧。

风逐渐强劲。

带着圆滚滚的幼鸟们在周围飞来飞去的鸟儿们也逐渐多了起来。

"是灌木鸟! 已经是下坡了。快到了。"

大家把自行车放了下来。下坡不远处就是关口,考虑到回程时要把自行车扛到这里,倒不如把车停在这里,回来的时候直接从这里骑车还轻松些。

三人沿着山坡一路小跑着下去。这一带,头顶上的树木渐渐稀少了。

远远地可以看见一座破破烂烂的小屋。

"是住在那里吗？"达郎问弟弟。

"我觉得不是那里。"俊郎挥着右手让达郎看另一边，"因为当时我是在这边见到他的。"

斜坡一直延伸到小屋门口。回头望了望走下来的路，才发现刚刚他们停自行车的地方和这里有着相当大的高度差。风很大。紧贴在岩石上的低矮的杂草在风中摇晃着。

"这种地方……能住人吗？"安莉歪着头，有些狐疑。

从山坡上跑下来之后，三人来到小屋窥探。安莉的叹息被达郎听得清清楚楚。

屋子正中只摆放了一张大桌子。上面积满了灰尘，昭示着时光的流逝。这里完全感受不到有人居住的气息。

"好像根本没人住在这里呢。"

出了屋子，风声听起来就像是某种野兽高亢的叫声一般。

"这种地方真的会住人吗？"

达郎对弟弟说。俊郎皱着眉，指了指右手边山崖断成"V"字形的地方。

"当时他是从那儿望向这边的。然后又走下来，走到那儿附近看着我们。所以我才靠过去跟他搭话。"

安莉听了俊郎的话，立刻往断成"V"字形的山崖的斜坡攀登。

那边会有什么，达郎不得而知，但那边肯定也会延伸着这片荒凉的风景。这种地方会有人住吗？俊郎看到的会不会只是偶然出现在这里，而其实是住在关口对面的人呢？达郎有一搭没一搭地想着，脚却跟在安莉身后追了上去。

如果真要住在附近的话，达郎肯定会毫不犹豫地选择之前那种小屋。那种屋子足够牢固，能够遮风避雨，又可以节约盖房子的劳力。无论是谁，都会这么考虑吧？

即便如此，或许还是有人会寻求别的住所？

达郎终于在断崖的位置追上了安莉，然后不禁无限感慨："原来是这样啊！"

达郎追上安莉之后就明白过来了。这里与关口那一带小屋周边的风景大不一样。周围的岩石形成了一道天然的屏风，中间是没有风的。此外，这里的植物长得也不一样。树木高高地生长着，树干起到了防风的作用。有一条仅容一人通过的小路一直延伸到壁面上的洞穴。洞穴前面有一个几平方米大的岩石平台，上面放置着一把用树木枝干拼凑成的休闲椅。明显是人工制品。

随后，"他"从洞穴中现身了。一看到他的身影，达郎和安莉便吓得定住了。

"就是那个人！"俊郎指着他大声喊道。

男人将自己一头披肩的银发用力拨开，随后注意到了俊郎的声音，朝三人所在的方向看了过来。

"笨蛋!别发出那么大声音!"

"为什么?"

"会刺激到他的。"

"刺激?……哥哥,咱们得过去打声招呼吧?得和他说话吧?"

安莉没有在意兄弟两人的对话,迈前一步大声说道:"您好!我们能到您那里说两句话吗?"

男人目不转睛地盯着三人,点了点头。他的双目炯炯有神,脸颊到下巴都长着银白色的长胡子。远远看去,只觉得他肩膀很宽,个子很高。

"喏,艾迪森就是这种感觉吧?"俊郎兴奋地说着。

俊郎为什么会有这样的感觉,达郎也明白了。这个男人的眼神充满了力量。这一点,与居住在社区里的人们完全不同。

达郎对此非常清楚。因为整个伊甸,都没有拥有这样眼神的人。

男人一动不动地站着,等着三人来到他岩洞前面的空地处。

达郎一来到他面前,立刻感受到了一种强大的气场。倒不是男人说了些什么,而是他自身散发出一种威慑力。

"抱歉,我们突然来这里。这两人说无论如何也想见见您,所以我就把他们带来了。"

俊郎说着,男人再次点了点头。似乎充分理解了弟弟说的话。看了一眼他所穿的衣服,达郎有些怀疑自己的眼睛。他衣服的材质和社区的人们不一样,与通路对面村子里的人们穿的也不相同。到底是什么衣服啊？

随后，达郎偷偷看了看安莉的反应。他惊呆了。安莉的双眼已经湿润了，她似乎想让自己相信眼睛所看到的一切，不住地点着头。

她和弟弟一样，也从这个男人身上看到了艾迪森的影子吧。

"为何、来、此处？"

男人使用的不是伊甸社区的语言，说话方式也与通路对面村子里的人们不同。这种说话方式使得这个男人散发出一种独特的气息来。

"我听这个孩子说了一些关于您的事。所以，我来了，怎么也想要见您一面。"安莉一边摸着俊郎的头，一边回答道。

"……"

男人双手环抱着，一言不发。这一刻，达郎认同了弟弟的想法。像这样不说一句话，就可以将领袖气场淋漓尽致地展现出来的人，在整个伊甸估计都找不出来。达郎想，果然，艾迪森这个特殊的角色，非他莫属了。

"我决定了。就拜托他吧。"

安莉像是在和达郎确认一般，这么对他说道。此时此刻无须说出究竟决定了什么，达郎都懂。

"说来、话长？"男人这样问道。

安莉和达郎对视了一眼，随后安莉说道："事情其实并不复杂。

但如果您答应了的话，我们可能会打扰比较长的一段时间。"

不知道男人有没有听懂安莉的话。好一阵，他保持着一动不动的姿势，随后对着三人指了指岩洞，说道："进来、吧。"

男人率先进去了，三人紧跟其后。又窄又长的岩石裂缝里，竟然能塞进人，三人都无比惊讶。

洞穴内部摆满了各种足以让三人目瞪口呆的装置。

伊甸社区有的、对面村子有的，还有应该是存在于"未复原工程学科"流派里的东西，在这个洞穴里应有尽有。此外，整个洞穴洒满了光。光源应该是位于金属线前端的某种东西。此外，金属线还连着满布在打通的岩石中的某种不知名的液体。岩壁上挂着不知道用来干什么的金属机关。应该是那个男人自己做的小型装置吧。

三人被这一切吸引了。

"说吗？"男人坐下来，向三人问道。

接过话头的是安莉："我们有事相求。我们想请你到我们的社区来，和我们一起待十天。"

男人茫然地问道："十天？我、做什么？"

"请您扮演艾迪森。拜托您了！"

男人还是有点儿搞不清楚状况。安莉只管将头一个劲儿地埋下去。

找寻失去的时间

他们不知道这个男人的名字。即便问他，他也不说。

因为他和谁都没有交流，也就没有必要互相称呼。

此外，这个男人似乎丧失了一部分过去的记忆。他只记得，他大约是从十年前开始在关口附近生活的。除此之外，他的身世一问三不知。

换句话说，这个男人可能从来就没有仔细考虑过自己叫什么名字。也没想过自己在哪里出生。究竟是在新伊甸的社区出生的呢，还是在村子里出生的，不得而知。

总之，等他意识到的时候，他已经住在洞穴里了。可是，究竟在洞穴住了多长时间，他也不知道。

因此，达郎他们决定暂时把这个男人叫作"艾迪森"。主张这么称呼他的是安莉。理由是男人会出演降诞祭舞台剧里的艾迪森，那么称呼他为"艾迪森"，应该是最妥帖的。

当然，如果他本人没有意见的话，这应该是最合适的称呼了。可是，对于伊甸的人们来讲，没有比被叫作"艾迪森"更恶趣味的了。

然而，当男人被叫作"艾迪森"时，他好像没有表现出任何厌恶的情绪。

一开始，男人说话的确有些结结巴巴的，可是渐渐便流利起来。仅从这点便可推测出，他原本应该是个很聪明的人。说话结结巴巴，不过是因为之前没怎么和人接触。

安莉问他："我们暂时叫你'艾迪森'，可以吗？"

男人看着远处，眼神变得飘忽起来，"'艾迪森'……我好像在什么地方听过这个名字。对它有一种特殊的感情。不过，我连自己的名字都想不起来，想不起这个名字也不奇怪吧。"

据他所说，他能回忆起的最久远的事，就是自己住在这洞穴里的事情了。可是，究竟经历了什么他才到了这里，又是从什么时候开始住在这里的，他不确定。

"我应该是在更早之前就在这儿居住了。可是，再久远一点儿的事情，我不记得了。我只能记住一定时间段内的事情。在那之前，我应该也是住在这个洞穴的，这里有我生活的痕迹。可是，我究竟是如何开始在这里居住的，相关的记忆已经完全消失了。""艾迪森"说道。

达郎和安莉的劝说起了作用，"艾迪森"答应帮忙一起完成舞台剧了。

"不过，我向来是个跟戏剧没啥缘分的人。而且，我也没有表演的才能。台词到底能不能背下来，我都不知道。这样也可以吗？"

而安莉一旦认准了这个人是符合角色的演员，那么这些担心都算不上大事。

"艾迪森"简单收拾了行李，和他们一同上路了。

达郎想着，以前社区的人们像原始人一样生活的洞穴，也不是不能继续住下去，可是住宅区里应该还有空房子。看样子，"艾迪森"并非因为讨厌与人打交道才选择住在洞穴里。多半是想不起来自己为什么会住在那里，才会出于惯性一直住在那里。所以，对于要去社区，他似乎完全不抵触。

最后他们决定，"艾迪森"之后就住在达郎家里，直到演出结束。

首先，达郎带着"艾迪森"去了市政厅。

达郎的父亲，田边正弘掩饰不住脸上的惊讶，一边说着"去咨询下负责人吧"，一边把达郎他们带到了居民服务部。在将负责人介绍给他们之后，父亲似乎有些放心不下，留了下来。

负责人对于"艾迪森"还没有进行居民登记这件事感到很惊讶。也就是说，他在市政厅的档案里是不存在的。由于他的姓名也不清楚，所以也没有办法据此确认身份。只能试试看能不能通过他的居住地来验证身份了。

然而结果却是，从海岸一直到关口的周边地区，在市政厅的档案里面都找不到任何有关的居民记录。

"要不做个临时登记吧？这样也能享受到许多行政服务。"负责人说道。

"没有义务吗？"

"成年人还是有工作和纳税的义务的。"

"可是，那些义务我一次也没有履行过。如果能够享受行政服务，或许会带来很多方便，不过迄今为止，我都觉得没有这个必要。所以，我暂时不做登记了。"

听到这里，负责人皱起了眉头，"首先，所有人都要到市政厅进行居民登记，这是生活在社区里的人应尽的基本义务。可能我的表述方式不合适，给您造成了误解。如果你理解为居民登记是可做可不做的，那就错了。只要是人，就必须进行登记。"

"我是艾迪森，对吧？各位。""艾迪森"看着大家说道，"艾迪森算是个人吗？"

大家瞠目结舌地望着"艾迪森"。"艾迪森"继续说道："就是这么回事儿。走吧。"

走出市政厅的大门，达郎的父亲追了上来。

"咱们家不是还有一间空房吗？就让他住在那里吧，怎么样？"

　　这句话让达郎打心底里感谢父亲。他和安莉对视了一眼,两人都不再是一副愁云笼罩的表情。对"艾迪森"而言,怎么样的安排他都无所谓,似乎也做好了实在不行就立刻撤回关口附近的打算。因此,他的脸上既看不出感谢之情,也没有任何喜悦之意。

　　"还有很多没有被掩埋的洞穴呢。我住在那些地方也可以。"他说道。

　　弟弟隔壁的房间安排给了"艾迪森"。对此,他也没有什么特别的感觉。

　　"艾迪森"流露出感情,是在全家围坐在一起吃晚饭的时候。

　　对于家里来的陌生留宿者名为"艾迪森"这件事,达郎的母亲表示"真恶俗"。此外,对于父亲省略餐前祷告这件事,她也十分不满。

　　取消祷告是父亲做的决定。因为餐前祷告主要包括了对上苍和这颗星球的感谢,以及对艾迪森的诅咒。

　　不管怎样,晚饭总算是开始了。

　　达郎的母亲今晚准备了用陆蟹和糯薯煮的汤。"艾迪森"吃了一口之后,发出"嗯嗯"的声音,随后眼神发散,望向虚空。

　　全家人吃惊地看着他,只见"艾迪森"嘴里的"嗯嗯"声渐渐变成了"呜呜"声。达郎明白过来,"艾迪森"是在说"好吃",于是放下心来。

　　"艾迪森"以惊人的速度将晚餐扫进肚里,随后朝着达郎他们鞠了一躬,便先行离开餐桌回到了房间。

在一家人眼里,这位"艾迪森"无疑是个怪人。

"艾迪森"离开后,母亲立刻责备起父亲来,为什么要留这样一个人住在家里呢?

他的确身形高大、目光尖锐,极有存在感。达郎深刻意识到,再也没有人比他更适合演恶霸艾迪森了。

不过,这仅仅是以观众的眼光来看待作为演员的"艾迪森"。如果面对面和他交流的话,那么这位"艾迪森"的举动,完全是偏离社会共识和常理的。

即便如此,父亲仍然留他住宿。这让达郎既感到惊讶,又对父亲充满了感激。

尽管遭到了母亲的责备,父亲并不后悔。

"我不知道他脱离社会、一个人生活多长时间了。只是,以他的境遇来看,他的举动不是应该会更加异于常人吗?然而,他仅凭自己的一双手,就复原了不少地球上的东西。那些东西虽然独特,却展示出了他带有自己价值观的行动力。虽然他丧失了部分遥远的记忆,可是我总觉得,他内心深处在坚持着什么。

"我想起来以前听说过的一个故事,叫《卡斯帕尔·豪泽尔之谜》。十九世纪初,在地球上的德国,人们发现了一位完全不会说话、野人一般的少年。他是一名纯人类血统的少年,但是他失去了记忆。并且,在记起自己的出生之前,他便被暗杀了,所以他永远也不知道真相是什么，不知道自己究竟是谁。"

对父亲来说，也许正是因为模模糊糊记得这个故事，他在第一次见到"艾迪森"的时候，便产生了恻隐之心。

"'艾迪森'也一样，日子一天天地过着，可是他并不知道自己是谁。我想，不知道自己是谁，却要坚持活下去，其实很辛苦。我很同情他。他连自己究竟出生在社区，还是出生在村子都不知道。"

这是父亲趁母亲不在的时候向达郎吐露的心里话。

吃完晚饭后，达郎正准备回自己的房间，却突然停住了脚步。

院子里有人。并不是自己的错觉。达郎还能看见一道小小的光。有人坐在院子里的小草地上。难道是……

达郎轻手轻脚地走到院子里去一探究竟。果然和他料想的一样。这位肩膀宽阔的人，正是"艾迪森"。

达郎有些犹豫，不知道到底要不要叫"艾迪森"。

夜空中缀满了繁星。夜幕下，"艾迪森"盘腿坐着，抬头仰望夜空。有一小束光，在他的膝盖上方亮着。

"你在这里……干什么呀？"

听见声音，"艾迪森"缓缓地回过头来，在他右边的草地上敲了两下，似乎是在叫达郎坐下。达郎像是被他吸引了一般，在"艾迪森"的旁边坐了下来。

"我也不知道。这个院子真宽。我想在这个院子的草地上坐着，看一看夜空中的星星。我也不清楚为什么，只是从这里经过时，觉得必须得这么做。"

达郎还是第一次听到"艾迪森"这么平静、沉稳的声音。

"为什么？"

"为什么啊？我只能说，坐在这片草地上的感觉太舒服了。满眼望去全是星星。这种感觉令人怀念。它能让我的心情渐渐平静下来，生出一种幸福的感觉。这就是我此时此刻坐在这里的心情。"

"这种感觉令人怀念？"

"嗯，我好像只能这么说。过去的回忆我完全想不起来了，所以很难解释我为什么会有这样的感觉。"

"艾迪森"虽然这么说了，达郎还是很难理解。只要是晴天，星空不都是如此吗？

突然，他注意到"艾迪森"的膝盖上有一小束光。光的颜色不停变化着，从红色变成蓝色又变成白色。这束光真的很小。看上去就像是漫天星光当中的一束，从遥远的高处洒落下来一般。

"那个……你膝盖上的东西……是什么？"达郎问道。

"啊？这个啊。""艾迪森"似乎是无意识地将那个发光的东西放在膝盖上的，"这个……我老早之前就一直带在身上。我也不太清楚是什么，可能是我自己做的吧。我一直带着它。如果使用不当的话电池可能会被耗尽，所以一般我都关着它。它已经在我身边几十年了。"

说着，"艾迪森"将那个发光的黑色物体摊在手掌上。

达郎心中充满了疑问。

——这是电池？"艾迪森"自己做的电池吗？还是他将电池复原了？真是不可思议。达郎所知道的复原的电池，都是比这个大得多的东西。像这个"艾迪森"放在膝盖上、胸针一般的电池，体积也太小了。而且过了十几年竟然还能用。

"这心情，应该怎么说呢？我住在岩场的时候，即便仰望夜空，也不会有这种怀念的心情。虽然我并不知道原因，不过我还是要感谢达郎。"

"明天开始，就拜托您了。"说完这句话，达郎回到了自己的房间。

达郎不知道"艾迪森"在那里待了多长时间。他大概整个人完全沉浸在安静、令人怀念的氛围当中了吧。

第二天的练习时间在放学之后。

以达郎、安莉为首的全体人员都明白，时间非常紧张。为此，安莉在"艾迪森"答应出演后，便立即着手大幅修改了剧本。由于已经通过了降诞祭组委会的审核，剧情是不能改变了。所以只能在不影响整体效果的前提下，尽可能删减"艾迪森"的台词。据说，这项工作可是安莉通宵达旦加班加点才弄完的。

台词的改动非常大。在整部剧里，"艾迪森"没有一句台词，只需要摆几个简单的手势。与此同时，旁白大幅度增加了，其他演出者的台词也增加了。

要说效果如何，达郎的感觉是，现在必须依靠舞台动作去想象艾迪森的人格。在"艾迪森"的眼神加持下，除了是个坏人之外，艾迪森身上的怪物气质也大大增强，到了观众完全不能理解艾迪森的行为的程度。

早上上学的时候，达郎带着"艾迪森"走了一遍去学校的路。然后"艾迪森"便说他要在社区里逛一逛看一看。不过，到了约定的时间，"艾迪森"准时出现在了东方职业学校。

这天，安莉第一次向"艾迪森"讲解了故事情节。剧本是写在板子上的，但"艾迪森"不太能看懂那种文字，所以就由安莉讲给他听。在关口附近的洞穴里拜托"艾迪森"出演的时候，他们根本没顾得上讲故事，只顾着低下头请求了。

"我说过艾迪森是个坏人吧？"达郎在一旁听到这句话时，也有些不安。

不过，"艾迪森"只是一言不发地听着故事，点了几次头。

安莉不停解释着"这只是个故事""只是在剧里才会这样"，其心情达郎非常理解。

安莉终于把故事说完了，"艾迪森"大力地点了一下头，说："明白了。个别细节，到时候再教教我该怎么演吧。"

说实话，达郎认为就算"艾迪森"听到途中便气愤地表示"你们怎么可以让我演这种角色"，然后回到自己关口附近的洞穴里去也不足为奇。因此，达郎没有错过安莉此刻的表情，她柔和的双眼里渐渐噙满了泪水。

"你们来找我演戏，会让我演什么角色我还是有些心理准备的。我自己在别人眼中是个什么形象，我也是有一些自知之明的。""艾迪森"语气平实地笑着说道。

很快，排练舞台剧的日子开始了。

"艾迪森"对于安莉的指导表现出了令人吃惊的顺从，从不会反驳。两人的年龄差距几乎接近于父女，但"艾迪森"总是像哄小孩一样接受着安莉的指导。

第一天排练就持续到了深夜。大家都非常认真，对于安莉的每一次指导都默默地照做了。安莉会示范如何演，所有演员尽全力试着按照安莉的示范表演出来，然后安莉会指出其中的问题，近乎固执地不断重复练习。

不管"艾迪森"的形象跟角色是如何匹配，他终究是个外行。安莉尽可能控制自己的语气，温和礼貌地跟"艾迪森"讲戏，可是"艾迪森"的表演还是与安莉想要的效果相去甚远。

经过了数次休整之后，"艾迪森"的演技丝毫没有提升的迹象。

那之后，便是整体彩排。众人认为，与其不断地抠细节，也许看看整体的彩排效果会更好一些。

安莉依旧是轻言细语的，可她脸上的焦灼却一览无余。

在排练了三个回合之后，这一天的排练终于结束了。

达郎与"艾迪森"一同回家。达郎一边推着自行车，一边和"艾迪森"聊天。"艾迪森"并不主动找话题，只是回答达郎的一些问题。

"排练的感觉怎么样？累不累？"

"没事。""艾迪森"点着头回答道，"我是第一次做这种事，所以给大家伙儿都添麻烦了吧。"

"没这回事。只是我们剩下的时间不多了，大家都很着急。特别是安莉。她是个完美主义者，只要情况跟她设想的有一点点差池，她都会不断地指出来。不过，她是没有任何恶意的。"达郎很想让"艾迪森"快一点儿打起精神来，但不知道该如何措辞，"不过，我们真的是太惊讶了。迄今为止，您一次舞台剧也没有演过，却一点儿抱怨都没有，全心全意地配合我们。您真是个好人呢。"

"艾迪森"伸了伸懒腰，似乎有些害羞地摸着自己的胡子说道："说起来，我为什么要帮你们呢？""艾迪森"抬头望着夜空，"有些不可思议的是，我内心深处有好几件让我担忧的事情。我呢，对于过去的事情完全想不起来了。我能记得的最久远的事情，就是我在关口的洞穴里生活的事情。那个时候我已经是成年人了。我小时候是怎么生活的呢？年轻的时候我又在哪里呢？我有家人吗？对于这些，我完全不记得了。所以，你们这群年轻人来找我的时候，我的内心不知为何，是非常激动的。

"还有一点。那个女孩说的一番话，让我的内心有所触动。你们大家都十分憎恶艾迪森对吧? 可是, 当我听到'艾迪森'这个名字的时候, 我的心中……有一些本来已经遗忘的东西……似乎又复苏了。这不是单纯的仇恨的感觉。还有后悔、空虚……以及一些喜悦和令人怀念的感觉, 我的内心潜藏了各种各样的感情。

"艾迪森这个人……我也听了一些关于他的介绍。他是地球上某个国家的总统, 是当初抛弃了大部分人, 只选了少部分人和他一起逃离地球的人物。这是几十年前的事儿了吧。恐怕不只几十年, 应该已经有一百年之久了吧……也不知道为什么, 我会对'艾迪森'这个百年之前的名字有这样的反应……"

"所以……你才加入我们? "

"艾迪森" 使劲儿点了点头, "当你们拜托我扮演艾迪森时, 我内心深处竟然还产生了某种共鸣。我想知道为什么。要是能知道产生共鸣的原因, 或许也就能够知道我的身世了吧。我……就是有一种这样的感觉。我那一无所知的身世、成长, 以及所有的一切, 似乎都包含在与艾迪森有关的联想之中。我就是有这种感觉。"

达郎明白了 "艾迪森" 话中的含义。他是想通过参加这场舞台剧, 把自己失去的那部分回忆找回来。换句话说, 他想知道自己究竟是谁。他坚信, 关键就藏在这位叫作艾迪森的人物当中。

"怎么样? 我的演技那么差, 是不是把大家都吓着了? "

达郎一时语塞, 不知该如何回答。他疑惑地看着 "艾迪森", 只见 "艾迪森" 第一次咧开了嘴。那是带着点儿恶作剧意味的笑。看到那样的笑容，达郎明白"艾迪森"的内心深处对自己的演戏水平也不是一无所知。

接下来的日子，达郎便开始集中精力准备舞台设备了。第二天，是他每周一天在社区劳动的日子，这天他完全没办法筹备降诞祭。不过，除了这一天之外，他总是会在白天抽出用于未复原工程学科研究的时间，作为舞台设备组的成员之一参加舞台设备的准备工作。要是有不清楚的地方，他就立刻跑到安莉那里去，跟她沟通和确认细节。所以，"艾迪森"与达郎见面，多半都是达郎跑到排练的地方去和安莉沟通舞台细节的时候。

这时候，安莉会暂停排练，跟达郎沟通音响、小道具等细节问题。而演员们就会在这栋用作舞台剧排练的实验及作业专用楼的一角休息一下，坐等沟通结束。当安莉为了做出决定而陷入沉思时，达郎就会下意识地找寻"艾迪森"的身影，他也待在房间的某个角落里。只是，他和其他演员不一样，他总是凝视着半空，看起来像是想要拼命表演出什么似的。在达郎看来，"艾迪森"这是在利用休息时间努力提升自己的演技呢。

在正式演出的两天前，所有的准备工作终于完成了。各种装备设施一一到位，并经过了无数次的安装调试。

第二天，也就是距离正式开演前一天的预演的日子。大家换上了正式的演出服。预演虽然没有向一般观众公开，但是有负责的老师和降诞祭组委会的成员从头到尾观看一遍。

"父亲告诉我，这叫作彩排。"安莉说道。

这时候，达郎终于可以亲眼见证"艾迪森"和安莉等人练习的成果了。

在这几天当中，剧本并没有太大变化。安莉担任旁白。她头上戴着一个陆蟹的面具，支棱着大钳子和蟹腿儿。

安莉作为《艾迪森讨伐传》里的一个角色——陆蟹登场，在舞台上以夸张的步伐走动着，说着台词。

"本来，我们过着平静的日子。可是，艾迪森出现之后，一切都变了。"

随后，穿着西装端着肩膀的"艾迪森"，作为艾迪森这个角色首次出现在了舞台上。"艾迪森"登上舞台后，作为背景音乐的打击乐响了起来，呈现出让人毛骨悚然的效果。尽管没有一句台词，但是艾迪森邪恶的感觉已经表现得淋漓尽致了。"艾迪森"本来就给人一种威严肃杀的感觉，此刻他的脸上还涂抹了不知名的颜料，像是戴了一张很恐怖的脸谱。

在写剧本的时候，安莉曾经对达郎说："我曾听爸爸说过，过去日本的歌舞伎为了让观众更容易区分人物性格，会在人物脸上画出各种彩色图案。中国的京剧也是这样。这应该会有效果。我在想，演出的时候我们能不能把这个加进去。"

在安莉剧本的舞台提示里，并没有提到这个表现手法。可现在，在与正式舞台相同的舞台上，非常漂亮地采用了这个手法来表现艾迪森的性格。

安莉借陆蟹之口将地球上严苛的税收政策娓娓道来。艾迪森想尽一切办法，用尽一切手段欺压着陆蟹。这时候，扮演陆蟹的安莉走到舞台中央，继续解说艾迪森的要求。同时，也向观众们讲述了陆蟹究竟遭受了怎样的待遇。艾迪森宣称他这么做都是为了大家将来的幸福，可是，这样的幸福生活永远不会到来。

"艾迪森"虽然没有台词，但他发出的"呜呜"声配合着安莉的解说，充分展现了故事的情节。

扮演陆蟹的不只安莉一人。有好几个学生虽然没有台词，但同样戴着陆蟹的面具，站在安莉身后。

过了一会儿，原本在舞台上昂首阔步的艾迪森突然消失了。安莉脸上呈现出从苛捐杂税中解放出来了的放心的表情，谁知这时候，灯光变了。一束大红色的灯光打下来，安莉她们也痛苦起来。

随后登场的是丹尼和奇斯。丹尼全身穿着黑色的衣服，脚下还踩着类似高跷一样的东西，显得无比高大。与之形成鲜明对比的是奇斯穿着全白的衣服。

丹尼站在舞台后方，担忧地看着安莉等人受苦的样子，却爱莫能助。

奇斯站在舞台中央，宣称自己是可以救助那些正直的生物于水深火热之中的神。只是，即便是神，也有能力所不及的地方。唯有那些一直不断努力的生物，才能得到神的帮助。

身心备受折磨的安莉将地球上的真实情况娓娓道来。如此下去，地球将被太阳烧成灰烬。

神的身影从舞台上消失了，一身黑衣装束的丹尼走到了舞台前面，发出一种物体摩擦的声音："呼喔——呼喔——"大家都明白，这个声音代表着丹尼扮演的角色。

丹尼是在表演伊甸传说中的怪物——蛇鲨。

如今这个时代，蛇鲨几乎已经绝迹了。所以没人知道它确切的形态与声音。不过，不知道从什么时候开始，不管是小孩子还是大人，都认定从未见过的蛇鲨就该发出"呼喔——呼喔——"的声音。并且，大家都默认，蛇鲨这种怪物，是巨大的黑漆漆的生物。

丹尼所扮演的蛇鲨对倒在舞台中央、扮演陆蟹的安莉等人喃喃细语了一番。随后，安莉等人站了起来。

舞台灯光开始五彩变幻。学生们随着音乐翩翩起舞，安莉又开始了解说。在蛇鲨的帮助下，陆蟹奇迹般地来到了叫作伊甸的地方。随后灯光又变成了昏暗的蓝色。在这片崭新的土地上，陆蟹们虽然过得非常辛苦，但也拼尽全力地想要活下去。

影卡跳起了欺负陆蟹的舞蹈。

扮演影卡的是一个没有跟达郎说过话的低年级男生。据说是安莉挖掘的。要说他的舞蹈，的确是相当优秀。

一开始欺负陆蟹的影卡在听了安莉的讲述之后，对陆蟹产生了同情，渐渐成了它们的朋友。糯薯也和它们成了朋友。随后，神灵再度降临，并告诉它们，抛弃了大家的艾迪森，很快就要来到这片土地了。

"怎么办啊？"

舞台上，安莉率先喊出了"杀掉艾迪森"。那之后，不断有人应和，一个人、两个人……渐渐地，呼声回荡在整个舞台上。

到目前为止，整个故事情节都伴随着背景音乐顺畅地展开了。让达郎有些震惊的是，连他都被故事深深吸引，沉浸在了剧情当中。

看着这个已经成型的舞台剧，达郎不禁想，这部作品……堪称杰作啊！这都是拜安莉的才华所赐啊！之后，把那几个还在制作的大道具也搬上舞台就完美了。那几个道具预计再花上几个小时就能完成，并搬到舞台上了。如此一来，今天晚上自己就可以睡个好觉了。

等到明天正式演出结束，自己就可以长长地松口气了。这对自己来讲，该是件多么开心的事情啊。虽然还需要烦恼如何选择职业道路，但这也只是件小事了。

读剧本的时候，达郎完全没有想到故事搬上舞台之后，可以表现得如此完美。真是了不起啊……

达郎回忆着当时看过的剧本。接下来，百般欺凌陆蟹、禽兽不如的艾迪森就要来到伊甸这片土地了。而影卡、蛇鲨，还有已经变身为烤糯薯的糯薯，将纷纷向着艾迪森举起复仇的利剑。它们会代替陆蟹向艾迪森复仇。

剧情在舞台上继续推进着。这个故事会迎来一个怎样感人的结局呢？舞台下面的达郎翘首以盼。

"田边先生，田边达郎先生。"

听到身后有人在叫自己，达郎转过头去，"我在，请问什么事？"

达郎身后站着两个男人。其中一人的脸有些眼熟，是达郎请来做舞台大道具的木匠。

"我们来晚了。道具终于完工了，该放在哪里呢？"

"道具现在在哪儿呢？"

"在外面。可以现在安装吗？"

"现在稍微有点儿不方便呢。这边马上就要演完了，能麻烦你们把东西从对面运到后台吗？"

"没问题。东西已经放在外面了，您能出去查收一下吗？"

达郎不得不暂停观看舞台剧，这实在是太让人遗憾了。不过好在明天还有正式演出，就等到明天再来仔仔细细地欣赏全剧吧。达郎安慰自己。

"好的。"说着，达郎和木匠们一起走到了外面。

达郎确认道具已经完工，又测量了尺寸之后，告诉木匠们没有任何问题。

"能麻烦你们把这个搬到后台去吗？"

"好的，没问题。"

这样一来，兴许还能赶上看大结局呢，达郎不禁这么想着。

这时，达郎的身后突然响起了一阵嘈杂声，让人有些不安。

降诞祭的主会场，现在聚拢了许多人，比达郎刚才离开时多得多。

一个男人从人群中跑了出来，让达郎大吃一惊。

是"艾迪森"。

他双手抱着自己的脑袋，飞快地奔跑着。头颅高高地昂起，发出一阵阵似乎是被地狱之火炙烤着的叫声。

"艾迪森"从达郎面前跑了过去，在他身后拼命追赶的是头上依旧戴着陆蟹面具的安莉。看见安莉的那一瞬间，达郎才反应过来，然后不禁埋怨起自己，为什么那么愚蠢，刚才没有拦下"艾迪森"。

"艾迪森"跑得很快。

达郎也连忙追赶起"艾迪森"。他与安莉并肩全力奔跑着。

达郎喘着粗气，问安莉："怎么了？发生什么事了吗？已经演完了吗？"

安莉脸色惨白，喘着气使劲儿摇了摇头。

这时"艾迪森"已经跑到了百米开外市政厅前的公园那里。穿着演出服的"艾迪森"体力不支，浑身虚脱般地倒在了草地上。

浑身虚脱无力的还有达郎。

"'艾迪森'！到底怎么回事啊？你为什么要逃走呀？明明……

舞台剧马上就要结束了呀！"安莉哭喊着。

看样子舞台剧还没有结束，"艾迪森"演到最后，竟然放弃了自己的角色，从舞台上径直跑了下来。"艾迪森"明明已经很像是艾迪森了。看来，一定是有什么原因，引起了"艾迪森"的恐慌？

"艾迪森"大口大口地喘着气，精神似乎还没有恢复正常。

"我们刚刚演到扮演蛇鲨的丹尼要向艾迪森复仇的场景，尼克正准备袭击他，'艾迪森'便大叫着跑开了。"安莉向达郎描述道。直到前一天的彩排，大家都是穿着平时的衣服表演的，所以没有出现任何问题，"往外跑的时候，'艾迪森'嘴里在喊着什么，不过，我听不懂……伯法……约翰·伯法，好像是这样的。还有一个像是女性的名字……娜塔莉。"

这些名字究竟意味着什么，达郎毫无头绪。

"艾迪森"似乎总算是恢复了平静。他的两只手支撑着地面，抬起了头，脸上还画着脸谱。

"'艾迪森'，你还好吗？"安莉问道。

"艾迪森"用力点了两下头。

"发生什么事了？你究竟怎么了？"

"我好像想起了什么。差一点点我就能明白了。眼前所看到的东西，和我已经忘记的东西，似乎重合在了一起。而我所想起的东西，是我难以承受的。"

所以，"艾迪森"应该是一时冲动，从现场逃了出来。

"那么，你想起来了吗？"

"我只能模模糊糊地想到什么。不过，好像我的潜意识在抗拒，等我跑到这里来，那些模模糊糊的景象也消失了。到最后还是没能想起来。"

听到这里，达郎不安起来。如此一来，什么问题都没有解决。等到明天正式演出的时候，到了最后这一幕，可能会历史重演呢。

达郎看了一眼安莉，安莉似乎也想到了同样的问题，眉头紧蹙。

似乎察觉到了达郎的担心，安莉说道："明天的正式演出，一切照旧。不过，最后一幕，我们根据'艾迪森'的反应，准备两个版本的结局吧。'艾迪森'没有台词，所以不需要做调整。只是，如果'艾迪森'跑走了，我需要让留在舞台上的演员继续进行相应的表演。"

达郎听完这番话，除了对安莉的沉着冷静感到佩服之外，已经没有别的想法了。这样的事故对她而言丝毫不构成阻碍，这不过是迎接正式演出时可能会遇到的状况之一罢了。

就算"艾迪森"从舞台上逃走了，舞台剧也还是会继续演下去。在没有"艾迪森"的舞台上，要像原本就是如此设定的一样，由演员来讲述结局。

三个人回到了降诞祭主会场的舞台。在场的所有人如同被冻在原地一般。东方职业学校的负责老师和降诞祭组委会的成员都脸色惨白。面对意料之外的状况，他们毫无准备，全都半张着嘴，流着汗。大脑一片空白，想不出如何解决这个问题。

安莉站在大家面前，宣布道："没关系，大家不用担心。明天我们会按照计划演出《艾迪森讨伐传》。"

听完这话，组委会的哈兹拉特原本面如白蜡的脸庞，迅速地恢复了红润。

在转过身的达郎面前，是看不出任何感情变化的"艾迪森"那高大的身影。和往常一样，像是威严的"艾迪森"。

"正式演出的时候，不会发生这样的事情。""艾迪森"用低沉的嗓音向大家承诺道。

见"艾迪森"突然开口说话，所有人都有些错愕。也许是因为剧中"艾迪森"没有一句台词，大家都习惯了"艾迪森"不说话的样子。此刻，"艾迪森"竟然对大家说了这样一番话，所有人都意想不到。

虽然怀着巨大的不安，但降诞祭终于还是到来了。会场里座无虚席，庄严的仪式不断进行。

前面的流程对达郎而言无关紧要。他只期盼自己负责的项目——舞台剧《艾迪森讨伐传》能够平安无事地完成。如今，工作人员也从最开始的达郎、安莉等五人逐渐扩展到了现在的好几十人，班上一大半的同学都参与进来了。

多亏大家的帮忙，达郎得以从最开始，便能在观众席后方确认这部舞台剧的最终效果。

为了尽量不让"艾迪森"再次受到刺激，直到当天早晨，达郎都一直和"艾迪森"待在一起。

尽管如此，"艾迪森"进入后台看到丹尼一身黑色的蛇鲨扮相时，仍旧喃喃地念着"约翰……伯法"。而看到安莉的时候，他口中又念着"娜塔莉"。

达郎想起安莉曾经告诉过他，"艾迪森"前一天出现异常举动时口中念念有词。

"那是什么意思……？"达郎不禁这么问"艾迪森"。

"艾迪森"转过头来，他的双眼像是正看着什么东西。随后，他的目光停留在了扮演陆蟹的安莉身上。

"娜塔莉·艾迪森。""艾迪森"清清楚楚地吐出了这个名字。这个艾迪森，是指坏人艾迪森吗？

随后，"艾迪森"似乎又恢复了神志，他对达郎说："不要紧，我会好好演的。"

听到他充满自信的话语，达郎反倒觉得有些害怕。

终于，《艾迪森讨伐传》的幕布在舞台上被揭开了。开场的那一幕前一天达郎已经看过了。虽然场景和台词都没有改变，可是不知道为什么，达郎却觉得自己仿佛在看一场从来没有看过的剧。虽说舞台上增加了一些道具，可是影响并不大。最大的不同，可能还是在于演技的张力吧。安莉扮演的陆蟹有一种悲壮的凄美，而"艾迪森"又展现出了一种魔鬼般的邪恶。

幕布揭开之后,喧闹的会场因为两人的演技立刻变得鸦雀无声。

舞台剧不断推进着,渐渐来到了昨天发生事故的那一幕。由丹尼扮演的蛇鲨即将袭击艾迪森。这一次,"艾迪森"并没有逃跑。取而代之的是……他双手向扮演陆蟹的安莉伸过去,大声喊道:"我想起来了。娜塔莉! 我就是这样失去了你。"

本来不该有台词的艾迪森大声疾呼:"娜塔莉——你看看我啊! 娜塔莉·艾迪森。我为了你追逐着'诺亚方舟号'! 我不会再让约翰·伯法将你抢走了。"

"艾迪森"抢起双臂,将丹尼直接扔到了舞台下面。

达郎顿觉下身失去了力气,就地蹲下。

事情竟然发展成了这般模样。扮演烤糯薯、影卡的演员都说不出话来,他们想要压制住"艾迪森",却纷纷被他扔了出去。"艾迪森"的力气太大了……

事后,达郎搞清楚了事情的原委,以及"艾迪森"的身世。但在那个时候,他只觉得自己的双脚已踩在了悬崖边,岩石正不断地嘎啦嘎啦落下去,自己即将跌落地狱。

——我们就这样把降诞祭搞砸了。严肃的氛围被我们破坏得干干净净。这场事故恐怕要永远流传下去,成为耻辱的传说了。一想到这些,达郎就有一种腹部灌满了铅的沉重感。

"你可是艾迪森啊!"舞台上,扮演陆蟹的安莉冲着艾迪森

"艾迪森"笔直地站着，威严地回答道："我想起来了。之前我尝试了很多很多遍，却怎么也想不起来。现在，我终于想起我究竟是谁了！娜塔莉·艾迪森。你难道不认识我吗？这里不就是'应许之地'？"

谁也听不懂"艾迪森"在说些什么。

"我是安莉。我不是娜塔莉·艾迪森。娜塔莉·艾迪森是谁？你是不是搞错了？你究竟是谁？"

"我就是伊恩·亚当斯。在很久之前，我就住在你家隔壁。"

周围逐渐骚动起来，但似乎并不是因为舞台剧中断而发出的嘘声。

伊恩·亚当斯。

达郎也听说过这个名字。可是，"艾迪森"怎么可能是伊恩·亚当斯呢？

最初，骚动只是小范围的，后来渐渐扩散到了整个观众席。

达郎觉得根本不可能。就算"艾迪森"失去了十多年前的记忆，但他看上去充其量只能算是壮年人。而达郎所知道的伊恩·亚当斯，已经是一百多年前的人物了。

伊恩·亚当斯，一位天才科学家，传送装置的发明者。

只不过，目前看来，伊恩·亚当斯也有无法掌握的状况。

传送装置不是在传送的同时实现实体化。虽然不清楚这其中的原理,但事实就是如此。

伊恩·亚当斯花了一百多年的时间,终于"跳跃"到了伊甸。

没人想到,会有这样漫长的"跳跃"。

作为传送来的第一代,在地心引力更大的地球上长大的伊恩,力气自然也更大。

伊甸的人们,没有人不知道伊恩·亚当斯。如果没有他,就不会有传送装置,更谈不上在这颗星球庆祝什么降诞祭了。

不,应该说,连人类都会不复存在。

只是,一时半会儿大家还有些消化不了这个事情。

已经亮明身份的"艾迪森"向安莉展示了那个能够发光的装饰品。

"娜塔莉,你看看这个。你还记得吗?"

这个究竟是什么,在场的人谁都不可能明白。知道其含义的,只有伊恩·亚当斯。

然而,伊恩·亚当斯的声音被人群的声音淹没了。

观众席上爆发出了欢呼声,人们齐声喊着伊恩·亚当斯的名字。在降诞祭的演出上,竟然迎来了如此应景的英雄,谁能预料得到呢? 人们的反应十分狂热。

最终,与安莉和达郎的担心完全相反,他们的演出成了伊甸人民心中的传奇。只是,那时的安莉和达郎心中仍充满了疑惑。

减速的挫折

距离现在大约两万四千个小时之前，悲剧发生了。如果换算为地球上的计时，悲剧大约发生在两年零九个月前。

"诺亚方舟号"由四个巨大的筒状居住区和位于中央的推进器组成。四个居住区和推进器上方是船长室和控制室，相互之间由管道连接。不过，往来于控制室与居住区之间的除了控制室的勤务人员之外，几乎没有其他人。也就是说，除了控制室的勤务人员之外，其他人员都只清楚自己的任务。自然，他们也不可能了解"诺亚方舟号"的推进原理。拥有将近三万乘客的"诺亚方舟号"上，能够勉强说明冲压发动机工作原理的人，充其量不过百分之几。能够对发动机进行维护的人就更少了。"诺亚方舟号"的维修团队作为一个职能团队，基本上集中在华盛顿Ⅰ区的大约五十个家庭里。然而，这些家庭的一家之主，基本上都成了不能回家的人。

大约两万四千个小时前，船长室以及控制室发生了一场事故，原因不明。

所有的联络都中断了。没有一个人从船长室以及控制室活着返回居住区。

似乎是"诺亚方舟号"的正中央位置在某个瞬间发生了垮塌事故。也许是猛地撞上了在宇宙中移动的某种物质，也许是单纯地由于金属疲劳造成了事故。总之，原因不明。

人们唯一知晓的，是让人绝望的事实本身。

船长室及控制室，无人生还。

现在还无法进入那片区域。只能采用远距离探查的手法来确认里面被放射性物质污染的情况。

就目前看来，这还不算是最坏的结果。虽然，位于正中央的推进器的相关区域已无法再发挥作用，但四个居住区毫发无损。

宇宙农场和宇宙水产养殖场，这两处设施也还保留着预期以上的功能。

华盛顿Ⅰ区的议会依旧定期召开，因为兰伯特家族出身的第一位总统道格拉斯·兰伯特还健在。

只是，"诺亚方舟号"船舱内，自从推进发动机的中枢发生原因不明的事故以后，所有人似乎都被愁云笼罩着一般。

每个人的手腕上都佩戴着 N-phone，可以准确无误地接收到"诺亚方舟号"的实时状况。

目前船舱内所有乘客第二天生活所需的食品、信息仍有保障。只是，几十年后，"诺亚方舟号"会变成什么样儿，没人清楚。

所有出生在"诺亚方舟号"上的孩子们，在决定自己的职业并接受相关专业培训之前，都会接受同样的基础教育。他们会在那里学习到自己是诞生于地球的人类的后代这件事情。

地球毁灭之后，存活下来的人类搭乘"诺亚方舟号"踏上了奔向新天地的征途。目前，人类正处在旅途中。目的地只有一个，就是被称为应许之地的那颗星球。

"诺亚方舟号"将持续加速，在到达中间地段时……也就是在旅行超过八十五光年的距离之后，一直以来保持的加速度将切换成减速度。"诺亚方舟号"将被旋转九十度，同时开始进行 1g 减速。这是为了在进入应许之地的星域时达到静止状态。

这些从小便被灌输进大脑的知识，突然之间竟变成了毫无指望的东西。

过去，N-phone 上会显示在几万个小时以后将到达中间地段并开始减速，如果谁想要了解这点，一看 N-phone 便知。

而现在，已经无法通过 N-phone 确认这个时点了。

事故发生以后，在基础教育中，也不再讲述在中间地段的减速操作这一知识点了。

对于已经没有船长室和控制室的"诺亚方舟号"而言，已经没有理由继续讲授这种无意义的知识了。

"诺亚方舟号"在持续加速飞行后，总有一天会接近应许之地吧。只是，它不可能再在目的地停下来了。它将成为一艘失去控制不停狂奔的宇宙飞船，载着人类一直飞到宇宙的边界。又或许，在某一天，居住区会像推进器区域一样，迎来毁灭……只要稍微想一想这样的噩梦，人们的心情就不可能轻松起来。

当然，信息并没有被隐藏，只是变得较难获取了而已。如今，要想在 N-phone 上搜索情况需要费些工夫，而 N-phone 也不会显示以前的那些内容了。

那场事故发生时，纳达亚·阿克尔只有十一岁。他住在华盛顿Ⅰ区，父亲是冲压发动机维修组的成员之一。

父亲的团队一共有十五人，在进入控制室的一个半小时之后，船长室和控制室便与外界失联了。虽然不清楚里面究竟发生了什么，但随着时间的推移，能够确定悲剧的确发生了。

阿克尔和哥哥诺比尔、母亲一起被叫到了华盛顿Ⅰ区区划长的房间，然后一起去了饮食广场。那里已经聚集了很多人，人们歇斯底里地哭喊着、奔走着。

相关人员的家属和"政府"高官一起关注着这起似乎发生在船长室和控制室的事故。

船长室和控制室在事故发生的时候被墙隔离了。从里面无法向外传递任何信息。N-phone 的信息中转站似乎也发生了故障，断绝了一切消息。据推测，在那一瞬间，船长室、控制室有近三百人被夺去了生命。

饮食广场里的近千名家属在还没有搞清楚状况的情况下，被告知自己失去了一家之主。

那之后，再无人踏进船长室和控制室。因为已经探明里面充满了对人体有害的放射性物质。

据说，要经过大约四万个小时的半衰期，放射性物质对人体的影响才会降低。

为了确认父亲的安危，纳达亚·阿克尔与母亲、哥哥一同待在了饮食广场。在这期间，他目睹了这艘汇聚地球新、尖、精技术建造而成的世代飞船在面临意外危机时是何等脆弱。靠着这样马马虎虎的技术，竟然也好好地走到了现在。这实在让人吃惊。毕竟发生了这样惨烈的事故，竟然连一个像样的对策都没有，只能不知所措地面对无法查明情况的现实。

"诺亚方舟号"目前仍然在宇宙中继续航行，这是不是也可以称得上是奇迹了？然而，父亲脱险的希望，一丝一毫都没有。

父亲遭遇事故后，比起悲伤，阿克尔所感受到的更多是一种空虚。

这么说并不是因为阿克尔不喜欢父亲。

自小，阿克尔就经常在父亲休假时和他一起玩耍，也十分敬慕父亲。这样的父亲，怎么可能突然就从自己的眼前消失呢？

这是阿克尔的真心话。当下，对于父亲去世的事实，他只能通过这样的方式去理解和接受。

当时，正值阿克尔接受基础教育的最后一个学年。他与选择了各种职业发展方向的同龄人一起，肩并肩地坐在书桌前一同学习。

事故发生后，他曾听到班上有人说起当时的情况。

事情和父亲有关。

据说，阿克尔的父亲所在的维修团队进去没多久，船长室和控制室就出事了。也不知道垮塌是不是和维修团队有关？另外，也不能完全排除恐怖袭击的可能性。

这或许是班上某个孩子自己猜测的。不过，阿克尔却认为一定是小孩家长这么随口说的。

阿克尔很不甘心。人们能够如此轻率地将恶毒的揣测说出口，背后的理由并不难懂。因为一旦推进器控制室不再发挥作用，人类的未来也就不复存在了。人们的焦虑总要有个发泄的去处。于是，人们将事故发生前的事情按时间排序，推想着究竟发生了什么事。而当这些推想不断膨胀，维修团队有可能是造成事故的原因这一流言蜚语也被传得煞有介事。

即使流言被大肆评论，能够称得上确凿证据的东西，却一个也没有。于是人们通常也就是在心里随便想想，并不会宣之于口。然而，到了找不到怨气发泄口的如今，它们便化作了言语。

事情就是这样。

幸运的是，流言很快就烟消云散了。没过多久，就不再有人说起关于阿克尔父亲的那些无根无据的猜测了。

现在，会想起这种可能的，只有阿克尔自己，以及他的母亲和哥哥。此事已经在他们心中的阴暗处刻下了印记。

从那大起，阿克尔的家庭便如同坠入无边无际的黑暗一般。曾经那么喜欢和父亲、阿克尔一同嬉戏的哥哥诺比尔，在家里也几乎一言不发。

诺比尔已经开始工作了。和父亲一样，他也是维修小组的成员之一。不久之后，阿克尔也需要选择究竟进修哪一种专业课程，而他还没有考虑清楚。

维修小组的主要工作是管理推进器。不过，推进器集中的区域目前还无法进入。虽然那些装置依然运转如常，但在放射性物质消散前，只能暂时将它们放置在那里不管。要等到放射性物质衰变，还有好几年的时间。

也就是说，哥哥诺比尔接班父亲进入维修小组虽然是件好事，但在真正进入船长室和控制室之前，他只能一遍又一遍地重复模拟演习。

继承了父亲工作的哥哥，目前也住在父亲的房间里。每天，哥哥诺比尔都会去位于华盛顿 I 区的维修小组报到。华盛顿 I、II、III 区和 IV、V 区之间设置了五个小时的生活时差。不过生活在华盛顿Ⅰ区的人们都有相同的日程表。所以，母亲、阿克尔和哥哥可以按照相同的作息时间生活。

阿克尔战战兢兢地对正吃着饭的哥哥开口问道："哥哥，很快我就必须要选专业课程了，你有什么建议吗？"

哥哥吃惊地抬起头看着阿克尔。在吃饭时间，弟弟几乎不曾主动和他说过话。

母亲也同样吃惊地张大了眼睛。自从餐桌上没有了两兄弟父亲的身影，吃饭时一直是冷冷清清的，没有人聊天。

"阿克尔，你有没有什么特别想要做的事情？"虽然诺比尔这么回答了，但他的语气听起来有些不耐烦。

"我不知道。我是不是也应该像父亲那样加入维修小组呢？不过哥哥都已经加入了呢。"

哥哥诺比尔沉默着喝了两三口汤，随后才说道："我没有什么特别的建议。总之，阿克尔你就选择你自己真正想做的事情，这样不就行了吗？"

随后，母亲也十分罕见地开口说话了："诺比尔，阿克尔这么认真地咨询你的意见，你也应该认真考虑以后再告诉他你的意见。阿克尔一定也是经过仔细思考之后，才决定要找你商量的。"

哥哥诺比尔抿了抿嘴，似乎想要反驳些什么，但或许是母亲一直瞪着他的缘故，他只是嘴上匆匆嘟囔了几句。

"我明白。可是我真的说不了什么。我也不知道正确答案是什么。现在我和父亲一样，成了一名维修小组的成员。可是如今我能做的事情只有……等待。每一天，我都在重复着训练，为了迎接船长室和控制室能再次被使用的那一天到来。仅此而已。然而那一天……

"已经太迟了。再过不久，我们就要到达减速的临界点了。如果届时不能进入控制室进行减速操作的话，我们会直接越过应许之地，无法在那里着陆。

"对此无计可施的维修小组，其实毫无存在的必要吧？你们不这样认为吗？

"所以，阿克尔问我的问题我是真的回答不了。妈妈，请你理解一下吧，我并不是故意不回答弟弟的。"

阿克尔没有什么可以再问哥哥的问题了，而母亲听了这番话，也没法儿再对诺比尔说什么。

第二天，阿克尔被回家的哥哥叫住了："你过来看一下吧。"

哥哥似乎是让他到自己的房间里去。那房间原本是父亲的，现在哥哥已经用了一段时间了。阿克尔没有理由拒绝招呼他的哥哥，于是乖乖地进了哥哥的房间。

房间的角落里放着个什么东西。

东西的体积看起来比阿克尔的身体还要大。外面盖着层塑料薄膜。阿克尔自然被这个物体吸引了月光。这到底是什么东西呀？

哥哥诺比尔非常得意地抱着手臂站在旁边，表情像是在说"你看,怎么样？”

"这是什么呀？"

听见阿克尔这么问,诺比尔得意地点了点头,说道:"搭乘'诺亚方舟号'的人们,对于太空旅行或许有极高的科学研究能力和热情,可是在其他领域的创造力和想象力,相较于在地球上时,可是有不少退化哟。"哥哥的话有些让人琢磨不透。

"这是什么意思啊？跟这个东西又有什么关系呢？"

听到阿克尔这么问,诺比尔终于揭开薄膜。里面是一个长方体的金属块。不对,应该是个什么装置。

哥哥没有回答阿克尔的问题,而是将一个笔记本大小的金属面板拿在手里,用手指按了下板子的上部。

下一秒,阿克尔心里一惊。

长方体的左右两侧发出了一阵金属声,像是什么东西裂开了似的,阿克尔不由自主地往后退了退。

他缩着脖子继续看下去,长方体从左右两侧各伸出四条金属腿来。金属腿接触到地面之后,长方体缓缓地抬升了起来。

在阿克尔看来,这个金属盒子就像是一个在使用触角的生物一般。

"这、这是什么呀？"

"你不知道了吧？这个设计是参考了地球上一种名叫'蜘蛛'的生物,不过,阿克尔应该没有见过蜘蛛吧？这是一个机器人。我做了一个用于劳作的机器人。"哥哥得意地说明道。

阿克尔听到"蜘蛛",模模糊糊地想着那应该是一种生活在地球上的虫子。但他不明白哥哥为什么要模仿蜘蛛来做机器人。

"机器人……我是知道的。我听说过。不过,机器人不都是用于劳作的吗?"阿克尔只能这样勉勉强强地胡乱回答几句。

"的确是这样的。不过,你不觉得在'诺亚方舟号'上面,只能有限地使用某些机器人吗?原本,机器人可以被用于更大的范围,并被回收改造为更新的型号……你不觉得这才是正常的吗?不论是将机器人用作保卫也好,单纯劳作也罢,你不觉得在船内几乎没有什么机器人作为劳动力的现象吗?"

所以,我就自己做了一个……诺比尔看起来是想这么说。于是,阿克尔在这个箱子一样的东西上面砰砰地敲了两下,"所以哥哥就做了一个?你要拿来做什么呢?"

"我要让机器人发挥它们本该发挥的作用。并不是代替人类劳动,而是让它们在人类无法前往的环境中工作。你说,在'诺亚方舟号'上,为什么机器人没有普及呢?"诺比尔带着有些戏谑的眼神问阿克尔。

"那个……可能是觉得没有必要吧?"阿克尔无可奈何地回答道。

"错了。那是因为,在紧急打造和发射'诺亚方舟号'的阶段,尚不成熟的机器人技术还不足以运用于'诺亚方舟号'。因此,在挑选搭乘人员的时候，没有考虑到要引进懂得机器人技术的人员。如果机器人技术能够成熟起来，在'诺亚方舟号'内得到进一步普及的话，那恐怕就是另一番光景了。"

"这个机器人……可以动吗？怎么操作呢？"

"理论上是可以的。等把最后一个零件组装进去，它就可以自己走动，也可以根据指令做动作了。"

"最后一个零件……在哪里呢？"

诺比尔没有马上回答阿克尔的问题，依旧笑嘻嘻的，好像在说着"反正你会知道的"就打算糊弄过去了。

不过，阿克尔能懂的也并不多。在他更小的时候，他曾在儿童文化室里看过地球上的动画片。动画片里有一台巨大的人形机器人，他只知道，那种机器人跟哥哥所说的机器人完全是两码事儿。

"那么……这个机器人，哥哥打算用来做什么呢？"

"给父亲报仇。"

这又是什么意思？这话对于阿克尔而言，自然是无法理解的。

"给父亲……报仇？这到底是什么意思啊？"

诺比尔一边点点头，一边重重地叹了口气，"如果我有搞错那就再好不过了。不过，阿克尔，你在学校的时候，没有听到过谁说父亲的坏话吗？"

阿克尔没有回答，而是陷入了沉默。

诺比尔继续说道："我听到过。虽然不是当着我的面说的，但那话传到了我耳朵里。说什么维修小组进入船长室和控制室不久后，就发生了垮塌事故。所以，事故的原因肯定出在维修小组身上。都是因为维修小组，'诺亚方舟号' 没办法减速航行，也没办法在目标星域降落了。那个家伙还说责任全在维修小组身上。不过这些话都不是直接对我说的。当时，他和我对上视线后，就把脸转到另一边去了。

"我并不认为这是父亲的过错。一定是有什么超出了人类认知范围的原因存在。可是，就这样下去的话，是无法洗清父亲和维修小组所遭受的怀疑的。我要做的事情或许并不能完全消除人们的疑虑，但至少可以让大家思考一下是不是还有其他的原因。所以我做了这个机器人，这是我认为的能付诸实践的最佳计划。"

如果这些全部都是哥哥想出来的，那他真是太有才了。阿克尔不禁对哥哥肃然起敬。

不过阿克尔也感到有些奇怪，为什么哥哥一直对这件事情闭口不提呢？自己找他商量职业选择的时候，他还一副漠不关心的样子。哥哥的前后态度，还真是有天壤之别呢。

不过，阿克尔过后就明白了原因。

"那个最后的零件……要从哪里拿到呢？现做吗？"

听阿克尔这么问，诺比尔也没有被冒犯的样子。他回答道："最后那个零件是将动力变换底座和启动套装组合在一起的东西。很快就要拿过来了。"

说着哥哥看了一眼手腕上的 N-phone，N-phone 正在不停闪烁。

哥哥对着 N-phone 说道："挺快的嘛。我马上过来。"

说完，哥哥就迎到了走廊上去。阿克尔看见 N-Phone 上的名字就明白了是谁。他急急忙忙地跟在哥哥身后追了出去，确认了自己的猜想。

"你好。我可以进去吗？"

走廊上站着的是一位差不多与哥哥同龄、金发碧眼的少女。她十分瘦削，个子却与哥哥差不多高。

"当然，快进来！"诺比尔用比平时说话更高的声调回应了少女。

"这是我弟弟阿克尔。他在家里总是跟在我屁股后面打转！"哥哥这么介绍道。阿克尔可没有跟在哥哥屁股后面打转的打算，不过他也理解了几件事情。这位是哥哥的女性朋友。哥哥今天心情不错，肯定和这位女性朋友有关。

阿克尔甚至一时间看入了迷，直到少女歪着脑袋率先做了自我介绍，阿克尔才回过神来。

"我是纳斯特夏·琳莉，初次见面。"

"我是纳达亚·阿克尔。"阿克尔慌张地做了自我介绍，声音也像刚才哥哥那样变了调。

两人一同进了诺比尔的房间。本来因为诺比尔一句"你会妨碍我们工作"，阿克尔有些犹豫不决，但因为纳斯特夏很体贴地说着

"让阿克尔一起看看吧"，阿克尔便也跟了进去。诺比尔趁纳斯特夏不注意的时候，对阿克尔"啧"了一声，那气场和让阿克尔进屋看机器人时全然不同，像是在说"你就别进来了吧"。

"我和诺比尔在同一个小组。做这个的女生很少，可我就是很想做。"纳斯特夏向阿克尔说明了自己的身份，然后拿出了一个小盒子。

不用介绍，阿克尔也能猜到盒子里面的装置就是哥哥说的"最后一个零件"。不过，让阿克尔感到惊讶的是，这个零件竟是纳斯特夏拿过来的。

"这个是你做的吗？"阿克尔直截了当地问了一句。

"这个基本上是阿克尔的哥哥做的。不过，动力变换底座是母亲和我做的……"纳斯特夏回答道。

"咦？"

纳斯特夏和诺比尔知道对方的父亲和自己的父亲一样是维修小组的成员，而且还是同伴兼好友。不过直到他们都进入维修小组后，才知道彼此的父亲也同时遭遇了事故。

如果不进入船长室操作推进器，使"诺亚方舟号"减速航行的话，飞船将无法在应许之地的星域停下来，移居新天地的愿景也将化为泡影。

有一天，纳斯特夏跟诺比尔聊起了这个话题。

"这样下去的话，即便我们到达了中间地段，也束手无策，对吧？"诺比尔如此回答道。这也是大家通常的看法。

"我母亲的看法不太一样。"

据说，纳斯特夏的曾祖父的专业与开发冲压发动机推进部件有关，不过他也有自己的兴趣爱好。

那是一种在地球上尚处于发展状态的技术——机器人工程学。

"我母亲说了，虽然有一种思路是为了让人类休息而让机器人劳作，但也有一种思路是让机器人去从事人类无法进行的工作。不过，这种正确的想法，似乎没什么人做……"

据说，纳斯特夏的母亲从自己父亲那里学到了不少关于机器人的知识，之后又作为兴趣继续深入研究这些知识，然后将它们传授给了纳斯特夏。

从很早之前，诺比尔和纳斯特夏就在着手制作这个机器人了。

"那这个是做什么用的？莫非，要把这个机器人送到船长室，让它来进行减速操作吗?!"阿克尔兴奋地说道。

"是的。之前竟然没有人想到用这个方法来减速，还真是奇怪。可能'诺亚方舟号'上真的没有了解机器人的专家吧。"

纳斯特夏用熟练的手法将带来的零件嵌入了机器人的底部。伴随着一声尖厉的金属声，安装就简单地完成了。

在纳斯特夏带来的小盒子里，还装着另外一个很像零件的东西。大小和阿克尔的笔记本差不多。纳斯特夏将它递给了诺比尔。

诺比尔露出惊讶的神情来，"咦？这个让我来做吗？这是纳斯特夏的母亲制作的吧？"

"我也和母亲一起参与了制作呢。"

诺比尔触碰了一下这个面板的左边，长方体的箱子便以夸张的动作伸出了八条腿来。看样子，哥哥已经能非常熟练地操作面板了。

长方体的顶部伸出了两只手臂，手臂的前端分出几根像是铁丝一样的东西。接着，一副双筒望远镜一样的东西从两只手臂正中间伸了出来。

哥哥手中的面板上浮现出了一幅立体影像，那是机器人前方的景象。

"真的可以由我来吗？"哥哥又向纳斯特夏确认了好几次。

纳斯特夏笑着说道："妈妈都说了，可以。还说无论是控制室还是船长室的室内构造，你都比她更清楚。"

听到两人的对话，阿克尔也渐渐明白了哥哥和纳斯特夏的计划。

这个是哥哥、纳斯特夏以及她母亲格鲁舍妮卡·琳莉三个人的共同计划。不过，为这个计划付出最多的，应该是格鲁舍妮卡。

据说，纳斯特夏的父亲在事故中牺牲之后，她母亲一直在担任华盛顿Ⅰ区的区划长秘书。

她还得出了以下结论，如果按照目前的事态发展下去，在垮塌事故现场的放射性物质迎来半衰期之前，那些推进发动机中枢只能一直放置。而到了半衰期阶段，则会采用最为原始的办法，即招募有志之士进入船长室和控制室，进行减速操作。

如今，纳斯特夏的母亲，格鲁舍妮卡正在通过华盛顿Ⅰ区的区划长，向议会提议，使用机器人将飞船切换到减速飞行。让每一个区划都十分惊讶的是，此前从来无人提出这样的提案。

"妈妈说了，公布提案只是时间问题。"

"阿克尔，在那之前你可不要说漏嘴了。这可不是一段很长的时间。"

"距离我们到达中间地段，只剩下三百个小时了。在那之前，如果能找到别的办法自然是另当别论，可是如今我们能够依靠的办法只有这一个。我们已经没有时间等到提案正式公布了。"

纳斯特夏和母亲以及哥哥三人一起，在极短的时间内就完成了机器人的制作。他们暗中将零件一点点地搬进这个房间，在这里组装机器人。而与此同时，纳斯特夏的母亲也在想办法实现她的计划，她已经快要说服议会了。

不过，应该不会有其他可行的替代方案了，这个计划一步一步实施下去，应该会成功。

到那时，关于三人父亲造成了控制室垮塌事故的流言蜚语一定也会烟消云散。

纳斯特夏兴奋地拍着手说道："那快来试试吧！"

哥哥有些害羞地从房间里面拿出一个老式键盘。他将键盘放在台子上。纳斯特夏取下手腕上的 N-phone，将它和键盘连接在了一起。

"来吧!"纳斯特夏催促道。

哥哥干咳了两声,然后轻触了一下手中的面板。

如纳斯特夏所言,机器人支起八条腿,缓缓抬起了身体。八条腿交替向前迈进,走得稳稳当当,长方体的箱子部分没有任何摇晃。机器人靠近放着键盘的台子后,哥哥拿着的面板上显现出了台子和键盘的立体影像。

"太厉害了!诺比尔,简直完美!"纳斯特夏喊道。阿克尔想,她平时都是这样叫哥哥的吗?

"这个机器人要为我们做如此伟大的工作,你们不觉得应该给它取个名字吗?"纳斯特夏提议道。

"是啊。"正在操作面板的哥哥回答了一句。但看起来,他想说的其实是"现在可不是说这个的时候。你可别让我分心啊"。

"那么,叫'潘多拉'怎么样?有个故事叫作《潘多拉的宝盒》,对吧?盒子里面好像有希望呢……"

"潘多拉的盒子里不是还有不幸吗?后来,盒子里只剩下'希望'了吧。所以,除了希望之外,里面全是不好的东西呢。"阿克尔慌忙插了句嘴。在他看来,"潘多拉"并不是一个很好的名字,得阻止才行。

"是吗?还以为是个幸运的名字呢。"纳斯特夏歪着头说道。

不过,哥哥诺比尔却说道:"这个名字朗朗上口,也很好记。如果只想着潘多拉盒子里的希望，我倒觉得挺不错呢。"

于是，机器人的名字就定为"潘多拉"了。

停在台子前的潘多拉再次从顶部伸出了两只手臂，以及像眼珠子一样的镜头。

手臂前端开始有节奏地敲打着键盘。在这之后，纳斯特夏的N-phone 响起了优美的旋律。

"它还记得我的生日呢！"

看来，他们做了一个设置，只要用键盘输入纳斯特夏的生日，她的 N-phone 就会响起特别的旋律。

哥哥有些腼腆地蹙起眉头，轻轻地点了一下头。

"真棒！诺比尔，你真是一个完美的潘多拉操控师。"

纳斯特夏用兴奋的口吻称赞了诺比尔。连阿克尔听到这话，也不禁感到有些骄傲。

在那之后，阿克尔常常在船内的影像中见到哥哥的身影。

阿克尔也不是很清楚发生了什么事。他第一次看见哥哥，是在上学搭乘环线的时候。

身旁响起了一个熟悉的声音，阿克尔连忙朝四周看去，却一个人都没有看到。他抬起头，注意到环线上方巨大的显示屏里出现了一个人——

是哥哥诺比尔。

哥哥展露着很少在家里得见的笑脸，看着阿克尔。

"哥哥……为什么……"阿克尔在环线上惊得目瞪口呆。可惜，这个节目刚好结束了，下一个节目开始了。

第二天，上课前班上的同学问阿克尔："太厉害了！那个和总统一起上电视说话的人，是你的哥哥吧？"

"咦？"阿克尔不敢相信自己的耳朵。

"据说，你哥哥要进行减速操作呢！"

"什么？你在说什么？"

"想要在被污染的控制室里进行减速操作，只能那样做了啊。我父母也特别开心。这样我们就能顺利到达应许之地了。"

这天回到家之后，阿克尔总算知道了事情的全貌。阿克尔不清楚事情究竟是如何发展的，但他清楚地明白了一点，在家里总是沉默寡言、闷闷不乐的哥哥，不知道从什么时候开始，已经成了"诺亚方舟号"上的英雄。

哥哥开始在船内的广播电视上频频露脸。

所谈论的内容基本都是同一个。

为了顺利到达目的地应许之地的星域，一直在加速航行的"诺亚方舟号"在抵达中间地段的时候，必须要切换成减速航行。但自从船长室和控制室由于原因不明的垮塌事故被污染，应该之地便成了遥不可及的梦想之地。

不过，一丝希望之光出现了。因为机器人工程师格鲁舍妮卡·琳莉博士提供了一台可以远距离操控工作的机器人潘多拉。

可以灵活操控潘多拉的天才正在持续进行训练。按照这个计划进行下去,应该就可以对"诺亚方舟号"实施减速操作了。如今,全部希望都寄托在了他们身上,寄托在了用于劳作的机器人潘多拉的身上。

阿克尔在环线上看见哥哥出现在屏幕里就是一切的开始。

哥哥在船内电视上露面了好几回。他还和潘多拉的开发者格鲁舍妮卡·琳莉博士一起出场谈论过他们训练的情况。

在阿克尔看来,琳莉博士和曾经来过家里的纳斯特夏长得非常相似。

有一次,船内转播了在内部构造和船长室、控制室相同的房间里操控潘多拉的情形。大家通过放置在饮食广场旁的大屏幕见证了这一幕。当对控制盘模拟器的操作顺利结束之后,饮食广场内响起了热烈的掌声。

——哥哥肩上背负了"诺亚方舟号"上所有人的希望。

阿克尔切切实实地感受到了这一点。

在那之后,飞船内的大人们明显又恢复了开朗起来,人类本已失去的希望又回来了。这一切都多亏了哥哥和纳斯特夏的母亲。

对于自己的哥哥成为"诺亚方舟号"的希望,阿克尔也感到十分自豪。

与此同时，他也没来由地感到一丝不安。

没过多久，他就明白了其中的原因。

N-phone 再度开启了飞船切换至减速航行的倒计时读秒。这件事情，阿克尔是和全班同学同时知道的。

距离到减速航行的时限……还有两百个小时，情况已经迫在眉睫。

"喂，纳达亚·阿克尔！潘多拉减速航行大作战要是能顺利进行就好了。你哥哥可是在为了悼念你老爸而战啊！"

被同学这么一说，阿克尔突然明白了自己感到不安的原因。

哥哥的心里一直对事故原因有所怀疑。而人们虽然嘴上不说，心里的想法一定也是如此。明明没有人知道，事故发生时维修小组究竟经历了什么。

万一，用潘多拉进行减速操作失败了……哥哥，会落入什么样的处境呢？不光是哥哥，还有妈妈……和自己……

这种可能，光是想想都可怕，绝不会在全家一起吃饭的时候提起。

和在电视屏幕里展现的模样不同，哥哥如今吃饭时依然和以前一样，有些闷闷不乐、沉默寡言。

不过有一天，哥哥突然低声说道："我操纵潘多拉对飞船进行减速的时候，船长室前面会举行一个仪式，妈妈和阿克尔也可以一起出席。你们要来吗？"

母亲当即表示不太想出席，而阿克尔却告诉哥哥，他想去。

虽说母亲表示自己是不愿意靠近父亲出事的现场，可是阿克尔总觉得，母亲之所以不愿意出席是因为和他有着同样的不安——万一哥哥失败了的话……

这时候，秘密制作出来的潘多拉已经不在哥哥的房间里了，而是被送到总统的管理室里妥善保管起来了。

时间飞快地流逝。阿克尔第一次在哥哥房间里看到潘多拉时，根本就不敢想象这一天会到来。

而这一时刻终于来了。

飞船抵达了中间地段。从地球出发那一刻便在不断地加速航行的"诺亚方舟号"，在抵达地球与应许之地的中间地段时便要切换成减速。根据预测，这一操作在前后两个小时内进行都不会产生太大的误差。

因为要举行仪式，船长室前摆放了不少座椅以及几台摄像机。

这一天，"诺亚方舟号"飞船内放假了，除了负责基础动力装置的工作人员以外，其他人为了观看仪式直播，都聚集到了各个区划的大屏幕或是饮食广场前。

阿克尔被安排在了离哥哥很近的位置。不久之前，哥哥都还是跟往常一样，但随着时间流逝，他的脸色渐渐变得苍白，甚至发起抖来。压力正侵袭着哥哥。

"减速操作我已经学了很多很多遍了，记得清清楚楚。不可能会出错。"

哥哥平时总爱这样自言自语。可是今天，他连这样的话都说不出来了。

仪式的座位设置在连接华盛顿 I 区和中央船长室的走廊上。总统的演讲之后，就是潘多拉的出场仪式。

阿克尔坐在琳莉母女旁边，全身紧绷。纳斯特夏和她母亲都在阿克尔耳边轻声道："没问题的。"

总统冗长的演讲结束了。演讲的内容阿克尔一句也没有听进去。等他回过神来，演讲已经结束了。

接着，所有仪式出席人员手腕上的 N-phone 上都收到了一个通知：切换到减速航行的时刻即将到来。

每一个人接收到的 N-phone 通知音量都不大。然而，众多出席人员的 N-phone 都一齐发出通知的话，那音量就变得相当令人震惊。

总统和哥哥握了握手。随后，潘多拉开始从走廊向船长室迈进了。头顶上的画面轮流播放着三台不同摄像机捕捉到的景象。首先是仪式现场的场景，接着是俄克拉何马 I 区顶端的外部观测拱顶拍摄到的"诺亚方舟号"的外部景象。按照计划，推进器改变方向、减速飞行的画面将从这里拍摄。此外，还有一个画面来自刚刚增设在潘多拉身上的"眼睛"——配备在潘多拉箱体上端的摄像机。

潘多拉终于开始前行了。诺比尔坐在红毯上的椅子上，目不转晴地操作着潘多拉的面板。

阿克尔注意到，纳斯特夏的母亲右手也拿着一块手掌大小的面板。由于周围的人都关注着潘多拉的一举一动，所以无人注意到这一点。不过，从那面板上浮现的小小蓝色轮廓看来，应该是和潘多拉同步的。阿克尔认为这个应该是哥哥手上拿着的那块面板的迷你显示屏。纳斯特夏的母亲作为潘多拉的开发者，需要确认潘多拉的每个动作。

会场播放着不知是谁挑选的庄严旋律。纳斯特夏告诉阿克尔，这支曲子叫作《命运的女神》，出自奥尔夫①所著的音乐剧《卡尔米娜·布拉纳》。

潘多拉静静地靠近了船长室，踏入了被禁止入内的区域。光线骤减，潘多拉上的摄像头拍摄到的画面犹如黑白电影——那是一个没有一丝生气、被污染了的死亡世界。

应该是潘多拉伸出手臂进行了操作，船长室的门被打开了。

眼前出现的画面是潘多拉的摄像头所拍摄到的一个狭窄的世界。镜头推近，想要拍个特写，画面却突然杂乱起来，无法再看清大屏幕上播放的是什么。

不知道单单是摄像机出了问题，还是潘多拉发生了什么状况，阿克尔的心里七上八下。这样还行吗？潘多拉的运行和摄影还在

---

① 卡尔·奥尔夫（Carl Orff, 1895—1982），德国作曲家、杰出的音乐教育家。他的音乐剧作《卡尔米娜·布拉纳》在目前世界舞台上是演出最多的音乐作品之一。

控制范围内吗？潘多拉还能不能够按照原定计划实施减速操作呢？一系列的不安通通向阿克尔袭来。

阿克尔偷偷瞄了一眼纳斯特夏，她正静静地坐着，她的母亲也纹丝不动。阿克尔看不出她们心中的想法。

潘多拉传输回来的画面依旧十分杂乱。之后大屏幕的画面就切换到了仪式现场。哥哥诺比尔拿着面板的身影出现在了屏幕上。

画面上显示着哥哥侧脸的特写。

哥哥额头和脸颊上渗出了大颗大颗的汗珠。阿克尔不知道目前究竟是什么情况。潘多拉的运行还顺利吗？还是说，潘多拉出现了问题，所以哥哥脸上有那么多的汗珠？

要是在这里就失败了的话……

光是这么想象，阿克尔的胃部就一阵阵刺痛。哥哥双手的指尖正微微地颤抖着。是因为紧张吗？还是说，已经失败了？

如果失败了，"诺亚方舟号"就无法完成减速，会一直加速航行。所谓的新天地，最终将化为一场泡影。

可这个并不能怪哥哥。罪魁祸首是那场发生在船长室和控制室里的垮塌事故。哥哥只是试图挽救这一切而已……

可是……

在进入船长室几十秒之后，潘多拉便不再传输图像过来了。

阿克尔坐立不安，忍不住伸手戳了戳坐在旁边的纳斯特夏。这时候，聚集在会场的人们已经有些骚动，大家都本能地觉察到了不对劲。

"一切希望都没有了吗?""不可能。一定还有别的办法。"人们这么说着,开始小声哭泣。

纳斯特夏回过头来,神情看起来似乎带着什么不安的想象。她与母亲简单地交流了两句之后,便看着阿克尔说道:"潘多拉出现故障了。"

虽说阿克尔已经预料到了这一点,这句话仍然给了阿克尔致命一击。

"竟然出了这种事……"说出这句话仿佛花光了阿克尔全身的力气。

"妈妈说,估计是放射线对作业机器人的润滑油部分产生了影响。还有,摄像机也是……我们完全没料到会发生这种情况。"

"那潘多拉现在怎么样了?"

"妈妈手上的监视器显示,潘多拉停在了船长室里。现在是进退两难了。"

"只是不能传输图像了,对吧? 你快这么说呀。我哥哥,现在也还在操作着船长室里的潘多拉工作吧?"

这时候,纳斯特夏的母亲格鲁舍妮卡·琳莉博士也回过头来看着阿克尔。

她摇了摇头。

这已经说明了现在的状况。

人类已经失去了未来。

"诺亚方舟号"将成为一艘宇宙漂流船。

参加仪式的人们的情绪也发生了明显变化。有一半左右的人站了起来，会场响起一阵阵嘈杂的谈话声，嗡声犹如昆虫震动羽翼。大家都掩饰不住自己的不安。

唯有总统依旧纹丝不动地坐着，似乎坚信着什么。有几人甚至想拥到哥哥诺比尔身旁，警卫正拼命拦着他们。

这时，哥哥站了起来。

大屏幕上什么图像都看不见，只有无数沙粒状的东西在飞舞。

就在这个时候，奇迹发生了。

所有人都感受到了脚下的震动。

阿克尔在心里默默祈祷，但愿结果如自己期望的那样。哥哥现在可是拼了命地在做着这一切……

纳斯特夏和她母亲也站了起来。她母亲身旁聚集了不少希望打探到结果的人。

参加仪式的人们全都站了起来。

"成功了吗？"

"是切换到减速航行了吗？"

这是全体乘客共同的心愿。这时候，大屏幕上犹如沙粒风暴的画面消失了，另一幅画面被切换进来。

屏幕上显示的是俄克拉何马 I 区外部观测拱顶所拍摄到的画

面。位于中央的冲压发动机侧面喷射出的火焰正有规律地闪耀着光芒。九十度的回转减速已经实现了。

会场响起了热烈的欢呼声。

"潘多拉拯救了人类！"

"潘多拉完成了任务！"

人们齐声欢呼着。

就这样，阿克尔的哥哥成了英雄。

"诺亚方舟号"在缓缓地持续减速。到达目标星域时应该就能进入静止状态了。在那之前，船长室和控制室应该能够从污染中重新开放，人们可以进去对减速航行进行微调。

不过，哥哥本人看起来并不知道为什么会发生这样的奇迹。

阿克尔试着直接向纳斯特夏的母亲提出了自己的疑惑。

"我也不知道呢。不过，从监视器来看，潘多拉是没有进行减速操作的可能性的。它出现了故障，目前还待在船长室里呢。减速操作……我只能说，是飞船自己实现了减速。"

不过，飞船上的人们只需要一个结果，"诺亚方舟号"实现了减速的结果。至于减速是如何实现的，他们并不关心。

他们并不关心潘多拉是否完成了自己的工作返回到人们身边，也不会关心具体的操作过程。这一切都不会成为他们交谈的内容。"诺亚方舟号"继续按照计算好的数值持续减速。

可是，船长室和控制室依旧是不能跨入的禁区。

时间默默地流逝着。

关于使用潘多拉机器人在中间地段将"诺亚方舟号"调整为减速状态的这件事情，渐渐被飞船上的人们淡忘了。

几年后，哥哥诺比尔和纳斯特夏在飞船上结婚了，孕育了两个孩子，过着平静而幸福的生活。

阿克尔也成了维修小组的一员，主要管理着华盛顿Ⅰ区和Ⅱ区的动力室。

终于，这一天到来了。

船长室和控制室的放射性物质衰变，达到了稳定状态。

也就是说，人们现在可以没有危险地自由出入船长室和控制室了。

事故的原因也同时查明了。并非人为失误，而是有不明矿石突然击穿了船长室和控制室。这导致了放射性物质的泄漏。紧急系统也因此启动。无法再从外面操控控制室。

如今，船长室和控制室又恢复了原本的面貌。

阿克尔也加入了调查事故真相的团队。那时候，他首先注意到的是机器人潘多拉。潘多拉在进入船长室几米后停了下来，动力已经全部耗尽。阿克尔不清楚它出故障的原因，也不知道是不是如大嫂的母亲所说，是由于放射线所致。

船长室和控制室里，躺着几百具遗体。有的像是木乃伊，有的完全化作了一堆白骨，还有一些已经严重破损，状态各异。

阿克尔并没有在这里和一直放在心上的父亲重逢。他们的重逢是在那之后。那时,他和母亲,还有哥哥夫妇俩一起站在摆放在饮食广场的棺木前。

至少,大家已经知道维修小组并非造成事故的原因。就这一点,足以让阿克尔和母亲的心境有所不同。

棺木并没有被打开。作为替代,父亲生前一直戴在身上的N-phone被作为遗物交到了他们手上。

当天夜里,在父亲的宇宙葬礼举行完毕后,哥哥夫妇俩和阿克尔都围绕在母亲身旁。

N-phone换上了新电池。电波无法从控制室里传送到其他的居住区。万一父亲留下了什么信息,那么这信息一定还储存在N-phone的硬件里。

他们想的没错。

父亲在当时的情况下,声音依旧保持着冷静,客观地阐述着事实。

父亲首先叫了母亲的名字。

"对不起。"他在道歉后,说明了自己的情况。他解释道,即便他们从当前的地方逃出去,也会因为放射性物质的污染,在几十年之内无法再进入。这样一来,"诺亚方舟号"就无法在中间地段切换为减速了。到底该怎么办呢? 最后他们决定,由他们分头行动,设置一个可以自动切换为减速的定时操作。维修小组和控制室的人合作完成了设置。

听到这里，阿克尔和诺比尔的眼泪已经止不住了。

"诺亚方舟号"为什么可以切换为减速？

这并不是潘多拉的功劳，而是父亲他们用生命换来的结果。

在父亲死后几十年，这个真相才被人知晓。

阿克尔感到羞愧，为自己内心深处曾怀疑事故可能是父亲造成的而羞愧。想来哥哥也一样。

最后，父亲跟儿子约定道："诺比尔、阿克尔。妈妈以后就拜托给你们了。"

父亲的声音停止了。

谁也说不出一句话来。最后，母亲先开口说话了："你们父亲可是将自己的生命都寄托在你们兄弟身上了，要好好地活下去啊！"

兄弟两人再也忍不住了，号啕大哭起来。

生存的资格

丹·前桥的父母都是日本人。爷爷健一郎·前桥作为"诺亚方舟号"上的第一代人，负责飞船上的空气调节，同时还担任着加利福尼亚Ⅲ区饮食广场的管理员一职。

从前的习惯是孩子会继承父亲的职业，但随着世代变迁、后代的个体偏差，以及适应性的变化，如今大家已经不怎么拘泥于子承父业了。不过，那些必须确保从业人数的工种，或是对素养要求很高的职业，父母和周围的人还是会耐心说服孩子继承。

因此，丹·前桥也成了一名加利福尼亚Ⅲ区空气管理局的员工。加利福尼亚Ⅲ区空气管理局一共有二十名员工，都来自世代均在空气管理局工作的家庭。

丹的父亲宗·前桥目前是空气管理局的副局长。从孩提时代起，丹在家里就经常听到父亲聊船内的空气对流呀清洁装置的维护呀等话题。父亲还说，等丹长大后，应该像自己一样，从事空气调节工作。这对于年幼的丹而言，无异于洗脑。

因此，丹·前桥自己也觉得，去空气管理局工作是一件最正常不过的事情。

丹的工作三班倒，每次工作八个小时。工作的主要内容是定时检查加利福尼亚Ⅲ区的空气调节机器以及清洁装置，并对飞船内的大气成分进行分析。

每天都重复这样的工作内容。有时候设备也会出现故障，不过都是些通过检修维护就能解决的故障。如果没有这些时不时的检修维护工作，丹的生活恐怕会更加无聊。

每出勤四次之后会有四十个小时的休息时间。之后，又是连续四次出勤。

丹持续着这样单调的生活。有时候他会觉得，这样的生活会持续一辈子。在"诺亚方舟号"上出生、活着，直至死亡。

人类过去生活在太阳系内的地球上。但随着太阳耀斑膨胀，地球日渐不再适合人类居住，因此人类选择了离开太阳系。如今，人类正乘坐着"诺亚方舟号"向着新天地迈进……这些都是丹听说的，他自己其实并没有什么切实的感觉。

听说，在父亲他们那一代，飞船飞过了整个行程的中间地段。

然而，丹并不清楚这到底是不是真的。新天地是一个怎样的世界，地球又是什么模样，丹反正是一点儿实感都没有。地球距离应许之地有一百七十光年，现在行程已过半。并且，还可以很清楚地掌握"诺亚方舟号"目前的具体位置。不过，知道这个有什么用呢？丹觉得，这和看看日历上的日期并没有什么区别。

丹的日常就是单调地重复着同样的事情。对于自己的人生，他也没有任何目标。

闲暇时间，他也不过就是在飞船内闲逛而已。他经常和空气管理局里同岁的同事麦克一起行动。

他通常先搭上环线到饮食广场，然后再根据当天的心情来决定去哪里。如果没有什么想去的地方，那就在饮食广场找个位置坐下，看着那边大屏幕上的画面无所事事地打发时间。虽然也可以去图书馆看看，可是丹对此一点儿兴趣也没有。与其去图书馆，倒不如去游戏室玩体感游戏来得痛快，可那样一来身体又很疲惫。还是待在饮食广场里发呆最合适。饮食广场还是环线的中枢，如果想起来有什么地方想去了，可以搭乘环线去到区划里任何令人身心放松的娱乐设施兜一圈。在那些娱乐设施当中，丹最喜欢的是俄克拉何马Ⅲ区宇宙农场附近的田园。在那里，还能看见田园另一头的湖畔景象。每个娱乐设施的占地面积不过九百平方米，却能通过设置带给人无限广阔的感觉。

除了田园风景，其他还有像是沙滩海岸线一样的娱乐设施。取的名字都类似于"天堂海滨""愉悦山景之丘"这样，将人类的憧憬浓缩在了里面。

这个田园也被称作"水仙原野"。虽说打造成了田园，但访客能够活动的范围不过几百平方米而已。进入田园需要先脱掉鞋子。脚底的触感和拂过脸颊的风也好，富含臭氧离子的青草所散发的热气和洒进田园的阳光也好，这个人工制造的环境里的一切都让人觉得像是真实的大自然。远远望去，湖畔盛放着数不清的水仙。

丹和麦克在草地上坐了下来，无所事事地打发着这温暖而宁静的时光。

丹并没有觉得这样的时光多么充实。只是，空气管理局的工作虽然单调，却一刻也不敢掉以轻心。能够这样解放自己平时绷紧的神经，大脑放空什么也不想，让人心情非常舒畅。无论是在周围漫步的人，还是谈笑风生的人，丹都未曾在平常的生活和工作中打过照面。不过，大家看起来都很放松。

自己这一代到不了的应许之地，是否就是这样的地方呢？丹迷迷糊糊地想着。他坐在草地上，两手轻轻放在地上，但是并不去抚摸。丹曾摸到过泥土里的螺丝钉，这让他非常扫兴。说到底，这不过是人工打造出来的"水仙原野"罢了。

他也不怎么和同行而来的麦克交谈。即使聊天，两人的话题也大都是抱怨日常工作。这同他们去到"诺亚方舟号"的三大浴场，躺在蒸汽中做的事情没有区别。

　　丹沐浴在人造太阳光中打盹儿，模模糊糊听到有人在喊他的名字，于是醒了过来。

　　摇醒他的是麦克。

　　"怎么了？"他问道。

　　"你认识那个男人吗？"麦克伸手指着远处一棵大树。丹不太清楚树木的种类，不过那棵树的树干粗得必须好几个人伸出双手才能合抱住。

　　这棵巨树下站着一位体格健硕的男子。丹侧耳倾听，男子一边叫喊着什么，一边不停地舞动手和脚。

　　"不认识。"丹回答道。

　　"我以为你认识呢！"麦克这么说道。

　　"你为什么会这样想呢？"丹追问。

　　"总觉得他身上似乎流着和丹相同的血。"

　　虽然不清楚对方在做什么，但麦克那句"流着相同的血"让丹有些在意。他说的应该是那个人和丹都是亚裔的意思吧。

　　丹站起身，朝着男子站的那棵巨树走了过去。

　　随着渐渐靠近，丹隐隐约约搞明白男子在做什么了。男子正在一边发出声音，一边锻炼自己的身体。他看上去肌肉相当发达。

　　他的脸和眼睛都细细的。颧骨突出而鼻梁很低。浓眉。虽然不清楚年龄，但看起来估计比丹的年龄大两轮。丹之所以清楚男子肌肉发达，是因为男人赤裸着上半身，而他下身穿了一条薄薄的白色裤子。

他的确是亚裔。

丹感受到男子散发出来的强大气场,停住了脚步。

巨树下的男子也停止了嘴里发出的声音。他又开腿威严地站立着,注视着丹。

丹不禁想,为何如此细小的眼睛竟然能射出如此有威力的目光呢?

突然,男子发出一声简短有力的叫声。这叫声消除了丹的紧张感,却也让他有种全身无力,快要站不起来的感觉。

丹连忙抓住前来帮忙的麦克的手,头也不回地离开了现场。与此同时,他的肩膀和背部感受到了好几下擅动,原因不明。

这一天就这样结束了。

之后,丹回想起那天在"水仙原野"遇见的谜一般的亚裔男子,仍旧是一头雾水。对丹来说,男子留给他的印象就是宽厚的肩膀、胸部的健硕肌肉,以及颇具威慑力的细眼。

工作间隙,当麦克提到这个话题时,丹再次感到后背蹿过一阵凉意。

那位谜一般的亚裔男子究竟是谁呢?丹和麦克没有一点儿头绪。之后,他们试着收集关于那位亚裔男子的信息,可是在他们负责的加利福尼亚Ⅲ区,没有得到任何信息。

"那种人物随便往什么地方一站，都是相当惹眼的。可竟然一点儿关于他的传言也没有，可见他肯定不是我们区划的人。"麦克断言道。确实，"水仙原野"的位置距离俄克拉何马Ⅲ区最近，那位男子很有可能是俄克拉何马Ⅱ区或者Ⅲ区的居民。不同区划的人，在自由时间内碰上面，确实比较少见。

又过了一段时间，那位谜一般的亚裔男子已经渐渐地不再出现在丹和麦克的对话当中了。

这时候，发生了一件事情。

丹的N-phone出现了黄色预警。

N-phone是嵌入了个人信息的装置。虽然它通常被当作电话来使用，但"诺亚方舟号"的基础电脑通常是和N-phone捆绑在一起的，方便倒是方便，不过帮倒忙的时候也不在少数。

不久之前，丹的父母频繁地谈起了某个话题。那就是丹差不多该决定自己的配偶了。在飞船的同一个区划里，丹熟识的异性不在少数。这当中也有从小和丹一起长大的。可是，丹却不曾感受到异性的魅力。

"怎样都行吧。反正现在N-phone还没什么提示呢。"

丹这么回答的话，就能暂时从父母的担心中逃脱出来。丹十分信赖N-phone的警示。如果N-phone都还没有提示什么，那的确是不用慌慌张张的。

可是,如今 N-phone 的黄色预警显示出来了。

黄色预警表示佩戴这台 N-phone 的人已经到了应该择偶的年龄了。并且,如果佩戴者本人有意愿的话,基础电脑还会向其介绍与之投缘的异性。

通过 N-phone,电脑掌握了每个人的生活信息、性格特征。因此,可以为每个人筛选出最适合成为其配偶的那几个人。如果这几人当中没有合适的,电脑就会继续推荐下一批合适的人。

或许不这么做的话,自己就很难找到合适的伴侣吧。从被 N-phone 界定为需要确定配偶的人开始,到向电脑更新信息为止,N-phone 的黄色预警是不会消失的,会一直显示在佩戴者的 N-phone 上。

据说,麦克的 N-phone 上也出现了黄色预警。"诺亚方舟号"上的人类必须要不断地繁衍下去,这是全体居民的使命,也是义务。人类需要不断繁殖,并保证一定数目的人类能够在应许之地立足,这件事是优先于一切的。因此,必须要在飞船内保证一定的生育率。

可是,丹却对这种完全听从基础电脑推荐的方式感到无比厌恶。他隐约觉得,与相伴一生的伴侣的相遇,应该更加浪漫或者说有戏剧性才对。并且,两个人都应该认为,且是一辈子这么认为,这场相遇是命中注定的……

完全听从基础电脑的推荐,事后后悔也无济于事了吧? 因此,丹非常抵触查看 N-phone 黄色预警推送的信息。

"你看了 N-phone 黄色预警推送的内容吗？"麦克在饮食广场的某角落里提起了这个话题。

"没有。"丹摇了摇头。丹知道，只要轻轻点一下 N-phone 的黄色预警，便能看见里面推送的内容。可是，他觉得只要自己看一眼其中的内容，就会成为基础电脑的饵食，就像被蚁狮吞食的蚂蚁一般。

他有些害怕，因此完全没有意愿去点 N-phone 黄色预警的内容。

听丹这么回答，麦克点了点头，然后说："我经受不住诱惑，点开看了。然后，我觉得第一个姑娘还不错。和她也联系上了……你要看看吗？就是这位姑娘。"

"好哇。"话音刚落。姑娘的影像已经出现在了丹的眼前。

她微微歪着头，眼睛大大的。长得似乎还不错，不过，丹没有感觉到她的异性魅力。

"你觉得怎么样？漂亮吧？"

丹想，如果他说"是"的话，那么麦克的表情会更加神采奕奕。

"之后还推送了其他几个女孩的信息，不过我还是觉得她最好。现在，那几个女孩的信息已经看不了了。"

貌似和那个女孩取得联系之后，其他候选人的内容就无法查看了。麦克虽然没具体讲是怎么和那位女孩联系上的，但是丹知道麦克已经开始在学着交际了。

丹虽然不愿意相信 N-phone 有如此神奇的魔力，但现实的确如此。相较于从前，麦克明显变得更有活力了。这让丹觉得非常不可思议。他之前不是和自己一样，浑浑噩噩地过着日子吗？让那样的麦克变成现在这个样子的，究竟是什么样的力量啊？

麦克作为聊天对象，第一次让丹感到疲劳。他变得十分多言。丹好不容易拒绝了麦克要把自己认识的姑娘介绍给他的提议。

从那之后，私人时间里丹一个人独处的情况越来越多了。即使和麦克在一起，他也只会滔滔不绝地聊起那位姑娘。这让丹有些无法忍受。

即便如此，丹还是挺希望和麦克见面的，但麦克最近花在那位姑娘身上的时间似乎越来越多了。他经常说"我很忙"。

这天，丹正巧一个人在"天堂海滨"的沙滩上无所事事地躺着。母亲来电话了，同时，丹注意到了 N-phone 上一闪一闪的黄色预警。母亲来电聊的不过是些琐事。可是，不知为何，那时候的丹对闪烁的黄色预警产生了好奇心。

一直以来，他不是都无视着这个黄色预警吗？

也许是因为他看到麦克女朋友的照片却毫无感觉吧。这反倒让他有些好奇，基础电脑到底是怎样筛选信息的？

和母亲结束通话之后，丹无意识地点了一下 N-phone 的黄色标示。

生存的资格

"她们当中可能就有你的最佳伴侣。"

这段文字出现在了画面上。

糟了！丹立刻想要重置 N-phone。

可是，这时候已经不能对 N-phone 进行操作了。画面切换到了下一幕。

画面上是一位展露笑颜的女性，下面写着"亚美"。只要摁一下转换键就会出现下一位女性的照片。可是，丹却一动不动。亚美的笑容让他十分着迷。画面上显示着好感度为百分之一百。

丹咕嘟地咽了一下口水，不由得在沙滩上站了起来。

这位叫"亚美"的姑娘，与麦克给他看的那位姑娘不一样。她是基础电脑根据丹的性格、爱好，再结合迄今为止的经历等专门为丹推荐的最佳伴侣。也就是说，对于"亚美"这位女性而言，丹也是她的最佳伴侣。

虽然丹还有机会再看看其他几位女性的信息，可是丹已经没什么兴趣了。

坠入爱河，这个表达方式，丹是听过的。可是，为什么不是谈恋爱，而是坠入爱河呢？

如今，丹知道其中的原因了。因为，他也一瞬间就坠入了爱河。他的心怦怦怦的，脉搏加速，体温也上升了吧。N-phone 也对此下了结论。

"丹，你已经忘不了亚美了；而亚美，似乎也忘不了丹。"

　　这一行文字在亚美的笑脸下方流动。丹想，好像还真是这么回事儿呢。他甚至都没有力气再去触碰 N-phone 了。

　　然后，那一刻来临了。

　　N-phone 开始振动。

　　听声音对方是……一位年轻女性。丹的直觉告诉他，对方就是亚美。基础电脑将丹和亚美的 N-phone 直接连通了。绝对是这样的，他们两人又没有对方的电话号码。

　　"喂，请问是丹先生吗？"

　　"是的。请问您是亚美小姐吗？"

　　"嗯。初次见面……哎，怎么回事，我好像有点儿紧张呢。感觉还没有准备好，咱们的 N-phone 就这么被连通了。"

　　"这个，我也有这种感觉。不过，能和亚美小姐通话，我感到特别开心。可是，说点儿什么呢，我又还没有想好。"

　　"我也是。四十个小时前，我才知道有丹先生这么个人。即便关掉 N-phone，丹先生还是会不断出现在我的脑海里。谁知道，突然之间咱们就说上话了。哎，好紧张。"

　　"我是刚刚才知道亚美小姐的。我还想更多地了解……"

　　正说着，N-phone 突然断掉了，没有任何预兆，就这么直接掉了线。

　　亚美的图像依然能够看见。可是，N-phone 却没有再次连上。

　　这时候，丹的想法已经完全变了。他非常渴望能够与亚美再次联系上。以前他还认为，唯独自己不会掉进基础电脑的陷阱里，但现在他已经有些懊悔以前会有那种想法了。

在那以后，他便没了在"天堂海滨"悠悠闲闲地打发时间的心情了。

丹带着这种意犹未尽又悬而未决的心情过了几天。工作时，他试着从心底赶走亚美的面容。然而，只要一进入那单调的工作时段，亚美的笑脸就早已等候在他内心深处的某个角落里了。

使用 N-phone 的时候，通常来讲应该都会留下通话记录。可是，在丹的 N-phone 里面，除了亚美的笑脸，与她相关的一切记录都没有留下来。仔细想一想，丹似乎感受到了来自基础电脑的深深恶意。这或许是故意报复他之前对黄色预警的漠视吧。

之后，丹一个人待在家里的时候，脑子里所想的全部是跟亚美有关的事情。他只能默默祈求 N-phone，拜托它让自己和亚美再次联络上。

然后，他开始浮想联翩。倘若 N-phone 再给他和亚美说话的机会，那么他首先要确认的是亚美住在哪里。即便她就在这艘飞船内，飞船内的区划如此之多，住的人加起来有三万五千人，想要找人谈何容易。

总之，要告诉她自己想和她见面。丹下定了决心。

会不会有这种可能，N-phone 可以捕捉到人们心动的轨迹呢？到后来，丹已经焦虑到开始琢磨这些事情了。

这天工作结束后，丹吃完晚餐，待在自己的房间里正准备沦陷在无所事事与空虚之中，他的 N-phone 突然开始振动了。

太不可思议了，他正看着 N-phone 想会不会发生奇迹呢……

这就是个奇迹，丹两只手抓着振动的 N-phone 惊讶不已。

"丹……是丹先生吗？"

这个声音，正是亚美。丹完全没有考虑过，如果能再次和亚美说上话，他首先该说点儿什么。此刻他的大脑一片空白。

所幸，在他吐露心声的话语中，包含着重要的信息。

"是的。太好了，又能通话了。亚美小姐，我想见你。"

"我也是。能够再次联系上真是太好了。"

亚美哭了起来。她的心情，丹完全能够理解。因为丹的眼里也噙满了泪水，完全忍不住。

丹就这样为一个未曾谋面的女性流下了眼泪。他试着想要分析这其中的原因却无从下手。

每天都只是重复着前一天的生活，从来没有感受到生存乐趣的丹，眼里第一次有了神采。

他和亚美约定好在饮食广场见面的时间后，世上的一切似乎都变得不一样了。

丹迫不及待地想要见到亚美。他希望见面可以定在自己下一个执勤任务完成之后的休息时间里。幸运的是，亚美在那个时间段刚好也有空。

他们约定了见面的地点——俄克拉何马方向和加利福尼亚方向的环线搭乘站中间的位置。

他们仅仅约定了这个。

N-phone 的通话结束后，丹才反应过来，连自己是哪个区的居民都没有告诉亚美。他骂了自己一句。而亚美住在哪里，他也没有问。

两个人都是笨蛋。丹只能干着急。自己在空气管理局工作这件事，自然也还没有告诉亚美。

即便如此，从现在开始到前往饮食广场赴约的这段时间里，丹的心情都犹如后背长出了天使的翅膀一般。

结束工作后，丹便径直前往饮食广场里他们约定好的那个位置。他到达的时间比约定的时间早了一个小时。

随后，在等待亚美到来的这段时间里，丹一直精神恍惚，放任自己的想象力肆意膨胀。

亚美会从哪个方向出现呢？跟亚美说的第一句话，应该说什么好呢？她会喜欢什么话题呢？所有的一切对丹来说，都是全新的体验。

距离约定的时间还有十五分钟的时候，亚美突然出现了。由于她是从丹的背后突然出现的，丹被惊得屏住了呼吸。丹条件反射般地站起身，全身僵硬地深深鞠了一躬。差点儿没把头磕在餐桌上。

亚美并没有笑他，而是忍不住轻轻"啊"了一声，关切地问道：

"不要紧吧？"

"不要紧。我太紧张了。"

"不好意思。谢谢您抽时间出来。初次见面，我是亚美·柚木。"

他俩寒暄过后，丹第一次近距离地细细打量着亚美。她的穿着打扮看起来和"诺亚方舟号"上的其他年轻女孩并没有什么不同。穿着更注重功能性的宽松长裤，以及很难看出身体曲线的制服，左手臂上戴着一个包。这是几乎没有修饰的身姿。他又看了看亚美的脸庞，她的神情和初次在 N-phone 上见到的一模一样。

因为太激动了，丹的声音有些高亢，语调似乎也不正常。

怎么会有如此迷人的女性存在呢……丹想。这简直可以称为奇迹吧。

"我们坐下来吧。"听到亚美这么一说，丹才回过神来。他连初次见面时该打的招呼都没来得及说出口呢。坐下之后丹深深地吸了一口气，有一种从咒语的束缚中得到解脱的感觉。

接下来的时光对丹而言，如同做梦一般。他感到十分愉快，和亚美待在一起，他有一种身心被治愈的感觉。

丹终于介绍了自己在空气管理局工作，并且居住在加利福尼亚Ⅲ区。同时，他也知道了亚美是俄克拉何马Ⅱ区医院的护士。

两人就这样互相聊着各自的日常生活。内容都是些无关紧要的小事，可是亚美一句句地说下来，丹就是开心得不得了。为什么在此之前的人生里，竟然从来没有遇到过像亚美这样出色的女性呢,真是不可思议。丹转念一想,思考起要是现在还没有和亚美相遇,人生又会怎样呢。一定会永远过着枯燥乏味的生活吧。一想到这里,丹只觉得后背直冒凉气。

丹看着 N-phone 确认时间的时候吓了一跳。不知不觉,他和亚美坐在饮食广场的这张桌子前已经过了三个半小时。而他们竟然半步也没有离开过这张桌子,感觉只过了一眨眼的工夫似的。

随后,两人不约而同地提出了下次约会并定好了时间,然后相互道别。接下来不得不等上几天。因为下一次两人都不上班的时间是在七十二小时之后。不过,他们相互交换了 N-phone 的联系号码,这样一来,无论什么时候两人都可以联系对方了。丹觉得自己还是应该稍微克制一下,不要那么频繁地通过 N-phone 联系亚美。他可不希望亚美讨厌自己。

不过,现实情况却是丹很难做到这一点。这样强烈的感情,对丹而言可是人生的初次体验呢。

自打两人第一次在饮食广场里见面时就这样了。两人约好下次见面的时间,才分别了几分钟,丹就已经疯狂地期待下一次的见面了。要抑制住内心的冲动,这是多么辛苦的一件事啊。

丹和麦克一起打发时间的时候,经常会想要一个人待会儿。可是,和亚美在一起的时候,他从来没有想过这点。之后,他开始和亚美定期约会了。

现在丹对于基础电脑信息匹配的精准度是佩服得五体投地。

它介绍给自己的女性竟如此合乎自己的心意。丹为自己曾经对基础电脑介绍的女性抱有偏见而感到羞耻。

丹尽可能地挤出时间来和亚美多待一会儿。有时候是在饮食广场，有时候是在第一次"认识"亚美的"天堂海滨"，还有他第一次踏足的"金字塔沙场"。

无论在什么地方对丹而言都是愉悦的，只要是和亚美在一起。

在这些娱乐设施里面，两人就像从前的恋人一样，自然而然地牵起了手。听到周围的人发出"真般配啊"的赞叹声，两人忍不住相视一笑。在允许的范围内，丹也会让亚美在不上班的时候过来看一看自己工作中的模样。

到底是被基础电脑的数据筛选出来的女性，随着一句句交谈的深入，就像丹深深被亚美吸引一样，丹也明显感觉到亚美对自己的好感日渐加深。

丹的内心深处已经产生了这一辈子都要和亚美共度的想法。亚美的心里也希望能和丹共度一生。虽然亚美没有这么说过，但是这份心意丹是明白的。

接下来，必须要把这段关系固定下来才行。丹已经成长为一位成熟的男子汉了。

在"愉悦山景之丘"，丹向亚美求婚了。

虽然丹认为在亚美心中，自己肯定已经是与她共度一生的唯一人选了，可是当他要说出求婚的话时，他又回到了初次见到亚美时的状态,喉咙发干,发音困难。

即便如此,丹还是鼓足勇气,将那句话说了出来。

"你愿意和我一起携手走完今后的人生吗?我已经不愿意过没有亚美的生活了。我一定会努力让你幸福的。"

亚美望着远处的山峰默默地听着丹的话,夕阳映照着她的脸庞。她的表情没有一丝一毫的变化。长时间的沉默让丹感到十分意外。从此前亚美的态度来看,她应该会很快给出肯定的答复,或者直接拒绝丹。这样的沉默,在丹的意料之外。

亚美缓缓地将脸转过来,望着丹,脸颊上残留着泪痕。

然后,她开口说道:"谢谢你。我真的很开心。"

丹以为亚美的沉默只是单纯因为感动。然而,事实却并不是这样。亚美接着开口说道:"可是……"

"'可是'?……是出了什么问题吗?"

丹这么一追问,亚美便说道:"我还没有和你说起过我家里的事情呢。"

丹再次感到意外。丹认为,就算自己的父母不太满意自己和亚美结婚,但只要两人自己愿意的话,这根本不是问题。他和亚美不都是已经到了适婚年龄的成年人了吗?

她明明是基础电脑介绍给自己的对象啊?难道电脑不是经过筛选后才将她列为候选人的吗?

丹的心里乱七八糟的。

"你跟家里人说了我们的事，他们不同意？"

亚美摇了摇头。她家里似乎只有父亲一人。在亚美很小的时候，她母亲便生病去世了。丹听到这里，以为亚美是很难放手离开独自一人生活的父亲。不过，好像并不是这么回事儿。亚美的父亲在她很小的时候就经常说，如果亚美能够找到合适的伴侣就把亚美嫁出去。时至今日，父亲的想法都没有变过。

"那，你是觉得你父亲会对我不满意吗？能让我正式地拜访一下他老人家吗？"

"谢谢。不过……我父亲的价值观有些特别。就算最坏的情况发生——我父亲生气了——我也会选择和你一起生活。"亚美坚定地说道。

丹听了这话十分开心，可是转念一想，这样做会不会让亚美失去她人生中相当宝贵的东西呢？

这件事，到底应该怎么做才好呢？丹决定直截了当地问问亚美。亚美父亲"特别的价值观"具体是指什么，似乎在他的话语中隐约有所体现。

"到了亚美孩子那一代，诺亚方舟上的人们将降落在应许之地。你应该找一个合适的配偶，他要有能力与你一起养育出能够适应新天地生活的下一代。"

这是亚美父亲对她的期待。

让亚美得到幸福的婚姻，应该就是要让家人也认可、祝福吧。

我一定要努力让亚美没有后顾之忧地嫁给我，丹暗自下定决心。

"不管怎样，我希望我们能够得到亚美父亲的祝福。这也是应该的，毕竟没有亚美小姐的父亲，这个世界上就不会有亚美小姐的存在。从今往后，我不仅希望自己能够和亚美小姐好好过日子，我也希望我能够与亚美小姐的父亲好好相处。"丹向亚美表达了自己的想法，"请问问您父亲他什么时候方便吧。我想去拜访他。"

"谢谢。"亚美带着哭腔跟丹道谢，并紧紧地抱住了丹。丹感到有些吃惊，他没想到亚美作为一名女子，竟然有如此强劲的力量。

几个小时之后，丹的 N-phone 响了。是亚美打过来的。丹不由自主地挺直了后背，咽了口唾沫。

亚美的父亲要见一见丹。就这样简单地决定了？丹有些没想到。只是，自己究竟能不能让亚美的父亲满意呢？

"你是把我作为要结婚的对象介绍给你父亲的吧？"丹忍不住再次确认道。

"当然。我跟父亲说，是基础电脑介绍的人，肯定没问题的。请您见一见吧。"

丹对亚美的直白感到佩服，"那你父亲就接受了吗？"

"不。我父亲就是那样的人，不管什么时候，他总会加上一句——基础电脑归根结底不过是机器，是机器的话就会发生故障，就和人类一样。所以，不可以盲目相信基础电脑。"

原来如此，丹在心里思忖着。这和丹不愿意遵循 N-phone 黄色预警提示时的想法很接近，而且他也曾对自己喜欢上基础电脑介绍的女性有些生气。

不过，丹隐约觉得，亚美的父亲不是那种能轻易搞定的人物。不过，如果不见面的话，就始终不会知道对方究竟是怎样的人。

那一天终于来了。

亚美父亲指定的时间快要到了。丹已经将这件事情放在了他所有事情里的第一位，向空气管理局提交了休假申请。他穿着的是平时"诺亚方舟号"上举行盛大典礼时才会穿的空气管理局的礼服。他这是为了向亚美的父亲表达最高的敬意。

当他到达饮食广场上他们约好的地点时，亚美已经在那里等候了。

他跟随着亚美，前往位于俄克拉何马Ⅱ区亚美的住所。他知道，今天亚美也休假，不用去医院上班。在到达饮食广场之前，丹在心里想，其实自己好像也不是那么紧张吧。不过现在他明白了，那不过是自欺欺人而已。丹忍不住干咳了两声。

"不要紧吧？"亚美关切地问道。

从饮食广场出发到俄克拉何马Ⅱ区，需要从低速的环线换乘到高速环线，大概需要十五分钟。亚美就职的俄克拉何马医疗中心也在她家附近。换句话说，亚美的日常活动范围就是这样狭窄。丹对于之前一直没有和亚美相遇这件事，终于有点儿释然了。就算身体不舒服，丹也只会去加利福尼亚综合医院。

走在鳞次栉比的住宅区，他们在一间并不突出的住宅面前停了下来。和丹自己的住宅一样，大门是从朝向道路的这一侧开的。

"就是这里了。"亚美说着。这一刻终于到了，丹下意识地耸了耸肩。

亚美将手举起，门无声无息地打开了。亚美住宅的构造和丹家的完全一样。只不过，房间里的颜色是淡淡的绿色。

"爸爸，我把他带来了。"

这一瞬间，丹感觉到一阵前所未有的紧张。一个声音低沉地回应："哦，我这就过来。"丹感觉自己的胃仿佛都快被捏碎了。

从里屋走出来的是一位有着强健体魄的中年男子。

他就是亚美的父亲。可是，他看上去和亚美一点儿都不像。

似乎在哪里见过……

这种感觉倏地一下涌上心头。究竟在哪里呢……丹无论怎么想也想不起来。

亚美父亲的身高和丹一样，身上却有一种压倒性的压迫感。

"这是我父亲。"亚美介绍道。

"初次见面。我是丹·前桥。非常感谢您今天愿意抽出宝贵的时间来见我。"丹一边说着，一边深深地将头埋了下去。

亚美父亲保持着沉默，一动不动地凝视着丹的脸庞。不过，由于他的眼睛很细，也不能断言他是否正盯着丹。他和丹一样，具备亚裔的身体特征。

就在这一瞬间，丹的记忆复苏了。

他的确见过亚美的父亲！就在他和麦克一起去"水仙原野"的时候。

浓密的眉毛，高高突出的颧骨，鼻梁很低。那时候亚美父亲给他留下了深刻的印象。所以他现在想起来了。绝对没错。

当时，他赤裸着上半身，也不知道在干什么。

终于，亚美父亲开口说话了："我是贯哲·柚木。请进。"

丹跟着亚美父亲进了里屋，并听从他的安排在椅子上坐了下来。

然而，接下来又是一阵沉默。

"那个……今天，我来拜访伯父，也是希望伯父能够同意让亚美小姐与我结婚……"

就在亚美坐到她父亲旁边时，丹把这个话题抛了出来。可是他的话却被打断了。

"这个嘛，我已经从小女那里听说了。非常抱歉，不过能请你现在把上衣脱掉吗？"

和外表给人的感觉不同，亚美父亲说话的方式非常客气。只不过，说话的内容貌似有些与众不同。

"这里……在这里吗？"

"对，是的。"父亲面不改色地说道。

"爸爸！太失礼了！这样是不是有点儿太冒昧了？"亚美也很吃惊，抢着阻拦。可是，亚美父亲看起来却一点儿都不为所动。丹明白他绝对不是在开玩笑。

"我明白了。那就失礼了。"丹下定了决心。他将空气管理局的礼服脱了下来，赤裸着上半身。

亚美父亲双手抱在胸前，默默地打量着丹。稍后，亚美父亲嘴里发出一声叹息。丹觉得，这应该是他对自己不太满意的表现吧。

父亲接着说道："把衣服穿上吧。"

丹穿上衣服询问道："是哪里有什么问题吗？"

丹突然想起他在"水仙原野"见到亚美父亲时，他刚好也是赤裸着上半身的。

贯哲·柚木却并不理会丹，转而提出了下一个问题："您认为我们人生的目的是什么？"

丹完全没有料到亚美父亲竟然会提出如此富有哲学意味的问题。还有，这个跟脱掉上半身的衣服究竟又有什么关系呢？"你有信心让亚美真正幸福吗？"他原本以为会被问到这种问题。

丹有些措手不及，大脑一片空白。他不知道正确答案是什么。到底怎样回答才能让对方满意呢？

"是……锻炼身体吗？"

"锻炼身体是为了什么？"

听亚美父亲的语气，自己的回答虽不完全正确，但也没有差太远吧？丹会如此回答，也是联想到亚美父亲在"水仙原野"的模样以及这会儿他让自己脱掉上衣的行为。不过，丹想不出来锻炼身体与人生目的之间有何联系。因此亚美父亲问他"为了什么"，丹也答不上来。

"直觉吧。坦率地讲，我其实也还不太明白。"只有这样回答了。

幸运的是，这个回答并没有让亚美的父亲勃然大怒。他用力点了点头，说道："我们的目的是让子子孙孙不断繁衍下去，让人类在到达应许之地后继续繁荣昌盛，你说对吗？"

这一点，丹是明白的，"所言极是。"

"你认为应许之地是一个什么样的地方呢？"

"我听说那是一个和地球的环境非常相似的行星，至于正确与否，我也不知道。"

"是的。"亚美父亲满意地点了点头，随后继续说道，"现在，我们假设'诺亚方舟号'已经到达了这颗被称为应许之地的行星。然后会发生什么样的事情呢，这一点你考虑过吗？"

"我想，应该会为了更适合人类生存而尽可能有效地开发这颗行星……"

"天真！"亚美父亲第一次如此大声地说话。丹缩了缩脖子，亚美皱起眉头。

"如今'诺亚方舟号'上的所有乘客，已经没有了人类应该有的状态。严格来说，是差远了！人类一代代繁衍下去，如今在行星上的生存适应能力已经差太多了。如果以这种状态降落在应许之地，人类是无法生存下去的。"

"啊？"

听亚美的父亲如此断言，丹不知道该做出何种回应。

"为什么呢？"

"在行星的土地上，诺亚方舟上的人是无法靠自己的肌肉将自己支撑起来的。因为随着世代繁衍，人类的肌肉正在逐渐萎缩。"

这样的话丹从孩提时代起就听过好多次了。只是，这些跟自己的日常生活关系并不大，听到了也当作耳边风随它去了。他认为这些信息对于自己这一生来讲，并不重要。

亚美的父亲告诉他们，在"诺亚方舟号"上的全体人类都有一些共同的特点。比如，骨量在逐渐减少、遭受着宇宙辐射。骨量减少这个问题只要补充相应的营养品就能解决。关于宇宙辐射，据说相应的遮挡方法已经在研制并付诸实施。但是，肌肉萎缩这一问题是无法解决的。组成肌肉的肌肉蛋白合成量降低、分解增多，这是因为人工重力不够大。长此以往，人类到达应许之地这片新天地时，根本无法活动，只能自取灭亡。

"那我们应该怎么做呢？"丹问道。

"我们的人生目的就是让自己的后代能够依靠自身的力量站立在应许之地的土地上，代代繁衍下去，我们要向他们传递这个方法。"亚美父亲坚定地说道，随后又重重地叹息了一声，"在我这一代，'诺亚方舟号'是无法降落在应许之地了。丹·前桥先生。您这一代也是无法到达应许之地的。但是，到了您孙子那一代，倘若必须要在应许之地进行开拓，您不觉得我们有必要将能够支撑一系列活动的肉体传给下一代，让他们继续传给再下一代吗？假若不这样，那么'诺亚方舟号'上数万名祖先所付出的辛劳不就付诸东流了吗？"

"是的。"除了同意，丹别无选择。他偷偷看了看亚美的表情，或许是这番话在她预料之中，她的神情并没有显露出多少惊讶。更准确地说，她像是已经失去了表情一样。

亚美的父亲满意地点了点头，说道："你明白了吗？我的人生目的就是这个，这也是我的目标。我要让我的孩子，我孩子的孩子，拥有无论什么时候站立在土地上都能够自由活动的强健体魄。为此，我也让亚美坚持锻炼，让她有了一副任何时候都不会给她丢脸的强健体格。"

"啊……"丹突然回忆起来了。

在丹对亚美说想要见一见她父亲的时候，亚美忍不住紧紧抱住了丹。

当时他就觉得亚美的拥抱非常有力。那一瞬间，几乎让他停止呼吸。只不过，当时他以为这只是因为感动，才让亚美爆发出如此强大的力量。今天，听了亚美父亲的话他才明白，是锻炼让亚美拥有了强大的肌肉力量。

亚美父亲像是在说"你看看"似的，挽起了在自己旁边的亚美的衣袖。

正如亚美父亲所言。亚美的胳膊上，几乎看不到任何赘肉，只见到和她父亲一样结实的肌肉。

"从她小时候起，我就特别注意锻炼她。那些容易致癌的肌肉增强剂等我从来不用。她今天这身肌肉都是根据我安排的负重训练项目进行锻炼的结果。我有信心，如果现在降落在行星上，我女儿在有重力的世界上也能很好地生存下去。所以，我现在可以骄傲地挺着胸膛说，我，实现了我的人生目的。"

这时候，丹注意到亚美第一次轻微地皱了皱眉头。与此同时，他也终于明白了为什么自己会被要求露出上半身。

作为亚美的配偶，亚美父亲对丹应该是不满意的。

丹对于自己的身体究竟怎样，是最清楚不过了。自己的身体，没有那些因为高强度的锻炼而产生的肌肉。在今天之前，他也根本没有在意过这件事情。

丹在想，自己松弛的肌肉被亚美父亲看在眼里，他会怎么想呢？

换个角度，站在亚美父亲的立场，丹很容易就能联想到亚美父亲看着自己精心培养、具备了人类存续所必需的体格的女儿，就要被来路不明、满身脂肪的野小子抢走，会是什么想法。

"亚美，你能把我的孙子培养成飞船降落以后，具备在行星上生存的能力的人吗？"贯哲问自己的女儿，亚美陷入沉默。

父亲又转过头对丹说道："'诺亚方舟号'上的成年男女只要彼此情投意合，谁也没有权利阻止他们结婚。丹·前桥先生，虽然你请求我允许你同亚美结婚，但是我的回答并不会具备任何约束力。所以，你倒不如不等我的同意，直接展开行动。这样我也感觉更轻松一些。"

这番话的含义究竟为何呢？虽然亚美父亲的言语依然带着和体格不同的谦逊温和。但他的言外之意，丹其实是明白的。

自己将人类后裔的希望寄托在女儿身上，并将女儿精心抚养长大。可如今，自己的女儿却想要和一个浑身上下没有一点儿肌肉的毛头小子结婚。自己必须把女儿交给这样一个到达应许之地以后，就会因为万有引力瞬间变成废物的脆弱家伙。

丹看了亚美一眼。亚美依旧沉默着，视线落在地板上。

这时候，丹的脑子里一片空白，对着贯哲·柚木郑重地承诺道："伯父，我会再来的。下一次您再见到我的时候，我一定让您看见一个全新的我，一个有能力孕育出合格的、能够适应新世界生活的下一代的我。那时候，我希望得到伯父的祝福，让您放心地将亚美小姐交给我。"

父亲的眼睛睁得圆圆的。亚美凝视着丹。而比任何一个人都惊讶的，是说这话的丹本人。

诺亚方舟的怪物

在过去，治安官是一份正式的职业。而如今，世代飞船"诺亚方舟号"上已经没有专门的治安官了。

取而代之的，是每个区划大概有三十人兼职着治安官的工作。

阿尔·伯法的家族里，从他的祖父约翰·伯法开始，每一代都选择了治安官这一职业。不过，平时他们是俄克拉何马Ⅰ区的净水局的员工。

治安官的主要工作是在饮食广场举行活动或者总统巡视时，负责相关的警卫工作。

诺亚方舟的治安相对稳定的时候，阿尔就不必再担任治安官。这个时候，他会专心致志地完成净水局的工作。净水局的事务很多，从净水制造、品质管理到回收和再利用,无论哪一个领域都非常需要人手。不过阿尔的工作安排依然保持着灵活性。一旦发生紧急情况,阿尔收到动员他担任治安官的要求,他就会立刻暂时离开净水局的工作岗位,进行治安官的轮岗。

阿尔此时正在通过视频画面进行预防水管劣质化的检查工作,他手腕上的 N-phone 突然开始闪烁并发出了紧急状态时才会发出的声响。

阿尔视线离开视频画面,环顾办公桌四周,发现周围的同事都在注视着他。这种情况很少见。

"主任,我收到要求治安官出勤的信息了。"他对着面板上的影像说道。

"嗯,那辛苦你了。希望不要是什么麻烦的事件。"影像上的人举起了右手。阿尔的上司对这一套流程是很了解的。

确认了 N-phone 发来的信息后,阿尔知道自己需要快速赶往连接俄克拉何马Ⅱ区的通道附近。

阿尔将更衣柜里治安官的制服换上。虽然只是一顶帽子和一件夹克,但那却是公认的威风凛凛的治安官的制服。其他的治安官们也是如此,分别在各自的工作场所存放着治安官的制服。

阿尔想起了上一次自己作为治安官收到紧急召集令时的情形。

那一次召集的是阿尔和距离他工作地点比较近、负责食品配给工作同时兼任治安官的内维尔。

　　他记得当时去处理的纠纷是邻居之间的小矛盾。一位老婆婆投诉，她总觉得住在隔壁的老人通过她房间的入口往里窥探。双方各执己见，僵持不下。最后，只好在老婆婆开门的地方拉上一块帘子，最终才满意收场。有时候，治安官要去处理的也就是这样鸡毛蒜皮的小事。

　　出了净水局之后，阿尔按照 N-phone 的指示，急急忙忙往俄克拉何马Ⅱ区和Ⅲ区之间的通道方向赶去。在他搭乘环线前往目的地的途中，与他擦身而过的人们看见他身上穿的治安官制服，纷纷向他投去惊讶的目光。好像在好奇究竟发生了什么事。

　　半路上，N-phone 发出指示，要求他直接前往俄克拉何马Ⅱ区医院。并且收到一条内容为"受害者已被移送、收容"的信息。信息发送者是内维尔·莱茵曼。阿尔和内维尔一起配合的情形还挺多。与其跟自己完全不了解的人合作，倒不如这样来得轻松。

　　他从中速环线换乘到低速环线，在区医院这一站下来了。

　　进入接待层，前来看病的人们都坐在沙发上。阿尔正在想这是怎么一回事儿，有人凑了上来。是内维尔。

　　"你来晚了哟。"内维尔说道。

　　"其他人呢？"阿尔向四周张望了一下。

　　内维尔摇了摇头，"好像就只有我们两人参与初期的搜查行动。"

　　"究竟是什么事情？"

"据说有人被怪物袭击了。"内维尔说道。

阿尔皱了皱眉，疑惑内维尔究竟在说什么，"怪物？你在开玩笑吗？"

"我可没开玩笑。据说，发现的时候人已经倒在地上了，左手臂和左侧腰都被咬伤了。受害人在被送往医院的途中，就是这么说的，说什么怪物突然出现，朝他扑了过去。"

阿尔第一次听说宇宙飞船内有怪物。小时候他看的那些写给孩子的书籍里，一些以宇宙为舞台背景的探险故事里的确有怪物登场，可那说到底不过是专门为孩子们编写的虚构的世界呀。

这个怪物，会不会是什么动物？

不过最近没有听到牛、猪发生基因突变的新闻，而且饲养家畜的区域和人类居住的区域也不同。

"听说事情发生在俄克拉何马Ⅱ区和Ⅲ区之间的通道附近。"

"这样啊。一会儿我们过去看看吧。受害人的身体年龄为二十四岁左右，是议会事务局的职员。我还没有见到他，正打算过去问问现在能不能探视。"

"他是住在俄克拉何马这一带吧？议会事务局不是在华盛顿Ⅰ区吗？"

"还不能确定，目前什么都还没和他确认呢。"

内维尔的 N-phone 响了。他看了一眼 N-phone 后说道："我们可以去探视受害人了。刚刚批准了。"

两人根据 N-phone 的指示，去了清创室。床上躺着一位年轻男子。他赤裸着上半身，腹部和手臂缠着绷带，阿尔他们马上便明白了这位就是受害人。

看样子并不是重伤。不过，他们问话的时候还是请医生陪在旁边，以防万一。

年轻人从床上坐起来，他的身体看起来很不错。因为他上半身是裸露着的，因此能够看见绷带以外的地方，从脖子到肩膀还有胸部都有着锻炼过的发达肌肉。

年轻人说自己的名字叫山姆·莱特斯通。他是通过 N-phone 向急救中心做了通报。与此同时，N-phone 根据当时的情况也将这件事情上报给了治安官。于是，内维尔和阿尔两人便自动收到了出勤的要求。

急救队员将山姆从现场转移到区医院的途中，根据山姆的口述做了怪物袭击事件的笔录。内维尔正在浏览这份记录。

内维尔和阿尔看了医生一眼，医生点了点头，示意不要紧。

"您是被什么袭击了呢？当时您呼救了，对吧？我们可以问问当时的情况吗？"

受害人山姆看了看阿尔，又看了看内维尔，像是在疑惑他们究竟是谁。很明显，山姆在紧急呼救的时候并没有打算把治安官给叫过来。

"您二位是……"

"您用 N-phone 呼救的同时，我们俩也收到了出勤的指令。"

山姆这才明白过来，说道："这样啊。"从服装来看，倒是一眼就能明白阿尔两人是治安官。

"您能和我们说说究竟发生了什么吗？包括时间还有地点。听说您已经跟抢救队员说了自己被袭击的事儿，不过，可以再跟我们说一遍吗？"

听阿尔这么一说，山姆看了看医生。医生点点头，山姆咳了几声之后便开始说话了。

"我刚刚跟医生说完究竟发生了什么事。只是，说着说着我自己也觉得那些事情有些不切实际。我开始怀疑自己了。"他没有直接述说真相。

阿尔点了点头，说道："您只管将发生的事情原原本本地告诉我们就好。在此之前，您能先告诉我们您的姓名、出生年月日、家庭住址和职业吗？拜托您了。"

接着，阿尔将自己的 N-phone 调整为记录模式。

阿尔和内维尔在旁边的椅子上坐了下来，山姆将自己的基本信息一口气汇报了一遍。接着，他说道："唯独连接俄克拉何马 Ⅱ 区和 Ⅲ 区的通道那段路不通环线。这二十米左右的路程只能靠走。并且，这一带有很多农场，几乎没什么行人经过。今天，我也是碰巧从那里经过……我经过的时候，听到有一阵声响。咔嚓、咔嚓、咔嚓、咔嚓。非常轻微的声音。我觉得奇怪，所以朝周围看了看，可还是没搞明白究竟是什么声音。从道路上可以看见农场里面正在洒水，或许是洒水的机器传出来的什么声音吧，我当时是这么想的。就在这个时候，我看见我走的那条路旁边的墙壁上……好像有什么东西在动。"

"是墙壁上面贴着什么东西吗？"内维尔插嘴问道。

"不是……我看见有东西从墙壁里面冒了出来。是的……我看见的是锋利的尖尖的牙齿。它从墙壁里面冒了出来。"

这一次是阿尔发问了："不好意思，打断您一下。是道路旁边的金属墙壁吗？是从那个金属墙壁里面冒出了一张嘴……一张满是牙齿的嘴，对吧？这可不能理解错了。"

"是的。"

"在那个位置，道路旁的墙壁后面就是外太空，是茫茫的太空。"

"嗯……是这么回事。"

阿尔和内维尔听到这个回答之后，相互看了一眼。

内维尔忍不住问道："这么说来，袭击了山姆·莱特斯通先生的怪物，是从外太空而来，穿过金属墙壁出现的，对吧？"

"是不是从外太空进来的我也不清楚。不过，那个东西……那个怪物的确是从道路旁的墙壁出现的。那一瞬间，我以为自己看花了眼。那个东西，我迄今为止从来没有见过。我几乎以为自己在做梦呢。那时候，周围根本没有任何人。当它把整个身体露出来以后，能看出它身高两米左右。我不敢相信自己看到的,只想赶紧逃走。可是,我的双脚发软,一动也不能动……"

"你把那家伙的样子看清楚了吧?"

"看见了。特别丑。是个不折不扣的怪物。只要看上一眼,就绝对忘不了。"

"究竟是个什么东西呀……如果不是人类的话,那他究竟是什么样的,您能稍微画一下吗?"

"我不是很擅长绘画……我心里虽然把它的样子记得清清楚楚,可是我不确定能不能画出来。"

"拜托您了。"阿尔恳求道。山姆点点头,碰了碰左手腕上N-phone的某处。N-phone上方出现了一个长方形的框。山姆用食指在这个框里慢慢地描绘着。确实如他所言,他并不擅长绘画。不过,他的笔触虽然笨拙,但从他描绘的形状便能想象得到,这的确是一个令人感到恶心的东西。

山姆画了一个椭圆形,两端有两只眼珠,巨大而空洞。本以为两端应该会伸出手臂来,他却画了腿。看样子,这个怪物并没有手臂。随后,他在椭圆形的正中间画了一张特别特别大的嘴。嘴里上上下下都长满了尖尖的牙齿。

山姆停下了画画的手,看了看正注视着自己指尖的治安官们。他有些难为情,自己画了这么一个怪物。

阿尔尽量控制住自己的表情。他想即便是小孩子,看到这样的绘画也会情不自禁地笑出声来。

山姆的手离开了那个框，说："就是这样了。"

"明白了。我先用我的 N-phone 把图画保存下来。"阿尔回答道。

"这个看上去像是在噩梦中出现的怪物呢。浑身是肉的身体上只长着两条腿。是大眼怪兽吧？那么您就是被这个怪兽咬伤的吧？"内维尔问道。

"嗯。我本打算赶紧逃走的，可它的速度太快了，瞬间就跳着扑了过来，我根本没法儿避开。接下来的事情，我记不太清楚了。最开始它咬了我的侧腰，我被剧痛折磨得不停打滚，想要再次逃跑。后来，那个东西终于松开了我的侧腰，我记得我立刻滚到了一边。接着它又扑过来咬了我的左手手臂。随后，突然间它就从我身边消失了。我看了看四周，没见着它的身影，于是赶紧拨通了紧急救援电话。"

"袭击您的那个怪物，它是朝哪个方向逃走的呢？是往俄克拉何马Ⅱ区的方向，还是往俄克拉何马Ⅲ区的方向呢？"

"我是后来发现它完全消失不见的，其他什么都没注意到。我不知道它往哪个方向逃走了。我所知道的，就是这些了。"

能够从山姆·莱特斯通嘴里问到的信息，只有这些了。根据医生的诊断，把山姆咬伤的的确是某种未知的动物。医生保证山姆几天之后就可以痊愈，阿尔心想太好了。不过，被伤害这一事实并没有改变。必须要找出真相才行。

　　阿尔和内维尔离开区医院之后，去往了受害人告知的受害现场。上了环线，两人交换着意见。

　　"很奇怪"，这是两人共同的感受。

　　"从外部穿透金属墙入侵的生物，我从来没有听说过。"

　　"我以前读的科幻小说里面提到过这种怪物，好像叫什么伊库斯托尔[①]。"内维尔这么说道。可是对阿尔来说，这听上去更像是一个睡前故事。

　　"总之，都是那位受害人的幻想吧？"

　　"可是，他的腹部和手臂上面的确有着被怪物咬过的伤口啊。"

　　"可除了他自己以外，并没有其他目击者啊。如果真有伤口，也可能是他自己弄的。他坚信自己受到了袭击，所以产生了伤口，就像基督徒的圣痕一般。在此之后，没有任何关于袭击者的目击报告。这里的空间相对封闭，不管行人多么稀少，总应该有人看见吧。"

　　"他在撒谎？"

　　"不像。我也不知道。如果他是在撒谎的话，那原因呢？"

　　他俩一边聊着，阿尔也跟治安局取得了联络。事件发生之后，别说跟怪物相关的通报了，连称得上是事件的通报都没有。"诺亚方舟号"内可以说是一片风平浪静。

　　根据阿尔 N-phone 的提示，他们已经来到了山姆·莱特斯通所

———————

　　① 指在范·沃格特所著的《"猎犬号"宇宙飞船》中登场的宇宙怪物Ixtl，它可以改变自身原子排列顺序，穿透"猎犬号"宇宙飞船内的金属墙。

说的飞船内的那个位置。果然,这里的光线一看就像是会有什么东西出现的样子。俄克拉何马Ⅲ区的农场每隔十个小时就会关闭照明。那时候可能刚好处于关灯的时间段。不过,关灯后并非伸手不见五指,而是还有一些亮光,跟黄昏时分的光线差不多,至少经过的行人能够看得清自己的脚下。

不过,为农作物设置的空调设备此刻正发出重低音的声响,这似乎也是这个区域的特征。

阿尔和内维尔站在连接俄克拉何马Ⅱ区和Ⅲ区的通道上。时不时地,也有行人通过。他们有的是在俄克拉何马Ⅲ区从事农业生产的人,有的是住在更里面一些的俄克拉何马Ⅰ区的上班族。

连接俄克拉何马Ⅱ区和Ⅲ区的道路大致有二十米的长度。走过的感觉有点儿像从一根巨大的管子中间穿过,和连接华盛顿、加利福尼亚那些区域的通道非常不同。通道内天花板很低,道路也很窄,不明白为什么要设计成这样。此外,这里还有俄克拉何马Ⅲ区某个农场持续响起的重低音。

"肯定就是这里了。"

阿尔和内维尔站在这条道路上,环顾四周。这里的氛围和其他区的确不一样,不过,目前看来是因为通道结构和外观上的原因,暂时还没有发现其他的特殊情况。

他们还摸了摸出现怪物的那面墙壁,并用手轻轻敲了敲,并未发觉任何异样。

"应该就是这里。"

"嗯，N-phone 显示的记录也是在这里。"

两人立刻开始了从墙壁到地面的确认工作。也不知道如果同时满足了某些条件，墙壁会不会有什么反应。

两人一边设想各种各样的可能性，一边继续着事无巨细的调查。他们用放大镜在地面仔细搜索有没有遗留物，却一无所获。

从旁边经过的行人看见两人趴在地上，也有跟他们搭话的。因为一看两人的服装便能明白他俩是治安官。

"这里是发生什么事件了吗？治安官在这种地方进行调查，还真是稀罕。"

阿尔有些不耐烦，但他控制着自己，不让情绪表露出来。

"关于调查的内容，我们没有向普通市民公开的权限，抱歉。"他说着挤出一个假笑。提问的行人有些不快，皱着眉头离开了。于是假笑变成了会心一笑。

"怪物是从这面墙壁里面钻出来的吧？这可真是最不可能的一种出场方式啊！阿尔，你怎么看？"内维尔双手抱着胳膊，歪着头问道。显然，他已经没有将周围的情况再扫荡一遍的意愿了。

"不知道。长这么大，我还是头一回听说这样的事呢！"

"你说，那个怪物现在会不会还贴在'诺亚方舟号'的外墙上呢？一旦肚子饿了，就会穿透墙壁出现在飞船里面？"

阿尔没有兴趣理会内维尔漫不经心的假设。

阿尔有时候也会经过这一带。不是作为治安官，而是作为净水局的工作人员。所以他知道这附近的天花板里面有上水管，而地板下则布满了下水道。只是有一点他印象有些模糊——往常，这一带也是一直响着这种仿佛是从肚子里面发出的重低音吗？

真的记不清了。

只有一点是明确的，关于这一带出现的那个怪物的线索，他们一个都没有发现。

墙壁，然后是地面、天花板，两个人不放过任何一个角落，细细地搜索了一遍，没有发现任何异常情况。于是，两人又把俄克拉何马Ⅱ区通向俄克拉何马Ⅲ区的道路那一带仔仔细细地搜了一番。结束之后，阿尔耸了耸肩膀，而内维尔叹了口气。

"说到底，没有目击者的确是个问题。既没有发现它的影踪，现场也没有留下任何痕迹。还有，事件发生之后也没有再听到任何关于此事的消息。要说他在撒谎也不无可能。"

"那他究竟是出于什么目的，要演这么一出戏呢？"

"这个嘛，不清楚。有可能是想找不上班的理由，也有可能是想要吸引交往对象的注意吧。过后不就能明白他的真正目的了吗？"

"如果是这样的话，不是有很多更适合成为谎言的借口吗？比如说，被机器夹了啊，不小心摔倒了之类的。他为什么要专门挑一个容易引起别人怀疑的借口呢？所以，我觉得有理由相信受害人是真的被怪物袭击了。"

内维尔听完阿尔的分析，认可地点了点头。

"受害人为什么会经过这里呢？是因为他的单位或者家在附近吧？"

这个只要稍微检索一下便能知道，所以内维尔和阿尔此前都没有确认这一点。

"嗯，我们查一下吧。这么说来，目前我们只是确认了他的姓名呢。"

本来，由治安官来执行初期搜查的基础任务就很少见，所以他们只关注了受害人被袭击的事实，而对山姆·莱特斯通这个人一无所知。

如果是私人使用 N-phone 的话，N-phone 是不会显示某些个人信息的。但如果是治安官执行任务，就有一个便利的功能可以查询到所有信息。

在他们将 N-phone 变更为治安官特别权力的页面、准备查询山姆·莱特斯通的信息时，从俄克拉何马Ⅲ区的方向走过来一个人影。是个年轻人，年纪与阿尔和内维尔相仿。只是体格看上去比阿尔和内维尔大一圈。

这时，阿尔联想到了在医院见过的山姆·莱特斯通本人。他胳膊和胸部的肌肉看上去也是相当发达。"诺亚方舟号"上的年轻人大多是比较纤细的体型，而这位年轻人和山姆·莱特斯通一样是个肌肉发达的人，因此格外引人注目。内维尔应该也和阿尔想到一块儿了。因为他的视线已经从 N-phone 上移开，将注意力放在了路过的那位年轻人身上。

肌肉男子看了一眼阿尔和内维尔，表情似乎在疑惑他俩究竟在干什么，然后他瞬间加快了步伐，皱着眉头准备超过他俩。

就在这个时候，年轻人停下了脚步。

因为年轻人已经经过了阿尔和内维尔，所以他们无法看见他的表情。不过，年轻人似乎正低头看着什么东西，双脚无法动弹。他的后背开始颤抖。

被年轻人挡住的地面或者墙面上有什么东西吗？阿尔想。难道是……

年轻人的双脚仿佛石化了一般。难道，在阿尔和内维尔视线的死角范围里有什么东西吗？

阿尔不假思索地朝着年轻人喊了一声："你怎么了？"

年轻人没有回答他，却发出一声惨叫。他像一只虾似的弯曲起腰腹，扑通一声双膝跪地。

接着，他呻吟起来："啊啊啊啊好痛。有怪物……"不过，在年轻人的腹部位置，并没有看见像是怪物的东西。

年轻人就这样靠着墙壁。

阿尔不再犹豫，他一把扳过年轻人的肩膀，可是依旧没有看见怪物的身影。

内维尔一边喊着"不要紧吧"，一边跑了过来。

"我被怪物咬了……"年轻人离开了墙面。可是，阿尔什么东西都没有看见。

"我来叫救护队员。"内维尔这么说完，通过 N-phone 进行了呼救，同时说明了目前所处的位置和状况。

"你放心吧，这是你的幻觉。周围什么都没有。"阿尔这么说着。

年轻人的脸部痛苦地扭曲着，并使劲摇了摇头，"有的。它突然就从地下蹿出来袭击了我，还这样咬住了我的腹部。"

"地下……可是地面不是金属的吗？"

"它就像是从水里飞出来似的。一眨眼就扑到了我面前。是个有两条腿的怪物。还有，它嘴很大，满嘴都是牙齿。"

"它在哪里呢？不是什么都没有吗？"

在此之前，阿尔也考虑了这是年轻人的幻觉的可能性。因为，他就在现场，目睹了这个年轻人在他眼前被袭击的过程，却没有看见任何怪物的身影。

可是……这位年轻人提到了"两条腿、大嘴里都是牙齿的怪物"，这和最初那位受害人所描述的怪物不是很相似吗？这只是碰巧吗？

年轻人一边呻吟着一边说道："刚才，怪物从我腹部离开了，贴在墙壁上……就这样，慢慢融入墙壁里了。那家伙……现在，肯定还在那边的墙壁里呢。"

"墙壁里面……是吗？"

阿尔心想,又来了……这样的幻觉,究竟是怎么产生的呢?

"是的……"躺着的年轻人腹部那里的衣服被撕开了。皮肤那里有两排等距的牙齿咬过的痕迹。他本人还没有看见自己的伤口。

"怎么样?伤口深吗?"他向阿尔两人询问道。

"别担心,救护队员很快就来了,在此之前请坚持一下。"

"你们是治安官吧。请问,袭击我的究竟是什么啊?"

阿尔被这么一问,一时语塞,总不可能说是幻觉吧。

"啊。"阿尔听到内维尔发出声音,回头向内维尔看去,却发现内维尔正一脸惊愕地望着他的身后。

"怎么了?"他问道。内维尔张大了嘴,指着阿尔的背后。阿尔慌忙向后看去。

"难道……"阿尔发出一声呻吟,全身仿佛被冻住了。

墙壁上似乎有什么东西冒了出来。

本以为并不存在的东西,确实是存在的。很明显,那是一只深绿色的胳膊。不对,应该是腿吧?反正是生物的一部分触手。最前端有三个长着钩爪的粗壮指头。

躯体也渐渐从墙面穿透出来。一张满是牙齿的巨口。椭圆形的身体。躯体的两端延伸着分不清楚究竟是胳膊还是腿的部分。在突起的触手旁边可以清清楚楚地看见眼珠子。

它在窥探这边。

在那一瞬间,阿尔便想起了这是什么东西。

这就是第一位受害人山姆·莱特斯通在 N-phone 上描绘出来的那个怪物。从大面儿上来讲，几乎是一模一样。

这么说来，这并不是他们的幻觉。从墙壁里面钻出来的怪物，是真实存在的。

接下来该怎么办，阿尔毫无头绪。治安官在"诺亚方舟号"的船舱内是不能携带枪支类的武器的。能够称得上是武器的，只有袖子上那根可以伸缩的电磁警棍。

阿尔将插在左手上臂的电磁警棍抽了出来。平时，插在袖子上的警棍只不过是装饰。阿尔还是头一回使用它。所以，他虽然将电磁警棍握在手里并摆好了姿势，但究竟应该怎样使用才能对付那只怪物，阿尔并没有太多信心。还有，究竟有没有效果，他心里也没数。

怪物从墙壁里面钻出来，缓缓地朝这边看了过来。阿尔从来没有见过如此丑陋的东西。身体上只有两条又粗又长的腿。除此之外，便是巨大的眼珠子和嘴巴。

虽然它朝这边看了过来，可它似乎对阿尔和内维尔一点儿兴趣也没有。它看都没看两人一眼，便朝着对面的墙壁跳了过去。这时，阿尔大喊一声："等等！"

一瞬间，怪物便径自消失在了墙壁当中。在救援队赶来之前，两人一动不动地站在原地，盯着怪物消失的那面墙壁。可是，怪物的身影再也没有出现过。

丹·前桥默默地完成着最后一组动作，额头渗出大颗大颗的汗珠。他全身都处在一个箱状的白色长方体容器里。

亚美一边读着白色箱子上面的数值，一边对丹说道："丹，还有七分钟左右，这组练习就结束了。"

丹使劲儿点了点头，却没有说话。亚美满脸笑意地看着丹，用毛巾轻轻擦去丹额头上的汗珠。

在这个大约一百平方米的空间里面，除了丹之外还有大约十位年轻人，分别在使用各自的装置锻炼着手脚。

按照地球时间来计算的话，丹·前桥和亚美结婚已经三年了。

这里是离丹和亚美的住处非常近的一间健身房。

"诺亚方舟号"终于快要到达应许之地了。届时，"诺亚方舟号"上面的人们能不能迎来一片新天地呢？他们是否具备与之相匹配的身体素质呢？

这正是丹的岳父贯哲·柚木所担心的事情。也是他在丹和亚美结婚之际向丹提出的问题。

即便抵达了应许之地，在行星的重力作用下，人类的肉体也难以支撑吧。

关于这个问题有几种说法。

有一种比较乐观的说法是：到达新天地之后，人类的肉体一周左右便会自动适应新的环境。可是，贯哲却认为，在人类的肉体自动适应之前, 人类便会陷入无法生存的状态。还有一种说法认为, 在过重力的环境下, 人类没有能够适应这种重力的骨骼构造, 肌肉也会萎缩。

人人都感受到了不安, 一种无法言喻的不安。这是一个存在于世代飞船内的问题。

自从离开了地球母亲的怀抱, 人类的肉体也就渐渐不复存在了。

亚美的父亲贯哲·柚木, 他的职业是一名配管工人, 但在工作之余, 他致力于启蒙飞船内的人们, 作为人类的一分子, 为了"诺亚方舟号"上所有人即将到来的未来, 应该做些什么。

贯哲·柚木为了让更多的人参与自己根据负荷重力项目设计的训练, 开设了一家叫"柚木肌肉训练室"的健身房。当时有个可以申请使用俄克拉何马III区农场旁边堆放物资的空间的机会, 申请人数众多, 且目的各不相同, 但当丹·前桥提出想用作健身房时, 方案竟然被采用了。

这也从侧面验证了当时令人们焦虑的一个问题, 等人类到达新天地时, 是否具备相应的身体素质呢?

之后, 包括丹和亚美在内的团队一起运营的"柚木肌肉训练室"就这样开起来了。教练们都是接受过贯哲·柚木指导的志愿者和工作人员。

亚美的父亲贯哲·柚木是健身房的名誉顾问。或许是因为自己的名字被放在了健身房的名字里面,他有些难为情,所以不怎么长时间待在健身房内。不过,丹倒是听人说起,看见自己的岳父一个人在俄克拉何马Ⅲ区附近的"水仙原野"锻炼身体。当时,丹一下子就想起了遇到亚美之前,自己见到岳父一个人锻炼的情形。

丹觉得自己的身体渐渐也锻炼出了效果。他现在拥有健硕的胸肌和腹肌,肩膀变宽,有点儿像所谓的倒三角。腹部看不到一点点肥肉。他觉得自己的身材已经越来越符合岳父的标准了。可每当在健身房遇见岳父时,对方却并没有显露出一点点特别的表情或是反应。虽然如此,他仍然坚信终有一天,岳父会拍着他的肩膀,笑着对他说:"作为我女儿的丈夫,你终于合格了!"为此,他每天都严格按照岳父设定的计划老老实实地进行锻炼。

本来,丹已经向亚美的父亲承诺了自己一定要成为亚美丈夫的合格人选,并且计划在诺言兑现之后再与亚美结婚的。可是亚美却说:"等到你实现诺言的那一天,我可能已经成老太婆了。"于是,就变成现在这个样子了。

在长方体的箱内,丹继续汗流浃背地做着全身屈伸运动。弹簧的阻力持续着,只能靠柚木式呼吸法来对抗。

伴随着一声婉转清脆的鸟鸣,全身的负荷终于得到释放。丹离开了容器。

"终于结束了……"丹自言自语道。

"辛苦啦!"

丹接过亚美递上来的毛巾。当天丹需要练习的项目全部结束了。

在与亚美结婚之前，丹刚开始进行柚木式肌肉训练时，每次在完成整套的训练之前，都会累得几乎失去意识。继续坚持练了一阵后，他好歹能够完成整套训练项目了，不过每次他依旧被累得半死不活。以前经常说什么坚持就是力量，现在丹终于对这句话有了切身的感受。最近，在完成了整套训练菜单之后，虽然依旧感到疲劳，但是丹已经能够慢慢感受到完成的快感了。

可是……三年过去了，丹对于自己的肉体是否已经锻炼得能够适应行星重力环境，并能够在一系列的生存竞争中成为胜者，仍旧没有信心。

哪怕是和妻子亚美的身体做比较，他也是没有自信的。更别提和岳父比较了，他想都没敢想。

岳父贯哲·柚木关于行星资质的理论，在这几年间默默影响了"诺亚方舟号"上的人们的思想，来这间健身房锻炼的人似乎越来越多了。

据说最近除了柚木肌肉训练室之外，还开了好几家跟风的健身房。俄克拉何马区内也有，俄克拉何马Ⅰ区最近就新开了一家健身房。

或许正是因为这个，丹也注意到最近柚木肌肉训练室没有那么拥挤了。听说新开的那几家健身房与岳父的训练技术有些差异，不过这应该是流派不同的缘故吧，丹想。每一个参与锻炼的人只要选择自己认可的训练方式就好了。

尽管如此，丹·前桥还是一门心思地练习着岳父贯哲·柚木要求的训练项目。

关于自身的训练情况，丹只问过岳父一次。

岳父不置可否。他的表情没有任何变化，只说了这样一番话："坚持下去。坚持下去你就会看见不一样的东西。到时候你自然就明白了。"他的言语中充满了对女婿的敬意。

说完之后，贯哲·柚木便凝视着丹。所谓达到极致的时刻，丹只能将它理解为：即使没有得到他人的评价，自己也能够感受到的状态。之后，丹没有再问过岳父自己的训练情况。他将岳父对自己说出"你终于成了我女儿合格的丈夫……"这句话作为了训练的目标。

不过，如今他究竟达到哪个阶段了呢？

最近，在搭乘环线时，丹经常能看见比自己的肌肉还要发达很多的年轻人的身影。是单纯的训练量的问题吗？还是说自己不得要领呢？

"丹，有客人来了。你现在方便吗？"

亚美打断了他的思绪。估计是有人来询问健身房入会的事情吧。

"嗯，方便，是谁来了呀？"

亚美说出了他意料外的答案："是治安官。说是有些事情想要询问一下。"

"问我吗？"

"说是找健身房的负责人。"

丹来到健身房的入口处，两位身穿治安官夹克的男子站在更衣室的门口。一位是黑人，另一位是白人。

丹觉得黑人有些眼熟。好像是之前净水局附近的空调出故障时，到现场来帮忙的人。

"我是丹·前桥。"

黑人介绍自己是阿尔·伯法。对了，就是他。白人介绍自己是内维尔·莱茵曼。

"我们之前见过面。"丹说道。

阿尔马上就想起来了，"啊，想起来了。当时是加利福尼亚Ⅲ区净水局的任务，刚好是我过去的。您就是空气管理局的那位先生吧。"

"是的。原来您是治安官啊。我还以为您是净水局的员工呢。"

"现在已经没有全职的治安官了呢。平时，我就在净水局上班。在需要治安官出勤的时候，会从登记在册的治安官当中随机抽选治安官出勤。截至目前，通常都是举行庆典活动的时候需要治安官进行警卫工作。此外，我们还会有些常规训练需要出席。这一次任务比较特殊。我们陆续地接收到了这种申请。"

"那今天是因为什么事情呢？"

被丹这么一问，阿尔和内维尔对视一眼，露出一副"啊，对了，差点儿忘了"的表情。

"飞船内出现怪物了。"

丹不敢相信自己的耳朵。这种事他还是第一次听说，而且，这和自己有什么关系呢？"诺亚方舟号"上真的会发生出现怪物这种事情吗？

"欸？这个，和我们有什么关系呢？"

阿尔耸耸肩，继续问道："如果你知道些什么的话，请告诉我们。这个东西，可以投影在那边的墙壁上吗？"阿尔给丹看了看自己的 N-phone。

"嗯，没问题。"

阿尔将 N-phone 对着对面的白色墙壁，投影出一位年轻男子的上半身。

"这是山姆。我知道他。"

"是的，他叫山姆·莱特斯通。下面还有。"说着，阿尔变换了图像。

"是弗莱德。"

有五位年轻人的照片依次出现在墙壁上，在健身房里锻炼的人们都好奇发生了什么事，纷纷聚集到了丹的身旁。

"这五个人都是被怪物袭击的受害者。对他们的身份进行确认之后我们发现，这五个人无论是工作单位还是居住地点都各不相同。唯一的共同之处是他们都很年轻。被怪物袭击的地点都是连接俄克拉何马Ⅱ区和Ⅲ区的通道。"

"离这里很近呢。"丹回答道。不过，他还是第一次听说有怪物的事儿。

"是的。所幸的是受害者都没有受致命伤，不过袭击他们的可是相当凶残的怪物。它的存在超出了我们的认知范围。目前，我们在出事地点的附近安排了几名治安官负责警卫工作，随时保证那一带的安全。"

"原来是这样……"健身房里的年轻人里有人发出了这样的声音。他们之前似乎没想到安排治安官在这附近守卫是因为有怪物。

阿尔继续说道："不过，一般人即使经常从那条路上经过，也不会遭到怪物的袭击。第二名受害人遇袭时，我俩刚好也在现场，但我俩并没有被怪物袭击。于是我们研究了一下受害者的共同点，发现他们都是这家柚木肌肉训练室的年轻成员。说实话，我们并没有什么明确的目标。但如果您想到了什么，什么都行，请一定告诉我们。"

"山姆他们，最近有一段时间没见着了。原来是被怪物袭击，受伤了呀。可是，我之前从来没有听说过宇宙飞船内会出现怪物。你们看见的怪物，究竟是什么样的？"

阿尔再次将自己的 N-phone 朝向墙壁。首先，投影在墙壁上的是山姆手绘的那幅粗糙的怪物画像。接着画面切换，一幅更加真实、更加丑陋的生物的图像投影在了墙壁上。

这就是那个怪物吗……丹皱着眉头。周围聚集的年轻人也发出了轻微的嘘声。有人握住了丹的手。丹扭头一看，不知什么时候，亚美站在了他旁边。

"这就是我和我的搭档内维尔亲眼看见的那个怪物。我们目击到它之后，将它的样子再现了出来，包括它的细节部分。我们也向之后遭受过袭击的受害者确认过了，绝对是它。"

黑人治安官将怪物出现在眼前的情形讲述了一遍。这是一个从墙壁里面出现的，长着两只既不是脚也不是触手的突起物，可以快速移动并且消失的怪物。以人的移动速度，估计是无法捉住它的。还有，消失在墙壁中的怪物的肉体是什么样的，现在还不明了。

在五名受害者当中，丹对其中三人有些印象，不过不能立刻叫出名字来。名字还是亚美告诉他的。

"怪物为什么要袭击他们五人？您能够想起的任何事情都可以告诉我们。您觉得有什么不对劲的地方吗？"

"突然被这么一问，好像真没什么特别值得一提的地方。"

"从现场位置来看的话，我在想，他们多半是从这间健身房回去时遇袭的。这么说来，当天的训练项目呀，运动种类呀，有没有某些特殊的诱因有可能引来怪物呢……不光是这些，所有的可能性我们都想了解一下。"这一次内维尔抢着说道。

"来健身房锻炼的会员们当天练习了什么样的项目,训练了多长时间,我们是有记录的。"亚美站在旁边回答道。

"那么,我们能看看那份记录吗?"

"没问题。那么请您将遇袭的时间发送到我的 N-phone,这样就可以立刻调阅相关记录。"

亚美用自己的 N-phone 接收数据后,稍微离开了一下。很快她便回来了,脸上带着惊讶的神情。

"这个事件或许跟健身房没有关系。"

两位治安官立刻反问道:"您这话是什么意思?"

亚美默默将自己 N-phone 里的数据发送给了治安官,随后开口说道:"记录显示,遇袭的这五个人,在他们遭遇袭击的这个时间段并没有来过我们健身房。"

"这、这究竟是怎么一回事啊?为什么这五名受害者会路过既和自己工作单位无关,也和自己住所无关的区域呢?"

"这个问题您问我们,我们也不知道呀。"丹也只能这么回答了。

两名治安官相视一眼,认可地点了点头。随后,内维尔看了一眼自己的 N-phone。他似乎发现了什么。

"的确如此。这么一看,距离这五人上一次来这间健身房锻炼,似乎都有些日子了。他们被怪物袭击的日子距离他们上一次锻炼也都间隔了较长时间。"

由于这五位受害者之间唯一的共通点便是他们都是这间柚木

肌肉训练室的会员，所以两名治安官坚信来这间健身房应该可以了解到些什么。

"为什么这五个人都不来这间健身房了呢？虽说这是发生在被怪物袭击之前的事了……"

丹回答不上来。他并没有和在这间健身房里露过面的所有会员都说过话。有些人他仅仅是有些印象而已。

聚在他们身边的一名年轻人突然说道："我之前在健身房前面的环线那里见到过山姆。"

这句话立刻吸引了所有人的注意。年轻人有些不好意思似的闭上了嘴。

"山姆·莱特斯通吗？是之前在这间健身房锻炼，后来又不来了的山姆·莱特斯通？他那时在做什么呀？"

年轻人有些不好意思地补充道："当时我见到的山姆和在这里锻炼时的山姆，看起来有些不一样。我一眼就能看出来，他的肌肉锻炼得异常发达。所以，我就去问他，他是不是自己在训练。然后，山姆那家伙，笑嘻嘻地说……"说到这里，年轻人顿了一下，"柚木肌肉训练室呀，在他们那儿训练进展实在是太慢了。我现在呀，在对面的杰西卡身体训练室锻炼呢。你看，这么短的时间我就练出这样的身体了……'他当时是这么说的。"

丹似乎没有听说过这间健身房的名字。

"那家好像是俄克拉何马 I 区新开的健身房。刚才我在一旁听的时候还想，其他四位最近不怎么来的会员应该也是去了那家吧……他们好像是这么说过。"

两名治安官意外地瞪圆了眼睛，"这些事情受害者们完全没有对我们提起过。即使问他们，他们也只是说在这间柚木肌肉训练室锻炼，而关于杰西卡身体训练室的事情只字未提。这是为何？"

"假如要去俄克拉何马Ⅰ区的话，那他们五个人从事发现场经过，倒也不是不可能的。"阿尔一边说，一边在 N-phone 上面查询信息。

"身体训练室……的确有这间健身房。按照地球时间来计算的话，大概是在四个月前开始营业的。负责人是杰西卡·斯科菲尔德。你们看，这里有她的照片……"

本来，治安官们随便说出这样的信息并不太好。不过，他们并不是专职的治安官。

倒是丹听到负责人的名字之后，有些不敢相信自己的耳朵。或许……

"杰西卡·斯科菲尔德，是不是麦克·斯科菲尔德的姐姐啊？"

黑人治安官有些吃惊地看着他，"您认识吗？"

"嗯，麦克是我工作的地方，也就是空气管理局的同事。杰西卡是麦克的姐姐，在我结婚前麦克曾经带我见过她。"

"为什么？"阿尔问道。

丹有些支支吾吾的。

"我也是第一次听说这件事呢。为什么,你为什么要去见麦克的姐姐呢?"亚美追问道。

丹耸了耸肩,回答道:"麦克说他姐姐是医生,或许我可以找她商量商量如何才能锻炼出一副可以承受行星引力的理想身体。"

"所以呢,你认真去咨询了?"

"嗯。不过,当时她只是听我说了问题,并没有聊到什么具体的方法。"

为了和亚美在一起,为了成为亚美的合格的丈夫,丹费了不少心思考虑,如何做才能具备良好的身体素质,从而让后代能够站立在行星上,如何做才可以尽早锻炼出理想的身体,等等。那一段烦恼的时期亚美也记得清清楚楚。

"麦克半年前辞去了空气管理局的工作。他说去帮他姐姐做事了,说不定麦克也在那间身体训练室里呢。"

两位治安官决定顺便去位于俄克拉何马I区的身体训练室探个究竟。

"我也一起去吧。毕竟是我认识的人呢。"

丹提出建议,却被治安官严肃地拒绝了。

整个事件的真相,在几小时之后便解开了。

两位治安官再次来到了柚木肌肉训练室。

而与他们一同来的,还有丹的熟人。

"麦克……还有, 姐姐! "

来的人正是丹的前同事, 麦克·斯科菲尔德, 以及他的姐姐杰西卡·斯科菲尔德。

不过, 现在的麦克和丹以前认识的麦克不太一样了。麦克已经变成一位肌肉发达的男子, 他的肌肉比天天锻炼的丹还要发达。

丹得知他在姐姐的健身房担任健身教练。

"我们已经知道怪物究竟是什么了。麦克也见过的。不过, 幸运的是, 他没有被袭击。"

杰西卡表情沉痛地进行了说明。据说, 这一切都源自她最近产生的新想法。自从丹找她探讨如何在新的行星环境下创造出更适合的肉体时, 这个想法就逐渐产生了。

对于丹提出的问题, 杰西卡最终想到的是服用肌肉增强剂与加强训练, 双管齐下。与此同时, 她也继续致力于研究减轻服用这种蛋白同化类固醇类药物所带来的副作用。经过改良之后, 这类药物已几乎没有了致癌、肝损伤、血栓形成等方面的副作用。

可以说, 她已经尽最大的努力开发出了堪称完美的肌肉增强剂。不过, 当初丹找她商量的时候, 整个谈话是在"不使用药物"的前提下展开的, 因此这个方法她并没有对丹他们提起。此外, 使用肌肉增强剂还未在飞船内得到许可, 因此健身房的会员如果服用了肌肉增强剂, 是绝对不能和外面的人提起的。这是健身房里所有人默认的事项。

"我一直认为我是可以培养出完美的人类的。"杰西卡·斯科菲尔德将脸埋了下去。

"没有副作用的肌肉增强剂,与怪物的出现又有什么关系呢?"

"它对精神方面会有一些影响。持续服用这种特殊的蛋白同化类固醇类药物的话,人会出现幻觉。这一点已经搞清楚了。而且,在幻觉中出现的怪物都是一样的。其实,我弟弟麦克最近也和我说起过,他时不时地会产生被袭击的幻觉。"

麦克在旁边点点头。看见他这副样子,丹觉得他不仅仅是身体变了一副模样,连性格仿佛都变了。战战兢兢的模样好像是换了一个人似的。

"那个是幻觉吗? 幻觉不应该是每个人看到的东西都不一样吗?"

这个问题一提出来,阿尔便说道:"不,现在已经不单纯是幻觉的问题了。并没有服用药品的我们,在俄克拉何马Ⅱ区和Ⅲ区之间的通道中同样看见了那只怪物。我们也请麦克·斯科菲尔德先生对我们绘制的怪物进行了确认,的确是同一只怪物。并且,我们刚刚也一同去确认过了。"

丹怀疑自己听错了。

"'刚刚'……也就是说,你们和麦克一起去了有怪物出没的那条通道吗?"

两名治安官点了点头。

"怪物出现了吗？"

"出现了，并且它还试图袭击麦克。不过那只怪物好像只能在俄克拉何马Ⅱ区和Ⅲ区之间的那条通道上活动，无法去其他区域。麦克匆匆忙忙从那条路上躲开了，所以他没事。"

只是……怪物的移动相当迅速。阿尔和内维尔想用通了高压电的治安官专用警棒对付它，无奈怎么也追不上怪物的速度。

那时，怪物突然从地下钻出来，张开大嘴对着治安官们嘶吼。它看着麦克从那条通道逃走后似乎有些懊恼，下一个瞬间，它就已经钻进天花板的金属里面消失不见了。

"为什么幻觉可以被别人看见呢？明明是不存在的东西，可是治安官们却看见了？"

丹继续提出自己的问题，杰西卡·斯科菲尔德回答说，目前一切还只是假设，并解释道："虽然不清楚服用蛋白同化类固醇后产生的幻觉为何是一样的，但结果看来的确如此。此外……'诺亚方舟号'的冲压发动机吸入了星际介质，而那个巨大的通风管刚好就设在俄克拉何马Ⅱ区和Ⅲ区之间的通道上。所以，也许是这些未知的星际介质，读取了健身房会员的幻觉并将其复制，最终形成了一个实体……受到蛋白同化类固醇影响而形成的幻觉，可能是一种最适合实体化的思维波。因此，它成了一会儿从墙壁里面冒出来，一会又钻进天花板消失不见，在实体与非实体之间来回转换的存在。对我们而言，它或许是一种很难让人理解的存在。"

听完这番关于怪物真身的解释,丹依旧是一头雾水。

治安官们说,如果是这种莫名其妙的怪物,他们就无法消灭它。总不可能将连接两个区的通道炸掉或者是使用火药武器吧?

"杰西卡女士认为自己是这次事件的始作俑者,所以和我们一起来到了这里,她想要致歉。"

"欸?为什么……要对我们道歉呢?"

听到这话的杰西卡很抱歉地低下了头,"虽然我是受到了各位受害者的委托才为他们使用肌肉增强剂,但他们的确都遭受了损害。而他们之前都是柚木肌肉训练室的会员,所以我想来这里道歉。此外,你曾经来找我商量过,如何才能使身体素质适应新天地的环境。那时,我曾提出过使用药物的方案,而这个方案遭到了你的坚决反对。这一点我印象非常深刻。我们之间的那一次谈话,成了我思考人类的身体如何才能适应应许之地环境的一个契机。"

谨遵贯哲·柚木的教诲,坚决不使用任何药物,是当时丹所坚持的最基本的原则。直到今天,柚木肌肉训练室也是如此。可是,杰西卡·斯科菲尔德却选择了另外一条道路,在训练的同时也使用没有副作用的药物。

不过,如今她已经意识到,这样的选择是错误的。所以她认为自己必须来这里为一切表示歉意。

然而,即便如此,丹和亚美也帮不上任何忙。

"我会立刻销毁蛋白同化类固醇药物,也会耐心等待药物的作用从使用者们的身体里消失。"

阿尔和内维尔耸着肩膀点了点头。虽然会花上一段时间，不过，目前也只有这个办法了。

"那么在此之前，就没有办法阻止怪物继续在之前的场所出现了吗？"

丹提出的问题，在场的人没有一个能够回答得上来。

这时，从丹的背后出现了一个意想不到的身影。

"岳父。"

是亚美的父亲，也是冠名这间柚木肌肉训练室的人物——贯哲·柚木。

"不好意思，我在后面大致听了整件事情的来龙去脉。简而言之，就是说人内心生出的某个怪物目前正在捣乱吧。如果是这样的话，那我认为应该依靠内心来解决这个问题。"

两位治安官和杰西卡·斯科菲尔德见这位穿着一身东洋风僧人工作服的人物突然出现，又说了这么一番话，都有些疑惑。不过很快他们便反应过来，这位绝不是个普通人物。他看上去已经有五十岁上下，可他的身体却是肌肉隆起，十分健壮。

丹慌忙将岳父介绍给了大家，众人都被他的气场所震慑了。

"接下来，能否带我去怪物出现的地方看一看呢？我会想办法解决那个怪物。虽说可能是未知的星际介质发生了变化，可说到底，它来自人的内心，我想去对付对付它。"

一时无人能够反驳贯哲·柚木的提议。

"已经有五个人被怪物袭击受伤了。那怪物移动速度惊人，人类根本追不上。"最终是阿尔劝说贯哲放弃。

"没关系，带我去吧。"

"爸爸，太危险了。"亚美这么劝阻道，可是贯哲并没有改变决定。

于是，大家一同向着怪物出现的俄克拉何马Ⅱ区和Ⅲ区之间的那条通道出发了。

从环线上下来，就是那条通道了。有人聚集在这里。

还有治安官守着，不让人们入内。

"怎么回事？"阿尔问道。

守卫这里的治安官回答道："刚刚怪物出现了，又有一个人被袭击了。目前，这条道路禁止入内。"

贯哲将鞋子脱掉，说了句"请让我进去吧"，然后一脚踏进了那条道路。

"麦克·斯科菲尔德先生，您能帮我个忙吗？到这里来。"

麦克不安地看了看两位治安官。

阿尔说道："你最好别去。"

不过麦克还是下定决心踏进了那条通道。

有声音。一个嘎吱嘎吱的声音响了起来。

"危险！之前就是响起了这个声音，然后怪物就出现了。"内维尔喊道。就在一瞬间,那个丑恶的异形张开大嘴像颗子弹似的蹦了出来。

它的速度非常快,眨眼之间就已经逼到了麦克跟前。

一声怒吼,在整条通道上回荡。贯哲发出了武士出刀时的那种喊声。

无论是丹、阿尔还是亚美,都不敢相信自己接下来所见的景象。

两条腿的丑恶怪物,张开大嘴,在距离麦克一米左右的地方停了下来,像是被冻住了一般。

贯哲将左手举到怪物的头顶,大声叫道:"吓!"

就像是魔术一般,怪物在大家的眼前渐渐变小变薄,几秒之后,竟然完全消失了。看起来并不是逃到墙壁或是天花板里面去了。

"结束了。怪物已经被彻底消灭了。我坚信,人心产生的怪物,可以用更强大的精神力量去消灭它。"贯哲·柚木站在被禁止入内的人们,和正执行着守卫任务的治安官面前如此说道,然后对着大家深深地鞠了一躬。

这时,丹·前桥也为岳父的力量完全折服了。

他本打算近期问问岳父,自己经过这段时间的修行,进展究竟如何了。可现在,他只觉得自己的想法无比肤浅。

而那两位治安官,还有杰西卡和麦克,都目瞪口呆地站在原地。

　　贯哲·柚木来到他们面前笑了笑，露出一口洁白的牙齿，"问题应该已经解决了。大家应该也都体会到，自己的身体应该通过自己的努力去锻造了吧？"随后，他看了一眼丹·前桥。

　　"你觉得呢，丹？"岳父问道。

　　"是、是的。您太厉害了！我很佩服。"丹只能这么回答道。

在天元山顶

听说外祖父达郎上了年纪之后身体每况愈下。

"我们去看看他吧。"

出于母亲的提议，光宏决定和母亲一同去拜访外祖父。

外祖父膝下没有子嗣，在光宏年幼的时候，便将他当作亲孙子一般地疼爱着。

外祖父居住的地方离光宏家大概有一小时的车程。以前，外祖父住在离光宏家很近的地方，但自从他视力下降辞去了复原师的工作后，便选择了搬去"天寿里"。上了年纪后，身体衰弱和大脑退化都是迟早的事，但只要住进天寿里，市政厅便会担负起照顾的责任。目前，市政厅正在构建一个体系，竭尽全力照顾那些为社会做出了贡献的人。

虽然也可以选择与家人共度晚年，但几乎所有人都选择了住进天寿里度过余生。在那里生活的所有费用都由市政厅承担。

要实现这种可能性，必须满足几点条件。首先，是新伊甸周边的环境。新伊甸拥有足够的资源来维持人类社会的存续。其次，目前新伊甸的技术文明基本上已经恢复到"跳跃"时地球上的技术文明状态。再次，新伊甸的人口数量目前处于稳定状态，所以消耗掉的资源和能源都可以自动复原。虽然不知道这是谁提出的观念，但是在新伊甸，这样的观念已经在人们的大脑里扎了根。

天寿里是专门为建设新伊甸有功的人们准备的敬老住所。把老人们集中在同一个地方，也能够提高日常照料、医疗和护理的效率。

母亲的电池车在狭窄的街道里十分灵巧地钻来钻去。电池车录入了外祖父夫妇居住的信息，不用担心迷路。还能从显示上看见他们在外面等着迎接呢。其实没必要这么做，但可能是有人来访，外祖母太开心了吧，光宏心想。

不出所料，他们到的时候看见外祖母安莉站在露台上冲他们挥手。虽然不清楚具体的情况，但光宏听说外祖母安莉在年轻的时候就有着艺术家的气质和酷酷的性格。

光宏的祖父母在他很小的时候便去世了，而祖父的哥哥达郎待他就像亲祖父一般。他开始上学的时候，外祖父的家离学校非常近，他便经常在外祖父家学习。

有一天，外祖父突然跟光宏一家告别，然后消失了。外祖父一家就是那时候搬到了天寿里。

自那以后，光宏便再也没有见到过外祖父和外祖母，他每一天都在为完成学业而疲于奔命。

有时候，他也会突然想起外祖父母。每当这时，那些日常生活中的忙碌与琐碎便仿佛立刻离他远去了。

从电池车上下来，能够遥遥看见山下的海平面。左右两旁是绿色的山脊，远处可以听见不知名的动物的高亢叫声。

"你们终于来了。真是好久不见了。"

将银色的头发挽在脑后的外祖母安莉张开双手欢迎两人。外祖母安莉已经有八十几岁了，可她的脊背依旧挺得直直的。

母亲和外祖母还在为再会而相互问候。让人心情舒畅的凉爽的风儿拂过光宏的脸庞。光宏感到自己来到了一个跟平时的生活圈完全不一样的地方。他想，待在这样的地方，不用忙忙碌碌，只是悠悠闲闲地打发时光，应该很不错吧。不过，周围似乎没有什么游玩设施。长期待下去恐怕会有些无聊。庭院里盛开着光宏从来没有见过的花。外祖母安莉应该也是作为兴趣爱好养的这些花儿吧。

"光宏都长这么大了！"声音传来，将光宏拉回到现实世界。外祖母笑眯眯地看着他，他赶紧把头埋了下来。

外祖母领他们进了屋，往里屋走去。那是外祖父平时经常待的屋子。从外面虽然看不见房屋内部的构造，却能从屋里看见屋外壮观的风景。不过，屋里并没有外面那凉飕飕的风。

"你等了很久的光宏他们来了哟。"外祖母这么招呼道。安置在房间中央面朝屋外的安乐椅上传来了一声"唔"的回应，除此之外便没有别的语言了。

在光宏绕到安乐椅正面的这段时间里，各种各样的回忆涌上来包围了他。外祖父将树枝削成玩具给光宏玩。外祖父教给他简便易懂的算术题的解法。外祖父的空闲时间有多少都给了光宏啊。

的确是外祖父的脸。只是，那张脸有些过分瘦削了，表情也没有了往日的神采。他的眼皮微肿，还糊着眼眵。但是，他的的确确就是那个自光宏年幼时起便对光宏宠爱有加的外祖父。

外祖父达郎沉默不语。光宏像小时候那样，喊了一声："达郎爷爷。您好！您还认得我吗？"

外祖父的眼神飘忽过来，依旧沉默不语。母亲也跟他问候道："您好！我是初美。您身体健康真是比什么都强啊。"

外祖父终于点了点头。

光宏又继续说道："我是光宏，达郎爷爷。我是光——宏——"

可是，外祖父依旧一言不发。随后，他凝视着光宏，嘴里嘟嘟囔囔的，用有气无力的声音说道："你是谁——"

光宏愕然。外祖父已经年老到如此地步了吗？不对……光宏很快反应过来。他和外祖父已经有好几年没有见过面了。四年? 又或者是五年? 这几年间,光宏已经从一个懵懂小孩成长为一位翩翩少年了。原来,已经有这么多年没有见过外祖父了。

外祖父接着又问道:"光宏呢? "

"光宏不就在你面前嘛! "外祖母帮腔道。外祖父虽然点了点头,但又有些难以释怀似的歪着头,一副将信将疑的样子。

"你看,这不就是光宏嘛! "

可外祖父似乎怎么也想不起来了,这让他十分痛苦地皱起了眉头。光宏拜托外祖母不要再勉强外祖父了。

母亲和外祖母围在外祖父身边,聊了许许多多的事情。光宏一直没怎么说话,只有被问话时,他才用尽可能简短的语言回复着"是"或者"不是"。

在这期间,外祖父似乎也想要回忆起以往的事情来,一直凝视着光宏的脸庞。

"和我们一起吃午饭吧,我都准备好了。"外祖母宣布。

很快她便将一张能够移动的餐桌推到了这间屋里来。餐桌上摆放着外祖母精心准备的午餐。有米饭,还有外祖母擅长的中华料理。量并不多,看上去像是炒蔬菜一类的东西。外祖母熟练地将外祖父的安乐椅摇了起来。看情形,外祖父平时就待在这间屋子里,几乎不怎么活动了。

"又是这个呀? "外祖父一脸不高兴的样子,"我早就吃腻了。

不想再吃了。"

"但是，这个菜谱可是根据你的身体需要设计的，营养是最全面平衡的呀。光宏他们也要和我们一起吃午饭呢，大家一起开开心心的吧。"

外祖母这么劝说后，外祖父默默地点了点头。

大家开始吃午餐了，以清淡口味的蔬菜为主的午餐让光宏也觉得有些不满足。要是再有些油炸的灌木鸟，光宏的胃口应该会更好。

母亲和外祖母安莉交换着近期的信息，而光宏在一旁想起了小时候和外祖父在一起的事情。给他讲地球上的民间故事《猿蟹大战》的是外祖父；将鸡兔同笼这种特殊的计算方法教给他的也是外祖父。光宏回忆着，脸上浮现出幸福的微笑。

而同时，眼前这位手里握着筷子，却呆呆不动的老人也是外祖父。外祖父已经不是自己所知道的那位外祖父了。

吃着吃着，光宏突然想起了一件跟外祖父相关的事情来。

不对，应该说是外祖父曾经很开心地跟他讲起过的、与食物有关的事情。

对于外祖父而言，那应该也是回忆吧。当时，两人在附近的里山登山，一同吃了带去的饭团。那时他们就像现在这样，从山顶俯瞰着山下。然后，外祖父突然说起了那个话题。就连外祖父当时的语气，光宏至今也还记得清清楚楚。

"大米啊，已经在这颗星球上种植了几十年了。你知道，关于大米，最棒的吃法是什么吗？"外祖父和光宏并排坐在山坡上，右手捏着饭团眯缝着眼睛说道。

年幼的光宏当然只可能回答说："不知道。"

外祖父不像是要告诉光宏，而更像是在确认自己的回忆一般，自言自语道："从前，在这颗星球上是没有大米的。也不知道是谁，带来了一小撮米。于是，每一年人们都小心翼翼地播种、精心培育着大米。终于在某一年，大米作为粮食，可以满足人们的日常供应了。倘若不是这样的话，人们只能一直吃白薯。不过，在第一个收获的年份里，新米按照公平均分的原则进行分配，每个人能够分到的米真的是少得可怜。

"然而，我的曾祖父却高兴得不得了，一脸怀念的样子。关于大米的食用方法，曾祖父仍然记得清清楚楚。大米加上水一起烹制。单是那样便是一顿非常美味的饭。而前一天曾祖父刚好当值去天元山猎获了毯牛。所以，配米饭的菜就是毯牛肉。然后，曾祖父从里屋拿出了一种蛋，大小刚好能被曾祖父的手掌握住，表面混合着蓝色和褐色。然后，曾祖父教给了我他在地球上的时候最喜欢的食用大米饭的方法。应该是蛋饭吧。当时，我是第一次听说这样的食用方法。在地球上，有一种叫作鸡的禽类。正宗的做法应该用鸡蛋。要尽量吃新鲜的刚刚下的鸡蛋。将鸡蛋敲破，蛋黄和蛋白就会流出来，蛋黄鼓鼓胀胀的，恰到好处。然后在热腾腾的白米饭上倒上酱油搅拌，浇上鸡蛋，再迅速地……吃掉。然后，曾祖父在我面前，在这碗白米饭上倒上了酱油。'酱油……怎么来的呢？'我问曾祖父。他告诉我，是为了吃蛋饭。那做法我至今都还记得。他告诉我要将毯牛的毛放进盐酸里面煮，然后再用氢氧化钠进行中和。这样做出来的就是类似氨基酸酱油的东西。然后将酱油和米饭迅速地搅拌、搅拌。锵锵锵。就是这个样子。曾祖父还笑着对我说：'当然，我们用的蛋并不是鸡生的蛋啦。'也不是鸟的蛋。他当时在天元山的山顶附近发现了一个影卡的巢。他尝了一个蛋，发现和鸡蛋的味道一模一样，便带了两个回来，想着要和我一起分享这份美味。后来便用影卡的蛋做了这碗蛋饭。

"而说起那味道呢。当时，我和曾祖父对视了一眼，谁都没说话。因为那味道太棒了！"

那时，外祖父感触良深地结束了这个故事，又补了这么一句，"影卡这种生物，目前是不是已经灭绝了啊。已经很久没有听到过关于影卡的话题了。"

眼前的外祖父再次有气无力地说道："我不想吃。"

外祖母长长地叹了一口气，责备似的说道："你跟我说的那些我也没有办法啊。各种蛋的味道的确是不一样的。你叫我上哪里去找影卡的蛋呢？"

"达郎爷爷是说他想吃蛋饭了吗？"

听到光宏这么问，外祖母惊讶地张大了眼睛，使劲儿点了点头。光宏说中了。随着达郎外祖父日益衰老，似乎也说出了他的这

个愿望。住在新伊甸的时候,他好像用灌木鸟和瓦雷鸦的蛋做过蛋
饭,试图再现当年那碗米饭的惊艳效果。灌木鸟通常待在田地的角
落里,而瓦雷鸦一般是在高高的输电塔上。它们都会构筑自己的鸟
巢。可是对外祖父而言,他心目中那一碗蛋饭的地位是不可轻易动
摇的。瓦雷鸦蛋的大小倒是挺合适的,只是无论是多么新鲜的蛋也
还是会有一股腐臭味儿。以前将它做成蛋饭的时候,曾被外祖父评
价为,不仅比不上蛋饭,甚至连入口都困难。而灌木鸟的蛋又太小
了,要做蛋饭的话,一次至少要用上五六个灌木鸟蛋。还有,也许
是饲料的缘故吧,灌木鸟的蛋总是有股青草味儿。所以,外祖父试
过一次之后,便再也没有试第二次了。

用影卡蛋做成的蛋饭的味道,在达郎外祖父的心中烫下了深深
的烙印。因此,他才会在已经远离了尘世烦扰之后,还如此执拗地
寻找年轻时曾吃过的那碗蛋饭的味道。

然后,外祖父吐词清晰地说道:"我想吃用影卡的蛋做成的
蛋饭。"

"影卡到底是一种什么样的鸟儿呢?"

"那不是鸟类。我听说,那是一种嘴巴尖尖的爬行动物。"

外祖母安莉和母亲聊着这个不着边际的话题,光宏在一旁默默
地听着。

"不是已经灭绝了吗?我听说,好像它们从前会袭击人类呢。"

"哎,你说他为什么会钟情于这样的食物啊?我真的是不能

理解。"

在一旁的外祖父愁眉苦脸地撇着嘴，眼睛呆呆地看着远方。他的心情，这个世上还有谁能懂呢？

在那一瞬间，光宏在内心深处做了一个决定。不过，在离开外祖父家、回到自己家之前，他没有对任何人说出这个决定，包括自己的母亲。

接下来，光宏开始用自己的方式收集信息了。

他的目的只有一个。

那就是让外祖父吃上他心目中的那一碗蛋饭。

仅此而已。

自小，外祖父就一直疼爱着光宏。而光宏为外祖父做的事情……一件也没有。

他就这样度过了一年又一年，没有回报过外祖父的任何恩情。到如今，外祖父连光宏的脸都快认不出来了。

现在必须去做这件事情。能够为外祖父做这件事情的，只有光宏了，不是吗？为了让外祖父开心，必须去做。

要将新鲜的影卡蛋弄到手。

光宏回家之后，立刻写下了几个单词。然后，他便开始搜集跟这些词相关的信息。

他去了市政厅旁边的信息档案馆。这里有跟新伊甸相关的所有信息。有文件形式记录的信息，也有通过小型电脑调阅的电子文档、网络信息。在这一个地方，便可以完成所有的资料搜集。即便有什么不懂的地方，只要问一问，马上就可以得到相关提示，从而搜索到精准度更高的信息。

首先，光宏调查的是外祖父想吃的蛋的主人——影卡的相关电子信息。

影卡尸体的照片以及细致描绘的图片资料显示后，光宏发现它的实际形象与自己的想象大相径庭。

光宏原以为这是一种浑身漆黑，长得跟鸡——鸡是在地球学当中出现的禽类——类似的生物。此外，因为它可以飞到高空，所以光宏以为影卡会长着很大的翅膀。可实际上并非如此。影卡的头部是一个倒着的锐角三角形，锐角的两条边上排列着像锯齿一样小小的、尖利的白色牙齿。它的眼珠很大。据说，为了适应高速飞行，它的眼睑是透明的。它的虹膜很小，因此模样看上去有些残暴。它可以在黑暗中高速飞行。并且，它那锯齿状的牙齿可以在一瞬间将生物撕碎。用长着巨大翅膀、外表残暴的蜥蜴来形容影卡应该是最合适的。这样的生物竟然是卵生动物，光宏感觉自己被刷新了认知。

随后，他将与影卡有关的知识都记录了下来。

在它的翅膀上有一个飞行时会让风转化为动能、振动发出重低音的器官。正是因为可以根据声音反射做出判断，影卡才得以在黑暗中高速飞行。

究竟要到什么地方才能捕获一只影卡呢？光宏带着这样的疑

问，记录下一些不算可靠的信息。

"它生活在陆地上的任何地方。"

这应该是很老的资料了吧。若是现在的话，估计会这么写：在陆地上的任何地方，都听不到关于它的传说。

还有一段记录，据说影卡的肉食用起来也味道鲜美。挖一个洞，用烧过的石头铺底，直接将影卡放在上面。再在影卡身上码好泥土，点火焚烧。最后将烤熟的影卡从土里拨出来，将它的皮剥掉便可以食用了。因为它的内脏，整体滋味刚刚好，这是一种相对随意的烹调方法。读到这里，倒是可以明白一点，人类来到这颗星球之后，在无暇复兴文明的时代，曾将影卡作为粮食。

另外，还有外祖父从他的曾祖父那里听说的狩猎场——天元山。据外祖父说，他的曾祖父就是狩猎毯牛的时候在那里发现了影卡。那究竟是怎样的一座山呢？这个也需要查一查。

高度一千八百九十七米，位于边界的对面。是顺着海岸线的一片高地，山峰隆起呈锐角，像剃刀的刀锋一般。石灰岩的地貌与森林交替出现，一直延续到山顶。是这颗星球上第五高的山。

有登山经验的人留下了一些记录，称天元山虽然感觉并不是那么高，但因为是从海拔为零的地方开始攀登，必须做好体力大量消耗的心理准备。不过，天元山上究竟栖息着哪些野生动物，与此相关的生态记录一概没有。并且，留下的有关记录也都是光宏出生以前的数据了。不过，登天元山对于登山技术的要求并没有那么高，光是确认了这一点，就足以让光宏松一口气了。接下来，光宏了解的便是登山所需要的基础装备，以及相关的注意事项。据记载，虽然天气、季节等条件可能有所差异，但要攀登天元山的话，从新伊甸出发当天往返的路线还是有几条指南在案的。

即便如此，光宏的内心深处还是有一丝不安。对于一直在新伊甸市区生活的光宏而言，那里是一片完全未知的世界。就算是天寿里，在光宏看来也是另外一个世界。而他从未踏足过的天元山究竟会是一个怎样的天地，他无从想象。

在东校，光宏的朋友并不多。而能够与他聊聊天的朋友当中，没有一个人了解登山。

他能想到的只有一个人。

不过光宏连"他"的名字都不太清楚。只记得那个人眉毛粗粗的，眼睛很细。有时候，在休息日的第二天，"他"会趁老师讲课的途中偷偷溜进教室。那副模样像是结束登山之后，直接回到了学校似的。每当老师问起，"他"总是奉行"沉默是金"，绝对不会开口说半个字。在光宏的想象当中，登山的人就是那副模样。

光宏没有找"他"商量。"他"在班里像是一个特殊人物。要和这样的人说话，那就等于承认自己和"他"是同样的异类。怀着这样的顾虑，光宏最后都没有和"他"商量过。

接着，星期天到来了。

巴士从关口遗址出发，穿过边境线，车上挤满了要去登山的人。光宏在为挑战之前一点儿兴趣都没有的天元山做准备工作时，也了解到究竟穿什么样的服装才是最适合登山的。所以他能从服装看出巴士上的所有人都是要去登山的。不过没想到竟有这么多人。想必登山步道上会拥挤不堪吧。不要说影卡了，恐怕其他野生动物也会被吓得逃之夭夭吧。毕竟有足足五辆巴士呢。

巴士停在了边境线上。从这里下车，沿着左侧的山路往里走便是天元山了。

和他预想的一样，九成左右的乘客都在这里下了车。

随后……人们都往行进方向的左手边走去。人群像潮水般退去，只留下光宏孤零零地站在原地。很快他便明白了其中的缘由。那边有一座叫作哥布林的吊桥，人们都往吊桥的方向去了。吊桥旁边有一个吃饭的地方，还有一个画着箭头的告示牌。在这里光宏把事情搞清楚了。

哥布林吊桥的对面就是新·亚拉拉特山。如果不过吊桥，沿着陡峭的山道继续往里面走，就可以看见天元山的登山口。

新·亚拉拉特山是这颗星球上最高的山。一小部分人到达这颗星球后，将从新伊甸眺望所看到的最高的山命名为新·亚拉拉特山。因为据《圣经》记载，诺亚方舟在经历了洪水之后所到达的山便是亚拉拉特山。不过，艾迪森总统一行人乘坐的世代飞船叫作"诺亚方舟号"只不过是碰巧罢了。

奇美险峻的亚拉拉特山在新伊甸的确是标志性的存在，即使对山毫无兴趣的人也想要在亚拉拉特山的山顶一睹壮美的景致。因此，这座山才会拥有如此高的人气。不过，这些事情光宏并不清楚。他也是刚刚才知道亚拉拉特山与天元山的登山口距离如此之近。

如果这么多人一起爬山，那就不要妄想会有什么野生动物了。光宏本来对这点还有些不满。不过，当他得知所有的登山者都是奔着亚拉拉特山来的，要挑战天元山的人只有他一个时，内心又有些不安。

会不会有什么意想不到的危险呢？这样的担忧就像乌云一般，在他内心深处不断地膨胀着。

光宏向着天元山的登山口迈开了步伐。既然已经下定决心来到了这儿。不管怎么样，先试试看吧。

说起来，其实应该先向外祖父宣布要去寻找影卡的蛋之后再出发的，可光宏最终没有这么做。因为他不愿意因为没有找到影卡的蛋，而让外祖父失望。不过，这只是表面的原因。光宏真正的想法是，如果不告诉任何人的话，万一自己什么都没找到，又或者说万一自己体力不支而灰溜溜地逃走，也不会有人指责。因为有随时逃跑的想法，所以光宏才没有告诉任何人。

光宏心里对这一点十分清楚。他也对拥有这种想法的自己感到有些嫌弃。所以，他也没有对肯定在进行登山运动的"他"提起只字片语。

现在他觉得，即便是跟连姓名都不清楚的"他"说了这件事也无济于事。

山上到底有没有影卡的蛋？或者说，自己到底能不能攀登到那样的高度去？光宏已经想象到自己一边说着"我果然做不到"，一边灰头土脸下山的样子了，估计自己还会自言自语地说，"影卡不是已经都灭绝了吗？"

"呀！"

一个声音传来。光宏顺着声音传来的方向看过去。他本以为这座山上没有人。明明所有的乘客下车后都过了哥布林吊桥，消失在了新·亚拉拉特山的登山口。

一棵直径有好几米的矮墩墩的巨树后面突然冒出一个男人来。年龄看上去和光宏差不多。

他出现得太突然了，光宏一时没反应过来他是谁，随后慢慢意识到自己好像见过这个人。只不过，他叫不上来名字。

因为，他还没有问过"他"的名字。

光宏呆若木鸡地站着。

"他"慢慢靠过来开口说道："你是光宏吧。我们都是东校的。"

"他"原来知道自己。该怎么回答才好呢？是消极地回应一句"啊"，还是也问候一下"你来登天元山吗"呢？

"啊。"

"把天元山作为登山目的地的人可真是少见呢。你要不要和我一起？"

光宏正苦恼着该如何问"他"的名字,"他"便主动报上名来,说他的名字叫天狗,还说"天狗"的意思是潜在山中的山主人。这让光宏不由得松了口气。

眉毛粗粗、眼睛细细的天狗给人的感觉十分友好,实际上,他的确像是那种没有什么歪心思的人。虽然东校同年级的人把他看作异类,但天狗自己好像并不在意。也许他很超脱,无所谓吧。或者他与其他同学的价值观完全不一样。

不管怎样,天狗邀请光宏一起爬山,这对光宏来讲实在是再好不过了。仿佛给他打了一剂强心针。

"你打算登顶吗?"天狗问道。光宏将自己登山的目的直言不讳地告诉了他。如果提前找到了蛋,光宏就会提前下山。

天狗脸上露出了不可思议的神情。为了找蛋而登山,他似乎很难理解这样的举动。

天狗的目标是山顶。

总之,两人开始一起登山了。

"装备的话,我这样可以吗?"听到光宏这么问,天狗把光宏从头到脚打量了一番,然后简单地说了一句"没问题"。光宏听到这个回答,有些沮丧。不过,天狗穿的也不是徒步旅行专用鞋,而是像足袋①一样的布鞋。另外只有一个背包。

随后,两人从天元山的登山口进入,慢慢向上走去。窄窄的登

---

① 专指分趾的袜子和鞋。

山道一开始的坡度倒不是很陡。只是道路非常狭窄。天狗说他们俩最好按照光宏的节奏来登山，所以光宏走在了前面，沿着这条道路向上攀登。登山道的两旁是长满苔藓的岩石，顺着山坡延展开来。除此之外，并没有别的风景。一开始，光宏觉得很轻松，大约走了十分钟以后，呼吸慢慢急促起来。

光宏的那副模样，跟在他身后的天狗似乎也注意到了，"咱们就在上面的岩石场休息一会儿吧。"

听到天狗这么说，光宏松了一口气。

他们在岩石之间找了个位置坐下来，往下勉强可以看到刚刚上来的登山口。光宏调整着自己的呼吸，而天狗在一旁耐心地等待着。他没有试图找些什么话题来和光宏聊聊，只是笑眯眯地在一旁等着光宏恢复体力。

光宏任由水壶里面的水温润着他干得快要起火的喉咙，迎着吹来的风儿仰起脸颊。

空气湿润，心情舒畅。

光宏能够感觉得到下面的登山口与他目前所待的地方已经有了相当可观的高度差。

"现在的风景可能会有些无聊。"天狗突然开口说话了，"不过，等穿过这片岩石场，就进入森林了。到那时会有完全不一样的氛围，让人心情特别好。那是我最喜欢的一条道路。不过在进入森林之前，咱们只能多忍耐一下。"

随后，两人再次起身，继续默默地往上走着。大概走了十分钟后，果然像天狗所说的那样，本来在岩石中延伸的小径戛然而止。

无论是往头顶上看去还是往道路的两侧看去，所见之处均被绿树覆盖。狭窄的登山道继续向上延伸。这一次，光宏坚持往上走了三十分钟左右才休息。

这里除了他俩，没有任何其他的登山者。

"这座山其实挺好的，可是人们都去攀登新·亚拉拉特山了。那座山更高一些。而且提到山，就想到新·亚拉拉特山，挺不可思议的。不过，因为那座山从登山口开始便有壮观的风景，所以很受众人欢迎啊。"天狗说道。

听天狗这样说话。光宏再次感觉到，东校的人际关系什么的对天狗来讲可能都是其次，让自己开心快乐地生活才是最重要的。同时，光宏也了解到天狗只攀登这座天元山。

"你已经适应得差不多了呢。刚开始的时候，因为你的身体还没有适应，肺部不能很好地吸入氧气，所以才会喘不过气。不过渐渐地身体就会适应了。有的人需要走上好几天才能习惯，也有人很快便能学会如何更好地吸入氧气。光宏，你学得很快呢。你的身体已经适应了。"

"是、是吗？"光宏听天狗这么说，并没有觉得不舒服，只是有些不好意思。说不定，自己还有些跟户外运动相关的隐藏天分呢。

"我们现在已经攀登到什么位置了呢？"光宏问道。

天狗回答道:"这个呀,目前差不多攀登五分之一了。"

对天狗来说,这似乎是完全感觉不到疲劳的距离。倒是光宏,得知自己距离山顶才走了区区两成左右的路,忍不住叹了口气。而且,不要说影卡了,任何野生动物的影子他们都还没有见着。到底能不能在天元山上找到蛋,光宏心里一点儿数都没有。

这个时候,他们在山路上缓缓地前行着,光宏渐渐有了一些可以聊天的余力。

"你为什么会知道我的名字呢?"

"因为大家都叫你光宏啊。"

这个回答挑不出任何毛病,光宏哑口无言。

"你经常攀登天元山吗?"

"经常。我喜欢这座山。"

天狗都只是简单地回答光宏的问题。

"天元山上,还有动物吗?我是说野生动物……"

这是光宏最想得知的信息。从外祖父那里听到的关于狩猎毯牛的事情,已经是几十年前的旧闻了。

"有呢。野生动物……像灌木鸟什么的,我经常看见它们在天空中飞来飞去呢。"

可是,灌木鸟在新伊甸的农地附近不也经常看见吗?并不是什么稀奇的动物。

"你经常见着的就只有灌木鸟吗?天元山上就没有别的野生动

物了吗？"

"有的。"天狗回答得很慢，"你说的蛋是指影卡的蛋，对吧？我没有见过影卡。那种动物是夜行动物吧。我从来不在晚上登山。所以说，影卡这种动物到底存在与否，我并不清楚。天元山上或许有，或许没有。不过，和新·亚拉拉特山相比，我觉得这里存在影卡的可能性要大得多。从远处观望，新·亚拉拉特山的形状的确是挺不错的，可是从半山腰往上走便全部是岩石和沙砾，如同死一般的世界。可是天元山就不一样，岩场和森林交替出现，野生动物存在的可能性很大。"

"都有什么样的动物呀？除了灌木鸟之外。"

"都有些什么呢……"听到这种让人提不起劲来的回答，光宏感到有些失望。

沉默了一会儿之后，天狗开口说道："有是有，可我说不上来究竟是什么。可能是因为我也胆小，它们也胆小吧，我没有看清楚过。你看，就像这样，登山道的两旁不都是密林吗？在那些灌木丛或是枝繁叶茂的树丛里面经常有些什么东西。不是人。那些家伙的体积相当大，它们在密林里面移动着的时候会让树木剧烈地摇晃。它们不会发出任何叫声，想必它们也意识到了我的存在吧。而我，从来不会偏离这条登山道。如果你想知道那家伙是什么的话，我想你需要离开登山道去到林子里面看一眼。"

"你说的，是各种各样的生物吗？并不只有一种？"

"这个每次都不太一样的。树木摇晃的位置、高度和剧烈程度都不太一样。不过我所享受的只是天元山的这种氛围而已,我不关心它们究竟是什么,我只管一心一意地登山。"天狗这样回答道。

终于登上半山腰了,这时候距离他们开始登山已经过去了三个小时。从这里开始,森林又不见了,一眼望过去只剩下岩石,以及狭窄的顺着山脊延伸的登山道。他们休息了一会儿。天狗对光宏说他们休息的时间可能不会很长,不过能在这里休息,光宏已经觉得很感激了。这里没有树荫,新·亚拉拉特山那雄伟的身姿就矗立在两人眼前,一览无余。这一路上经过的地方大多是视线被遮挡住的森林什么的,因此光宏见到这样的景象内心尤其感动。

到底还是大山的身姿壮观啊!连对山本来毫无兴趣的光宏,都在心里发出了由衷的感叹。他渐渐有点儿明白为什么人们都把新·亚拉拉特山作为攀登目标了。

"能这样看见新·亚拉拉特山,说明天元山我们已经攀登了一半了。"天狗说道。

听到这话,光宏心里有些不安。到目前为止,他们都没有见到一点儿野生动物的影子。这种情况会不会一直持续到山顶?

如果天狗没怎么见过野生动物的话,应该也不知道毯牛这种动物吧。光宏在心里这般琢磨着,但还是问天狗:"你知道毯牛这种动物吗?"

"五六年前见过,当时我和父亲一起登山。那时候我还小,但记得很清楚。"

这个回答出乎光宏的意料，让他有些惊讶。天狗见过毯牛，不过只在那个时候见过。是天狗的父亲告诉他那种动物叫作毯牛的。

"你们从登山道进入林子里了吗？"

"不是。"天狗摇了摇头。当时，连天狗的父亲都大吃一惊。一般来讲，毯牛会呈保护色在地面展开。可是，那一次，毯牛却抓着两根树枝悬挂着。因此，在距离比较远的登山道上也看得一清二楚。

天狗的父亲那时也是第一次遇到这种表现的毯牛。

"我们只是远远地观望着这只举止奇怪的毯牛，并没有试图捕获它。"

"也就是说，在天元山上，毯牛并没有绝迹，而是继续繁衍着？"

"嗯。这才过了几年而已，找一找说不定真的能找到呢。"

光宏想，外祖父跟他讲吃蛋饭，不就是狩猎毯牛时发生的事情吗？

"这么说来，如果毯牛并没有绝迹，而是在天元山上繁衍生息的话，那么影卡也极有可能继续在天元山上繁衍生息。"

听了光宏的分析，天狗将眼睛眯成一条缝儿，点了点头，"这不是挺好的吗？如果是这样的话，那你就更有登山的干劲儿了，对不对？"

的确如此，天狗说对了。听完毯牛的故事之后，光宏连心脏跳动的频率都完全不一样了。

"如果一边登山一边确认登山道周边的情形,这样发现影卡巢的概率是不是要大一些呢?"光宏这么问道。

天狗并没有给出确切的答案,而是说出了自己的不安:"还是谨慎一些为妙。我虽然说过通过树木的摇晃可以判断出那周围有野生动物出现,不过,那是指普通的动物。也有那种像幽灵一样的动物。树木根本不摇晃,你完全看不出来周遭是什么情况。"

天狗的话,对于想象力比普通人强一倍的光宏而言,起到了让他相当害怕的效果。

"明白了。"和之前一样,光宏选择继续留在登山道上往前走。

"你在登山道上走的时候留意周围的情形,发现影卡的蛋的概率不也会增加吗?另外,上山的时候跟下山的时候看到的风景是不一样的。即使上山的时候一无所获,下山的时候说不定也会有发现呢。"天狗提出了这样的建议。

随后,天狗指了指登山道旁边的斜坡,"你能看见什么吗?"

光宏将眼睛眯成了一条线,却什么异样都没看见。到了这一带,林子里树木的树干变细了,也没那么高了。树底下密密麻麻地生满了褐色的草。

"不能。"光宏老实地回答道。天狗用轻巧的脚步往上跑了五六米,用手指着刚才斜坡的位置。

这时候,可以清楚地看见一个白色的东西。

"啊,你说那个!那个东西是什么啊?"

"是蘑菇。伞面是白色的，伞底下是褐色的。你从下往上看的时候，它和周围的颜色融为一体，但是从上往下看的话，很容易就能发现它。那个蘑菇好像是可以吃的哦。"

光宏没有吃蘑菇的想法。随后，他发现蘑菇的旁边似乎有个什么蓝色的东西在动。

"那个蓝色的东西是什么？是动物吗？"

"等等……"

天狗从脚下拾起一颗小石头，朝着在草丛里窸窸窣窣动着的家伙扔过去。

"啊！"光宏忍不住发出一声惊叫。小石头落地的瞬间，大约两米见方的草地突然向上卷了起来。光宏几乎不敢相信自己的眼睛。他一时半会儿也不能理解究竟发生了什么。

很快，他发现那是一个活物。变成球状的坡面开始滚动。

光宏终于想起来了，"那是……"

"是的，是毯牛！我们看见的在草丛里窸窸窣窣的是毯牛的头部，蓝色的是它的舌头。太好了！它没有袭击我们。如果遇到可以成为食物的小动物，毯牛会用身体将它们包裹起来然后杀死它们。如果遇到强大的'敌人'，它会吐出'体液'杀掉敌人。"

"体液？"

"就是那个。"天狗指着毯牛如今所在的地方说道。那里的草丛已经一片漆黑。"那是毯牛的消化液。我也是第一次见到呢。"

"你不是说毯牛是挂在树上的吗？"

"那一次情况非常特殊。我不是跟你说过了嘛，那次见到的毯牛很奇怪。现在我们看到的，应该是普通的、正常的毯牛。"

毯牛目前已经有饲养的品种了。据说，经过品种的改良，在狭窄的场地里也可以同时饲养好几头毯牛。出肉的效率得到了提升，而且因为切除了能够向体外喷射消化液的器官，所以可以安全地靠近毯牛。不过，光宏曾从上了年纪的人那里听说，最近饲养出来的毯牛，味道变淡了。虽然只增加了脂肪，但肉质变得松软，也失去了原有的美味。而野生的毯牛，虽说有些臊味，并且嚼起来也要费劲些，可是在咀嚼的过程中，毯牛肉的滋味会逐渐丰富起来。让人无比怀念。

如果让说这些话的人吃一次眼前这头野生毯牛的肉，他们得有多感动啊。光宏心想。就像外祖父说梦话般说起自己想吃影卡蛋，野生的毯牛肉也变得如同传说一般了呢。

登上山坡，头顶上的树荫渐渐消失了。取而代之的是齐腰高的灌木丛。灌木丛贴在那些扁平又相互重叠着的岩石表面，往下扎根生长着。

"再过一阵子，这一带的风景就会全部变成粉红色。"天狗告诉他。这些灌木丛是只有天元山上才有的高山植物，并且会开出粉色的花朵。从这一带开始，植物的种类似乎就完全不一样了。

"马上就要到山顶了。"

听了天狗的话之后，光宏的内心有些失望。简言之，就是说外祖父提到的影卡的巢现在看来有可能已经不存在了，又或许是并不容易发现了？

与此同时，光宏做了一个决定。回家之后，他要再去一次外祖父家。他一个人去。他会把这次上天元山去找影卡蛋的事情原原本本地告诉外祖父。他会告诉外祖父……这次并没有找到影卡蛋。但总有一天，自己会亲自找到影卡蛋。光宏也会把毯牛的事情告诉外祖父。这样，外祖父应该就会对影卡的存在继续怀有希望。虽然这次没有发现影卡蛋，但总有一天自己一定会让外祖父开心的。

这只是个开始。

尽管坡道越发陡峭，但天狗的步伐却变快了。他好像想尽快到达山顶。光宏顾不上再环顾四周了，他努力地追赶着天狗。

突然，光宏感觉什么东西在肚子里响着，他停下了脚步。绝不是错觉。他感觉自己的腹部到胸部都处于一种奇妙的振动中。

究竟是怎么回事？

耳朵深处，也响起了什么声音。虽然只是短短的一瞬间。

光宏停下来，将右手放在腹部。他大声喊天狗，天狗立刻停止了往上攀登，往回跑了过来。

现在这个振动究竟是怎么回事呀？光宏拼命地想要搞清楚。

"怎么了？"天狗跑过来问道。

"好奇怪。我的肚子……突然就变成这样了。"

接下来，光宏环顾了一下四周。

扁平的岩石层层叠叠地重在一起。岩石上面生长着低矮的植物。岩石下面有一些缝隙，缝隙里面是深不见底的黑暗。

缝隙正对着登山道。

"你看那里……岩石下面有几道缝隙的地方。"光宏指着那边说道，"我的腹部突然响了一下。有可能是从那边传过来的。只有一瞬间。你觉得是什么？"

天狗皱着眉头，脸上露出困惑的神情，说了句"不清楚呢"。

"我调查过影卡名字的由来。一定是影卡在黑漆漆的夜里，发出过这样的声音。虽然，我不能确定影卡的巢在什么地方，但估计就是藏在那样的岩石下面。那个会不会就是它的巢？'曾祖父'带回来的蛋是不是就是在那里拿到的？"这么说着，光宏已经兴奋得有些手舞足蹈了。他深信，自己找寻的影卡蛋，就在自己的眼前。

"我去看看是不是有蛋。"话音刚落，光宏已经离开登山道，一脚踏进了旁边的灌木丛。

"停下！请小心行事！有可能是毯牛之类的动物，就算是影卡，那也是相当危险的生物！"

天狗大喊道。可是这些劝阻对光宏没什么作用。他向着那些重叠在一起的巨大的板状岩石走去。

"你别担心，我会小心的。还有，影卡不是夜行动物吗？就算它现在在巢里，也攻击不了我吧！"光宏说完便勇敢地往岩石那里靠近。对于自己拥有这样的勇气，连光宏自己都感到吃惊。

他一边确认着周围的情形一边慢慢前进。他最害怕的还是毯牛。所以，他十分小心地观察着周围的情形，生怕自己看漏什么。

这时，身后传来天狗担心的声音："小心啊，注意安全！"

光宏没有说话，只是点了点头。

还有四五米便接近目的地了。就用自己的这双手去取蛋吗？光宏想，"曾祖父"当时到底是怎么取的呢？是不是瞄了一眼岩石的下面，看见有蛋，于是立刻捡起来，速速撤退，是这样吗？这样的想法一直在光宏脑海中盘旋。

就在这时，腹部振动的感觉又来了。这一次不仅仅是腹部，光宏的双手、胸部，还有大腿都在振动。

"啊！"光宏本能地察觉到了危险，可是他的身体却无法动弹。

光宏被吓得缩成一团。在那层层叠叠的岩石下方，有什么东西突然从缝隙的深处蹿了出来。

黑乎乎的东西以惊人的速度朝他猛扑过来。光宏胸部的振动感再次袭来。

虽然没看清形状。不过，光宏一瞬间就明白了这是影卡。

不可能啊！

影卡不可能在白天活动啊。

虽然为时已晚，但光宏终于确定了一点——自己会被杀掉！！

而对光宏来说，他能做的事情仅仅是闭上眼睛等着接下来的事情发生而已。

可是，什么都没有发生。三秒……五秒……光宏缓缓地睁开了眼睛。难道，刚刚看到的景象，只是自己的错觉吗？

并不是。他的眼前的确有一个身长四十厘米左右的黑色动物，目前正在地上剧烈地抖动着翅膀画出圆弧呢。是影卡没错。只是没有头部了。影卡的生命力真是顽强。即使已经没有头部了，它仍然在动着。

"为什么要胡来？你不要命啦？"

光宏回过头。

一个男人站在他身后，手里拿着一把他从来没见过的枪。应该就是这把枪把影卡打倒了。

"您是……"光宏正要发问，旁边的天狗却激动地叫了一声："爸爸！"

亚当斯的小屋

满脸络腮胡的男人一脸惊讶地望着他们两人。

"天狗……你把朋友带来了吗？"

男人的右手端着枪，一步步向他们靠近。他用枪口上端连着的那把尖刀，刺向影卡那已经没了脑袋的黑乎乎的身体。在此之前，已经失去了脑袋的影卡依旧爬上了岩石，展现出强大的生命力。而男人这一刀或许是刺中了要害，影卡立刻停止了动弹。

"你们为什么要去窥探影卡的巢？这种行为跟自杀简直没什么两样！虽然是白天，可一旦巢穴陷入危险，它们也是会拼了命去守护的。它们的身体有一半都是像刀子一样锋利的牙齿啊！"男人非常吃惊地摇着头说道。

　　光宏想起了他在市政厅的档案馆查阅资料时看到的影卡的样子。如今软塌塌地悬挂在男人的刀上的影卡，已经没有了它那最显著的特征，那个呈锐角的等腰三角形。它现在看上去，比光宏想象中的样子要蠢得多。

　　"我正打算去父亲你那里，你就知道我们来了呢！"天狗开心地跟男人说着话。

　　"嗯。你们的声音通过风传到了我的观测站。不过，声音突然中断了，这让我有些在意。因为我有种不好的预感。我断断续续地听见你们在说什么'影卡'。所以，我在想你们该不会想干什么傻事吧，于是就带了乱波枪赶过来。真没想到，我的预感会这么准确！你是天狗的朋友吗？"天狗的父亲突然瞪大了眼睛对光宏提问。

　　"是的，我们一起在东校上课。现在……我们是朋友了。我叫田边光宏。"

　　天狗父亲的脸上突然露出了笑容，他似乎觉得有些不可思议，"是吗？天狗交到朋友了，还打算带到我的观测站来。真有些不敢相信。如果是我儿子的朋友，那我热烈欢迎。你是光宏，对吧？"

　　"是的。请您多多关照。"

　　光宏深深地鞠了一躬。同时，他心中闪过一丝疑惑。

　　天狗的父亲提到了观测站。这一带有这种设施吗？观测站，究竟是观测什么的呢？

　　天狗和他的父亲一边悠闲地聊着天，一边攀登着岩场。

"你最近有好好地上课吗？"

"在上。不过和上课比起来，我更愿意和爸爸你们一起自在地待在天元山上呢。"

"天狗，你现在这个年龄，还不知道自己究竟适合做什么事情。你应该抛掉先入为主的观念，多去学习各种各样的知识。"

从这段对话中可以看出这是一对关系很好的父子。这时候，光宏听到从岩石背面传来一阵轻微的声响，像是金属在相互摩擦。

他停下脚步，向那个方向看去。一开始，他没搞清声音究竟是什么东西发出来的。只知道声音是从岩石与岩石的缝隙之间传过来的。当他仔细一看，终于看见了之前没看见的东西。它的保护色让它跟周围的环境融为了一体。

一个呈锐角的细长等腰三角形正在微微颤动，它恰好嵌在岩石之间的缝隙里。

光宏凭直觉便想到了它究竟是什么。

这就是袭击自己的影卡的头部。虽然据说它们只会在黑暗中活动，可它还是从自己的巢穴里面扑了出来。随后被乱波枪一枪打掉了头部。

它的头部和天狗父亲打算带走的身子一样长。它的嘴巴在相互摩擦着。那个类似金属的声音就是从它嘴里发出来的。影卡竟然有如此顽强的生命力，光宏不由得感到佩服。

他将一根树枝伸了进去，将影卡的头部弄了出来。它俨然已经失去了张开大口进行攻击的凶猛气势。它的眼珠里面也没有了任何生命的征兆,宛如两颗浑浊的玻璃珠子。在它耳朵的位置有两个呈碗状的凹陷处。影卡名字的由来似乎就和这个能在黑暗中接收声波的器官有关。不过,光宏感兴趣的是它细长头部的面上那两道鲜艳的黄色线条。这是两条细细的沟,里面是黄色的。下面就是锯齿状的牙齿,平行排列着。

这与光宏在档案馆看到的影卡的照片有些细微差别。或许影卡这种生物也分很多种类吧。总之,之前没有看到有这样漂亮的黄色线条的影卡。这个会不会成为宝贵的资料呢?这个念头在光宏的脑海中闪过。

他两只手握住影卡嘴部的前端。它的嘴巴没有张开,不过一直有不规律的轻微振动传来。

光宏迅速取下自己背上的背包,将影卡的头部放进去,并用背带将它的头部固定住。随后他将背包又背在了背上。

光宏能感受到背后传来一阵阵周期性的轻微振动。从背后直达下腹。不过,光宏相信这振动最终会平复下来。说到底,这不过只是个头部。就算有再强韧的生命力,也会耗尽。

“光宏!你累了吗?加油啊,马上就快到顶了!”

“嗯!我不会累的。”光宏这么回答道。

天狗一边喊着“好的!加油!”一边朝着山顶开跑。似乎是把自己保留到最后的力量全部都释放了!天狗这样就像是给自己下挑战书。于是光宏拼尽力气朝着天狗追了上去。

这里的风比之前冷了些。太阳快要下山了。太阳挂在新·亚拉拉特山山顶的那幅画面，在光宏看来犹如一幅超现实主义的绘画作品。

"喂，光宏！"听到有人喊自己，光宏应了一声，这才回过神来。原来他已经无意识地停下了脚步，看着眼前的景色不知不觉入了迷。

"相当漂亮吧。"

"是的，太漂亮了。"

翻过下一处岩石就到达山顶了。眺望四方，没有任何东西遮挡视线。就连远处的大海，也能远远地望见海平面。正对面是新·亚拉拉特山。它的左右是一望无垠的大地。

不仅如此，山顶还伫立着一座巨大的金属塔。它只能用"奇观"来形容，除此之外，光宏想不到任何别的词语了。当光宏一到山顶，整个视线便被这座金属塔完全吸引了。

他抬起头看了看铁塔的上部。脑中茫然想着，究竟是如何把这些金属柱子搬运到山顶上的呀？

四根金属柱的顶端是一个像碗一样的半球体。

这个就是天狗的父亲常年待的地方——观测站吗？

小时候，大家都学习过跟地球历史相关的一系列知识。其中，光宏印象最为深刻的是建造于文明开化之前的古代遗迹，比如说金字塔。在科学技术尚不发达的年代，据说人类仅运用杠杆原理就将巨石一块块垒砌成了金字塔。不过那时候，光宏并没有很真切的感受。如此说来，在天元山顶上修建铁塔应该也不是什么不可思议的事情。或许只是自己的想象力不够丰富吧。

"光宏，往这边走。"

天狗对着只顾看头顶风景的光宏喊道，并招了招手。天狗他们似乎打算从山顶背面的斜坡往下走。回过神来的光宏赶紧朝着两人的背影追了上去。铁塔上有几根像大蛇一样的管子朝两人行进的方向延伸过去。他们的目的地，似乎就是管子延伸的终点。

光宏终于搞明白了。山顶下面的岩壁上有一座用圆木搭建的小屋，那小屋看上去还非常结实。

"这就是观测站。"天狗说道。

天狗的父亲在这里停了下来，对光宏说道："欢迎你来到亚当斯的小屋。"

这个名字光宏从来没有听说过。

"这个叫……亚当斯吗？"光宏没有多想，忍不住直接问道。

天狗回答说："我的名字就叫作天狗·亚当斯。我父亲的名字是约吉·亚当斯。"

天狗父亲点了点头，说道："这个亚当斯小屋可不是我们自己随便叫的。自从我的父亲在这里建了它之后，大家都这么称呼它。"

"那么，天狗的祖父叫什么呢……"

"哦,叫作伊恩·亚当斯。"

光宏感觉自己好像在哪里听说过这个名字。只不过,一时间想不起这究竟是个怎么样的人物了。不过,亚当斯父子对此似乎也并不在意,他们径直往下去到了修建在斜坡上面的亚当斯小屋。

这是一座原木屋风格的观测站。仿佛是刚好嵌进了天元山顶下方的凹陷处似的,山顶强劲的山风似乎也不会影响到它。

墙上开着几个窗户,外墙是用圆木支撑起来的。构造非常原始。不过,在小屋的外侧安装着几根极其简易的天线。

刚一靠近,小屋的房门突然从里面打开了。一位瘦瘦的、大眼睛的女孩从里面露出脸来。

"天狗,你把谁带来了?"

"啊,姐姐。这是我朋友。他叫光宏。"

"嗯。"女孩轻轻地努了一下嘴。她看上去比光宏年长三岁左右。她抱着手臂,将光宏从头到脚地打量了一番。

"她叫天女,是天狗的姐姐。在帮着我做事情。"

"我叫光宏,和天狗是同班同学。"光宏低下了头。

这位叫天女的女孩第一次眯缝起眼睛。随后,她向光宏伸出右手,说了句"请多关照"。

他俩握手的时候,天狗站在旁边得意地说道:"我很小的时候,我妈就走了。我姐就像妈妈一样照顾着我。现在,姐姐又照顾着我爸爸。"

父亲站在旁边说道："不是照顾我，是在工作上帮我的忙呢。"

此话一说，天狗和天女都笑出声来。仔细一看，姐弟俩还长得挺像的。光宏想，他俩的母亲应该也是东方人吧。

进入亚当斯小屋，光宏惊讶得目瞪口呆。小屋的外观朴素，里面却不一样。面向峭壁那一侧的墙壁堆满了用途不明的各种装置。这是光宏完全没有想到的。虽然知道这是个观测站，但木屋的里面和外观还是蛮有落差的。

天狗将一个机器的零件递给姐姐。

"就是这个。谢谢你。"天女接过零件，将其嵌进其中一部装置里。将这个零件带到观测站，似乎也是天狗的任务。

天女继续对机器进行了一番微调，然后回过头对父亲说道："可以了。"

父亲满意地点点头，然后对光宏说道："今晚就住这里吧。明天早上再和天狗一起下山。"

光宏惊讶得张大了嘴。

"我这就要下山去了。如果我今天不回家的话，家里人会担心的。而且，明天学校还要上课。"他慌慌张张地解释道。

天狗和天女耸耸肩，天狗父亲摇摇头说道："我会和市政厅联络，将情况告诉你的家人。这样应该可以吧。现在下山等于自杀。天元山的山脚下有些不知名的生物。它们活动最为频繁的时段就是太阳落山后的那几个小时。我可不能让你遭遇什么危险。东校那边, 我也会和他们联络。还是等到明天天亮, 再和天狗一起下山去吧。"

光宏想起自己也时不时地看见天狗上课迟到的身影。原来, 那些时候他都是从天元山上下来之后直接到东校的。怪不得老师从来不过问。

"那样是最安全的。光宏的家人也会更加放心。"天狗说道。关于山里的情况, 毕竟还是天狗和他父亲要清楚得多。光宏想, 只能听从他们的安排了。

天狗的父亲坐到一部机器前发送了无线信号。似乎是发给市政厅的。这部机器似乎专门用于和市政厅联系。而其他机器又有着其他的用途和目的。在此期间, 天女一直坐在另外一部机器面前的椅子上, 头上戴着耳机一样的东西, 聚精会神地听着什么。

天狗的父亲回过头来对光宏说道:"别担心了。我刚刚已经收到市政厅那边的回信了, 他们会和你家人联络。你是叫田边光宏对吧?"

"嗯, 是的。"

"你可以睡我的床。我整个晚上都会持续观测。"

正如天狗的父亲所言, 一眨眼的工夫, 太阳便落下去了。

父亲坐到了那堆机器面前, 天女站起来宣布:"那我去准备晚饭了。"

屋子里面似乎还有几个房间。机械室、厨房、仓库, 这里的设施应有尽有，完全可以与世隔绝地生活下去。光宏有些感叹。跟外观比起来，里面宽敞得多。厨房旁边是地下室的入口，那下面是生活用品以及食物的储藏室。

天女在天狗的帮助下，一边将食材从储藏室里面拿出来，一边给光宏讲着这里的生活情况。原来，这个观测站并非私人设施，而是新伊甸的公共设施。所以，像食物、生活用品等，也是由市政厅的人定期给他们送来。

至于为何要将观测站建在天元山顶上而不是新·亚拉拉特山的山顶，原因是新·亚拉拉特山冬季会结冰，无法进行观测。而高度相对较低的天元山全年都适合进行观测。

天女看上去似乎非常喜欢这份工作。沉浸在大自然的怀抱里，不被任何人打扰。天女和光宏认识的所有女孩都不一样。光宏身边的女孩子，都喜欢成群结队地聚在一起，不是聊时尚就是说男生的坏话。而天女和这些世俗的女孩截然不同。在准备晚饭的时候，天女淡淡地聊起了天元山的自然环境。最初光宏觉得天女是那种很难接近的女孩子，可渐渐地，他感受到了天女的魅力。虽然她才比光宏大几岁而已，可俨然已经是一个成熟大人的模样了。

听她说，到了春天，会有一种仅在这个时期才能见到的蝴蝶在天元雪绒花上翩翩飞舞，那种蝴蝶有着透明的、会发出七色光芒的翅膀。光宏想象了一下那样的情景，决定要在那个季节再度造访天元山。

天狗的父亲告诉光宏，市政厅已经联络到他的家人了，光宏松了一口气。这样就可以安心地在亚当斯小屋待到明天早上了。

不过，晚上下山究竟会遇到什么样的危险，光宏还是不太清楚。即便他问了天狗，也只得到了一些含糊的回答。

在天狗的家里吃晚餐对光宏而言是一件开心的事情。而天狗和天女，似乎也对接待光宏这位客人感到开心。

晚餐吃的是天狗父亲救下光宏时捕获到的影卡的肉。没有任何异味，口感也很柔软。他们经常都能吃到这种肉吗？光宏心想。但貌似并不是，他们经常吃的肉也还是毯牛的冷冻肉而已。

"因为影卡是夜行动物，所以我们几乎没有机会吃到它。"天女告诉光宏。

两人的父亲此刻则默默地大口咀嚼着影卡的肉。

"为什么影卡会在白天袭击你呢？"

"可能是因为我想要拿走它的蛋，所以它从巢里面扑了出来。"

天女听了这个解释，耸了耸肩。光宏觉得有些难为情，不禁反省，自己真是在什么都不懂的情况下就莽撞行事。

"那个时候，影卡发出的声音也在我的腹部回响着。"天狗说道。

"我说的是它腹部的那个声音。"他似乎想要取得光宏的赞同，"我腹部现在还能感觉到那个声音并做出回应。"

"嗯，是的。"光宏只回答了这么一句。

一股凉飕飕的风从窗户外面吹了进来。太阳落山以后，气温迅速地下降。

天女站起身将窗户上支着的木棍取下来，关上了所有的窗户。室内的温度停止了继续下降。随后，她又走过去碰了碰安装在墙面上的一些装置。

她将耳机从装置上取下来，仔细倾听装置的声音。父亲也眯缝着眼睛，盯着装置。

"先观察一会儿再说吧。"父亲说道，天女点点头，回到了座位上。

"那个……你们在这里，究竟是在观测什么呀？"光宏提出了一个简单的疑问。

父亲点点头道："这是个非常好的问题。我们在这里有好几个目的。首先是气象观测。这对于新伊甸的天气预报很有帮助。不过，如果仅仅是这样的话，这里还不能被称为观测站。

"我们的祖先在地球即将毁灭的时刻逃离了地球。当时，他们使用伊恩·亚当斯发明的传送装置来到了这颗星球，从零开始，一点点重新构建起了文明社会。此外还有一群人，他们抛弃了我们的祖先，建造了一艘世代飞船，然后让少数权贵阶层乘着飞船逃离了地球。

"光宏，这些故事你肯定都听过，而且应该已经听过很多遍了，对吧？"

"是的。"

的确如此。在学校，人类、地球以及新伊甸的历史是必学的科目。此外，每逢盛会，必定会在仪式开始之前进行《人类之敌》大合唱，发誓绝不原谅艾迪森以及他的后人。其中有一句表述，"在宇宙之中徘徊的恶魔"指的就是艾迪森这群人。对光宏而言，他可以根据字面意思将艾迪森理解成宇宙中的恶魔，可要说到具体的感受，他其实也不太明白。不过这依然是作为新伊甸的成员的常识。自己的父母在仪式前，也会谴责和诅咒艾迪森一行人的卑劣行径，可是除此之外，在家里他们很少会谈到这个话题。只会在降诞祭早晨祈祷时提到而已。

"随后，让我们的祖先人类'跳跃'到这颗星球的伊恩·亚当斯，也在比较晚的时候，也就是几十年前来到了这颗星球。他凭借自己的才能革新了新伊甸的技术。根据他的提议，为了更精确地掌握世代飞船接近新伊甸的时间，人们在天元山上建造了这个观测站——亚当斯小屋。"

"那就是我爷爷。"天女说道。

"说了是伊恩·亚当斯嘛，他知道的。"天狗说道。

光宏当然知道。伊恩·亚当斯是大名鼎鼎的人物。因此最开始天狗的父亲跟他介绍的时候，他甚至没有将这位伟人和"伊恩·亚当斯"这个名字联系起来。约吉·亚当斯是伊恩·亚当斯的儿子。而天狗和天女是他的孙子和孙女。光宏有点儿不敢相信。

"我的任务就是在艾迪森他们所乘坐的宇宙飞船接近时，立刻与新伊甸联系。"父亲说道。

那么接下来，新伊甸的人们就要为了祖先而向宇宙飞船上的人们展开复仇吗？

会是怎样的复仇呢？

会制裁艾迪森的后人吗？还是说，会拒绝他们登陆新伊甸？光宏想起来，誓言中有这样一句表述，要用最为残忍的方法让艾迪森的后人灭绝。

"不过关于这件事好像有很多种说法。有人说，艾迪森的宇宙飞船已经发生了故障，目前在宇宙中漂流。乘坐飞船的人们有可能已经死光了，因为他们肯定会遭到天谴。就算不发生故障，说不定也会遇到别的什么天体事故。也有人认为，如果真有这么一艘飞船，他们还没有到达新伊甸就十分奇怪了。或许根本就不存在这样一艘宇宙飞船。这艘飞船，就是一个将新伊甸的人们团结在一起的故事。"天狗如此说道。不过，这些话似乎也是他听新·亚拉拉特山的攀登者们说的。

"你听到这些话，心里怎么想？"天狗的父亲问道。

天狗只是耸耸肩膀。

"'诺亚方舟号'一定会到达这颗星球，所以才会有这所亚当斯小屋。"天狗父亲坚定地说道。

天狗对此似乎也表示认同，他用点头回应了自己的父亲。

光宏再一次打量起墙面上的观测设备。当来自地球的飞船接近新伊甸时，大概会有信号从那里发射出来吧。所以，这对父女才会昼夜不分地在此观测。

"听我爷爷聊到这个观测站的时候，我并不觉得他是打算向艾迪森的后人们展开复仇。"

"是的。"父亲同意了天女的说法，"我们的使命就是坚持观测，确认'诺亚方舟号'何时接近这颗星球，仅此而已。至于新伊甸的人们对此会做出怎样的判断，这是因人而异的。而且……"

天狗父亲突然停了下来。

嗡——光宏感受到一阵振动，从他的腰部传来。但他完全无法确定究竟发生了什么事。

接着，有声音清清楚楚地传到了光宏的耳朵里。墙壁似乎受到了什么东西的猛烈撞击。

光宏看了看天狗和天女的表情。他们似乎也不知道究竟是什么物体发出了这样的怪声音，正不安地面面相觑。

大家的视线都集中在了天狗父亲身上。他却一言不发，全神贯注地倾听着。

有好一阵，都没有怪声发出。

"究竟是什么东西呀？"天狗问父亲，"要不我去外面看看？"

"先别这样。"父亲断然阻止了天狗，"放任自己的好奇心会让你后悔的。"

"那到底是什么？"

"我也不知道。不过，我感觉这其中有某种意义。"父亲的话里并没有威胁的意思。不过，他确实也不清楚这究竟是什么声音。

"这声音真恐怖。仿佛有什么东西在外面疯了似的击打着小屋的圆木。"天女说道。

声音再次响起。这一次，整个室内都能听到连续打击外墙的声音。外墙上发出怪声的位置并不相同。一开始是从上面连续地发出声音，接着是下面的右边，然后是左上方连续发出了声音。

"好像并不是一只。应该有十几只，总之很多。我还从来没有遇到过这种事情呢。"天狗看上去也有些害怕了。

"最左边的窗户。"天女想起了什么似的说道。她的意思光宏很清楚。之前为了不让夜风吹进来，他们取下了窗户上支着的木棍，将窗户都关上了。唯独剩下最左边的窗户，还有一根木棍卡着，留了木棍宽度的缝隙。

天狗打算去把木棍取下来，他朝那扇窗户走去，被父亲制止了。

"别去！"

天狗把身子缩成一团，似乎已经本能地察觉到了危险。与此同时，光宏感觉到自己的下腹部传来一阵异样的振动。

这个振动究竟是什么……

天狗父亲走上前去将夹在窗户与窗框缝隙间的木棍握住，打算抽出来。这时，有什么东西撞上了窗户，发出剧烈的声响。握着木棍的天狗父亲险些就要被那个黑色的影子刺穿。幸好,他手里握着的木棍帮他躲过了这一劫。窗户完全关上了,那个黑影也不见了踪迹。

不过,所有人都看见了那个细长、尖锐、凶猛的黑影。

"爸爸!你受伤了吗?"

"不要紧。我用棍子把它赶开了。"

"我们都看见了!真是难以置信。"

三个人几乎同时叫了起来。他们虽然自顾自地说着不同的话,可是看见的东西却是一样的。

"为什么……之前从没有遇到过这样的事。"

父亲摇了摇头,一脸不可思议的表情。

"是影卡。一群影卡袭击了我们的小屋。"

"是啊,刚才从窗户的缝隙里看到的应该就是影卡的嘴吧。"

随后,小屋的外墙连续遭到了猛烈的撞击。外面目前究竟是什么状况,只能凭声音大致想象一下。

光宏听见自己的心跳如擂鼓一般。他看见了刚刚试图通过窗户入侵的影卡的嘴,那细长的、呈锐角三角形的、像锯齿一样锋利的嘴。

根本不是几只,而是一大群,数量惊人。影卡群将这个亚当斯小屋团团围住了。并且,它们的意图非常明确——攻击亚当斯小屋。

"它们是知道我们今晚吃了影卡肉排吗?"

天狗这么问道，光宏听得一愣一愣的。

"不太可能吧。"父亲否定道，"应该有别的原因。"

大家陷入了短暂的沉默，侧耳倾听外面的动静。

猛烈撞击外墙的声响，依然时不时地传来。

"就算它们拼尽全身的力气来撞击，以影卡的力量来说，也不可能破坏这座小屋。大家不用太担心。"父亲这么安抚着孩子们。

然而，他的话音混合着激烈的碰撞声，空气中弥漫着一股不安。

天女向安装在墙上的通信装置走去。这时候，三扇窗户中最右边的那扇突然发出了剧烈的声响，似乎有什么东西撞上了墙壁。

"爸爸，窗户的插销好像松开了。"天狗急急忙忙地想要去把窗户抵上。

"就这样吧。"天狗父亲将一个木架子推了过去。光宏也连忙上前帮忙。他们用木架子固定住了窗户内侧。黑暗中的怪物似乎判断出攻击窗户的效果较好，窗户上不断地传来被集中攻击的声响。不过木架子的防御起了作用，黑色的怪物后来放弃了对窗户的进攻。

攻击停止了。

"我跟市政厅的人联系了！"天女说道，"我告诉他们小屋受到了影卡的围攻，请求他们的援助。"

"他们会来帮助我们吗？"天狗提高嗓门问道。

"他们让咱们自己先坚持一阵子。目前,市政厅正在召集救援人员往这边赶,可是再怎么快,也要五六个小时。"天女带着哭腔说道。

的确如此。从天元山的登山口到山顶,至少也要三个小时呢。不管怎样,等到救援队赶到的时候,应该已经是黎明时分了。到那时,夜行怪物们的身影应该已经消失得无影无踪了。

"它们这是满意了吗?"天狗小声说道。

"没,还没有呢。你能感受到吧?各种声音……它们所发出的独特声响。"

这种独特的声响并非是耳朵听到的,而是肌肤感受到的。所以它们才会被叫作影卡。据说,曾经有一个男人正说着好像听到了奇怪的声音,随后便被怪物的嘴胡乱地撕碎了。他留下来的最后一句话好像是什么"这感觉就像是在卡拉OK里面一样"。据说,下一瞬间,他的头便被那锯齿状的牙齿撕扯了下来。

这便是影卡名字的由来。至于它为什么会发出那样的声音,光宏记得他曾经在档案馆读过相关资料,可是他这会儿怎么都想不起详情了。以防万一,天狗父亲将自己的那支乱波枪放了身边。

"谨防万一,其他的窗户也先堵上吧。"天狗父亲说道。

他们将大型的木质储物柜移动到窗户边,高度刚好和窗户的高度一致。最后是最左边的那扇窗户。将床竖起来靠在窗户上无论怎样都会留一丝缝隙,而桌子的高度又不够。天女正在房间里寻找其他可以用于防御的家具，突然停下了脚步，环顾四周。

"怎么回事？这是……"她用右手捂住自己的胸口，缓缓地转动着上半身。

随后，天女停止了动作，说道："影卡……振动传到我的胸口了……它应该就在那边。"

最惊讶的莫过于光宏了。因为天女所指的方向恰好是光宏的背包。

光宏已经完全忘记了，他的背包里还装着白天袭击过他的那只影卡被击飞的头部呢。

天女的震惊程度有些不同寻常。这和目前他们正面临的这场骚乱有关吗？

"那个……那里面装着白天那只影卡的头部。我想留个纪念，想着或许还能有些别的什么用处……所以打算把它拿回去。这样做是不是不可以？"

天狗的父亲拿起光宏的背包，将背包里面的所有东西一股脑儿地倒在了地板上。

"那个东西"衔着光宏的雨伞，在地上滚来滚去。

影卡只剩下头部，浑浊的眼珠子望着天花板。眼睛里面看不到一丝一毫生命的迹象。可是……

"这家伙还在发声！"天狗惊讶地指着影卡的头部说道，"虽然它已经死了……虽然只剩下头部了……可这家伙的牙齿，还在相互摩擦着求救呢!"

听到这话,光宏感到自己的胃部似乎被人揪住了似的。突然遭到这么一大群影卡的围攻,会不会就是自己的轻率行为导致的呢?

的确,仔细一听,便能听到影卡的牙齿正互相摩擦,发出轻微的金属声。

"它的头部有两条黄色的线条,应该是一只比较特殊的影卡。"父亲皱着眉头说道,"首先,影卡白天通常是不会现身的。绝对不会。其次,我之前也见到过几次影卡,都是全身漆黑。这一只,会不会就是影卡的女王?"

"女王?"大家都惊讶地喊了出来。

"我也是从别人那里听说的。影卡的每一个团体里面只有一只影卡可以下蛋,那就是女王。"

"那么,如果没有了女王,这个影卡的团体不就灭亡了?"

"不会。我也只是听说,如果这个团体的女王不在了,那么另一只影卡就会成为新的女王,并且开始下蛋。"

听到这里,光宏的心情稍微轻松了一些。可能是因为知道了这个影卡的团体不会灭亡。可是,自己让大家陷入了危机之中,这一点并没有任何改变。

"对不起,我做事太欠考虑了。我以为它已经死了,所以带回去也没关系。没想到竟然会发生这样的事情。"光宏深深地埋下头。他想,不管大家怎么责备他,他都会忍着,毕竟是他的错。

　　"这属于不可控的范畴。毕竟你什么也不知道，也没有必要自责。与其自责，倒不如大家一起想想如何渡过这个难关。"天狗父亲说道。

　　天女点点头，"没错。"

　　"那如果这个脑袋不再发出声响，外面的围攻是不是也会停止呢？"天狗这么说着。

　　天狗父亲将影卡的头握在手里，用双手将它的嘴巴扳开，将一根木棍顶了进去。

　　"不行。影卡的自律神经系统反应实在是太特殊了。"

　　正如天狗父亲所言。影卡上下排的牙齿并没有停止啃咬木棍的动作。只不过发出的声音跟之前传来的低沉的金属音相比，音质有了些不同。大家嘴上虽然没说什么，可是心里面都明白。屋外的影卡们一定坚信它们的女王目前还活着。它们就是被女王所发出的声音吸引到这里来的。

　　"如果把这颗头扔到屋外去会怎样？这样的话，它们应该会就此作罢了吧。"天狗又说。

　　天狗父亲点点头，"应该能行。"他一边说着，一边握着支在影卡嘴里的那根木棍，影卡就这样衔着那根木棍，悬挂在下面。

　　"好了，听见我的口令，你就把窗户稍微打开，然后我立刻把这颗头扔出去。"

　　这个时候刚好是影卡进攻的间歇期。这个时机倒是不错，应该

是可以把女王的头扔出去的，光宏自己也在心里琢磨着。希望一切
顺利。

"明白了! 爸爸一发指令，我就开窗户!"天狗往位于最左边的
那扇关着的窗户跑去，两手放在窗框上，保持着随时都能把窗户打
开的状态。

父亲点点头，提着那颗头颅朝着窗户边走了过去。

突然间，激烈的进攻又开始了。他们以为那一击是巧合，是猛
然发起进攻的影卡恰好攻击在了那个位置。不过，跟之前的进攻相
比，力度似乎加剧了。窗户上面明显出现了弯曲的迹象。

这只是一个开始。

当天狗父亲提着那根吊着影卡的木棍做好准备后，不间断的猛
攻开始了。这次应该是好几只影卡同时发起了进攻。如果光宏和
天女不抵着窗户的话，看那架势窗户很快就会被它们破坏掉。

"可能是因为女王的头太靠近窗户了。那些家伙知道了它们的
女王在哪里，所以才会聚集在这扇窗户外面。"

"即便是瞬间把窗户打开再关上……应该也很难成功。"天狗父
亲说道。

"如果动作快一点儿呢? 如果快速把头扔出去，或许可以……"
天女这么说着，天狗父亲依旧摇了摇头。

"不行。现在不是冒险的时候。我只会选择能够确保你们平安
无事的方式。"

天狗父亲这么说着，又提着那根木棍远离了窗户，将它放在房间中央的位置。于是，之前集中在左边那扇窗户的激烈撞击声平息了。

"如果那群影卡里面的某一只成为女王开始下蛋，进攻就会有所收敛吧。"天狗推断道。

"有这个可能。不过，在下一个女王成功下蛋之前，黎明应该会先到来。而在天亮之前，影卡应该不会停止为夺回女王而开展的进攻。"

光宏浑身没有一丝力气。这一切都是自己的责任。如果牺牲自己可以让影卡们从这所小屋外面撤离的话，他情愿舍去自己的性命。

"过去，在夜里，大家是怎么保护自己不被影卡们攻击的呢？"

"过去吗……其实我没怎么听过影卡向人类发起进攻的事情。不过它们也有自己的天敌，每当天敌一出现，它们就会赶紧逃走。"

"天敌？"

"它们的天敌就是蛇鲨，一种已经灭绝的巨型夜行动物。蛇鲨具体是什么样的我也不太清楚。总之，听说是一种非常残暴的食肉生物。"

这样啊……光宏想。原来影卡袭击人类是非常罕见的啊。招来这样的局面，都是自己的错。

光宏知道，天一亮影卡就会自动离开。接下来的几个小时，他们就在这种煎熬中慢慢等待吗?

再坚持一会儿吧,天狗的父亲也是这么说的。这句话并非是在哄他们。可是这个"一会儿"对光宏他们而言,遥远得像是永远也到不了一样。时间变得无比漫长。光宏甚至有一种错觉,或许自己目前的处境并不是真的,而是幻觉。然而,感受着腹部传来的阵阵振动,听着外面激烈的碰撞声,光宏就明白,这些都是真实存在的。

偶尔,外面的进攻会停顿下来,持续一段无声的时间。室内的灯都关掉了。为了不给外面的家伙造成不必要的刺激,不到万不得已,他们也不再交谈。室内能够听到的声音,只有观测装置里传出来的毫无规律可言的杂音。装置原本接近静音状态,但突然传出了许多奇怪却又没有任何韵律的声响。

"姐姐,你没把装置关掉吗?"天狗问道。

"关掉就没有意义了啊。何况,持续进行观测是很重要的事情。"

"哪怕是在这种非常时期?"

"无论何时都很重要。"室内再次恢复了宁静。观测装置传来的杂音,这个时候也消失了。

没有任何人发出一点儿响动。正因为如此,影卡女王的头部发出的异响和振动才更加明显。就算把天女的衣服裹在上面,众人也能清晰地感知到。

突然,靠近右边窗户的墙壁又连续响起了激烈的撞击声,比之前的声音更大、更猛烈。震得光宏甚至想要捂住自己的耳朵。

与此同时，房间里也响起了让人意想不到的声音。天狗父亲赶紧护住了天女的身体。说时迟那时快，原本抵在窗户边上的木架子倒在了天狗父亲身上。天女惨叫一声。

天狗也悲痛地呼喊着被压在下面的父亲："爸爸！"

几秒钟后，木架子被缓缓地移开了一点儿，被压在下面的天狗父亲的身影露了出来。他的整个身体都护着天女。

"要紧吗？您受伤了吗？"

"不要紧。别管我，先去看看窗户！"

不知道外面的那群怪鸟是不是本能地察觉到防御用的木架不见了。总之，它们的确开始集中进攻这扇窗户了。上面的一个插销已经被撞飞。好几只漆黑的、像尖刀一样锐利的嘴巴从那细小的缝隙里伸了进来。

它们应该已经判断出这里是一个突破口，于是开始集中火力进攻了。

伸进窗户缝隙的那些嘴巴并非一动不动地待着。它们疯狂动作着，想把窗户缝隙弄得大一些，好侵入到室内。天狗用两只手将窗户死死地抵住。

这已经是力量之间的较量了。天狗拼尽全力将那些像尖刀一样的嘴夹在窗户的缝隙之间，不让那些嘴巴动弹。光宏也和天狗并排站在窗户前，死死地压住窗户，不让影卡们入侵。

"你们的身体不要靠得太近！会被那些嘴割到的！"父亲大声

喊道。

在经历了这些对抗之后，光宏也已经十分清楚这一点了。

砰砰、砰砰的撞击伴随着门外那些怪物的重量一阵阵地传递过来。

刚开始受到袭击时的那种恐惧感如今已经消失不见。取而代之的，是一种即使付出生命也要拼命守护这里的使命感。

这扇窗户下面插销被撞飞的位置也有些松动了。一只影卡的头伸了进来，拼命转动着。

"啊！"天狗发出一声尖叫。他的左肩上出现了一道割破的伤口。应该是不小心触到了影卡牙齿的前端部分。所幸伤口不是太大。不过，受到惊吓的天狗右手不禁松了些力气。

"保持住别动！"父亲大喊道。光宏和天狗被天狗父亲的怒吼震慑住，身子缩成一团。

黑暗中有一束光一闪而过。旋即，那种振动着光宏和天狗全身的感觉消失了。

慌乱之中，他们把窗户按回了原先的位置。随后他们才明白天狗父亲究竟做了什么。

和白天一样，他们再一次被天狗父亲的乱波枪救了下来。乱波枪的子弹击毁了试图入侵室内的影卡的头部。也许是刚好击中了要害，那只影卡已经完全没有动静了。父亲点了点头，将地板上的那颗影卡女王的头颅取出来。

"我早就该这么做了！"他抬起乱波枪，对准那颗头颅不遗余力地进行了一番破坏。

"这么一来，女王向同伴呼救的声音应该就会消失了吧。"

那时，光宏也认为这是唯一的解决办法。可是……

"怎么会……影卡的女王明明已经不存在了呀。"

屋外的撞击声并没有任何收敛。更糟糕的是，光宏和天狗在那个时候恰巧有一点儿疏忽。

窗户被撞开，他俩直接被撞翻在了地板上。

窗外有几十只影卡互相推挤着，试图将脑袋探进窗户。

"这些家伙们根本没有任何思考能力。它们只会一门心思地完成自己的使命。就算情况已经改变，它们也无动于衷。"天狗父亲呻吟一般地说道。

影卡进屋只是时间问题了。如果几只影卡都同时入侵室内，那场面该有多么血腥和残暴啊。

"乱波枪……还能用几次？"天狗问道。

"四次……"天狗的父亲回答道。

四发子弹，最多也只是拖延一会儿时间罢了。并没有多少胜算。

光宏只觉得所有的希望都化为了泡影。

或许真的是完了。光宏只觉得自己对不起天狗，对不起天狗的家人。

这时，光宏全身再次被一股巨大的振动袭击。应该是挤在窗户边上的那群影卡干的。同时,乱波枪的枪声再次响起。

接着又是一枪。

挤在窗户边的那群影卡消失了一瞬间。接着,一只影卡速度飞快地朝室内猛扑过来,在屋子里不停盘旋。

"趴下!"

又来一只。紧接着又是一只。

墙壁上响起激烈的碰撞声。

乱波枪的枪声连续响了两次。

"这下真的完了……"光宏咬住了嘴唇。

就在这时,奇迹发生了。

突然,光宏不仅仅是腹部感受到了振动,影卡的叫声也清晰地传到了他的耳边。听起来有些奇怪。光宏甚至觉得是自己产生了幻觉。

房间里面只剩下一只影卡了。这一只似乎在拼命寻找逃生的道路,全身翻转着往房间的角落里飞去。丝毫没有想要袭击他们的意思。

父亲迅速地用一把像叉子一样的农具卡住了这只影卡脖子最细的那个部位。

这样可以避免大家因为这只怪鸟在屋里乱飞而受伤。

光宏他们将木架子重新抵在被破坏的窗户上,以免影卡再次侵入室内。

"最好将这家伙也请到屋外去。"

"千万别开门！小心再飞一只进来。"

"不过……好像已经没有那种成群结队撞击的声音了。"

光宏也竖起耳朵仔细听。的确，屋外似乎已经没有了之前那种激烈的攻击声，影卡的气息已经消失了。

"还没到早晨吧？"

"的确，太阳还没有出来。不过……这究竟是为什么……"

这时候，之前还只能听到一些杂音的观测装置又传出了声音。

"这个是……"父亲再一次呻吟道。

天女跑到观测装置前，用旋钮将音量调大。

就连光宏，似乎也明白了什么。

观测装置通过架在山顶的巨大天线，收到了来自天空的音乐。伴奏是某种乐器，还能听见人们的歌声。

那是一支非常庄严的乐曲。

被父亲用农具卡住的影卡再度狂躁起来。

光宏明白了，影卡不喜欢观测器接收到的这种"音乐"，所以才想要逃出去。这种人类在屋内都很难注意的音乐，围住小屋的影卡却立刻有了反应。

此时，小屋外的影卡似乎已经销声匿迹了。

天狗父亲用农具将不停挣扎的影卡夹住，将其从地板上一点点挪到了小屋的门口。他趴在房门内侧，将耳朵贴在门上仔细倾听屋外的动静。

似乎确定外面已经安全了，天狗父亲将门打开，把夹住影卡的农具伸出门外。随后又将农具抽了回来，并将门关上。农具上面已不见影卡的踪影。

"得救了……"天狗长长地舒了一口气，"还好影卡不喜欢这个音乐。"

而音乐继续从观测装置中流淌出来。连光宏也明白了这究竟意味着什么。

"伊恩·亚当斯的预言或许就要成真了。这个音乐是从宇宙中传过来的。换句话说，'诺亚方舟号'正朝着应许之地前进，目前已经接近我们这颗星球了。"

光宏不禁想：这么说来，把我们从影卡的进攻中拯救出来的，竟然是来自地球的世代飞船"诺亚方舟号"吗？

"那可是艾迪森他们的飞船呀！艾迪森是我们的敌人，诺亚方舟是恶魔的飞船。学校是这么教的。接下来呢？会打仗吗？会爆发一场战争吗？……"

天狗不假思索地提了好多问题。光宏也想到了这些。从孩提时代开始，他们就不断地被灌输一个理念，艾迪森是他们的敌人。

天狗父亲对此不置可否。他只是告诉孩子们："你们的问题我也不知道答案。并且，这种事情也不是由我们来判断的。这个应该由新伊甸的全体居民来决定。我们的使命就是坚持观测，看'诺亚方舟号'是不是真的快要降落在我们这颗星球上了，仅此而已。"

光宏和亚当斯小屋的两个小孩一起点了点头。

"这首曲子我总觉得好像在哪里听过似的。爸爸知道它的名字吗？"

"嗯，这是《奇异恩典》①。在这颗星球上，每当人们遭遇挫折的时候就会唱诵这首歌曲。我们尽快把这个消息通知新伊甸吧。"

这首庄严的曲子继续从观测机中缓缓地流淌出来。随后，光宏看见了一束光。

一束阳光从紧闭的窗户照射进来。

"太阳出来了……"光宏喃喃自语道。自己和天狗这就会下山。到时候，整个新伊甸应该都知道了吧……"诺亚方舟号"确实朝着这颗星球……朝着新伊甸来了。

新伊甸的人们，会有怎样的反应呢……

光宏感觉自己的身体不由自主地颤抖着。

这时候，屋外已是朝霞满天。下山的时间到了。影卡已经全然没了踪影。噩梦般的一夜终于结束了。

"现在就出发的话，差不多刚好能赶上学校上课的时间。"天狗说道。

"嗯。"光宏点了点头。

---

① 这首歌曲最初由英国牧师约翰·牛顿作于一七七九年，最初是一首传统的民谣，讲述了一个平淡但是极富深意的赎罪故事。

光宏朝天狗父亲和天女低下了头，"非常抱歉，由于我草率的行为，害大家遭遇了如此严重的危机。"

他说的是自己将影卡女王的头带到了小屋里来这件事。

天女没有说话，只是默默地紧抱光宏。天女突如其来的举动让光宏的心扑通扑通跳个不停。这是怎么回事？

天女从里屋拿出一个小盒子，递给光宏，"我从天狗那里听说了你来这里的原因。"

"嗯？"

光宏将小盒子打开，里面有两个圆圆的白色的蛋。

光宏不敢相信，但依然问道："这个难道是……？"

天女耸了耸肩膀，说道："这就是影卡的蛋。我昨天早上去它们的窝里拿的。抱歉，我想这就是为什么光宏你窥探影卡巢的时候，女王会那么发狂地袭击你。我听天狗一说马上就明白了。你把这个带回去吧，算是我对你的补偿！"

听到这里，光宏突然觉得力气似乎都用光了似的，浑身软绵绵的。

深渊的选择

　　宇宙飞船"诺亚方舟号"在太空中逐渐远离了太阳系,向着新天地的方向航行,船上的乘客已经经历了好几个世代的更迭。

　　目前船上人口为一万九千多人。从地球卫星轨道上出发的时候,飞船上有接近三万人,而经过漫长的岁月,人口数量已经减少到了三分之二。

　　人口减少并非由于事故,主要原因还是婚姻率和出生率低下。

　　不过,"诺亚方舟号"内的组织结构并没有发生太大的变化。目前实行的仍旧是总统制度。

　　目前执掌政权的是第十七代总统奇斯·兰伯特。麦金托什副官和安德森船长共同辅佐总统。

　　奇斯·兰伯特身上有着过去兰伯特财团总帅格雷厄姆·兰伯特和"诺亚方舟号"上第一代总统的血统。除此之外，他还是一个从华盛顿Ⅲ区的总务担当一直干到区划长，然后再就任总统一职的实务派。而麦金托什副官则是在奇斯幼年时教授过他政治学的恩师。麦金托什的口头禅是"兼听则明偏信则暗，要尽可能广泛地收集信息"。这听上去像是理所当然的寻常事，可人的地位上升到一定的高度后，听到的消息反而容易产生偏差。据奇斯了解，为了打破这一弊端，麦金托什下了不少功夫，花了很多心思。而奇斯也一直相信麦金托什副官的分析里面误差是很少的。比如船内人口减少就与麦金托什的预测一致。

　　因此，奇斯将与自己父亲年龄差不多的麦金托什任命为副官。

　　而作为要随时发出"诺亚方舟号"航行所需的船内技术相关指示的船长安德森，则是第一代船长菲利普·安德森的直系后人。不过这是奇斯原本没想到的。安德森与其说是船长，不如说是这个联合集团的最高责任人。继菲利普之后，虽然也有在兰伯特家族中挑选船长的时候，但除了要考虑候选人是否有冷静客观的判断能力之外，预见性和好运气也缺一不可。因此通常情况下，总统一般会从众多符合条件的船长候选人当中挑选出与自己脾气对付的那个人担任船长。

　　不过，安德森船长并不是从众多候选人当中被挑选出来的，而是直接被任命的。因为他担任船长的各项条件十分优异，因此兰伯特总统直接选中了他。

就在他就任不久之后，大家才知道原来他是第一任船长菲利普·安德森的直系后人。

按照地球时间来计算，就在半年前，"诺亚方舟号"调整了组织体制。在此之后，安德森船长向总统报告了如下事实。

不出十年，"诺亚方舟号"就会抵达应许之地这颗行星的卫星轨道。

事实上，观测队以及分析厅早在几年前便确认了以上事实，但不知何故，他们并没有向副官汇报此事。

同时，麦金托什副官也向总统汇报了这个事实。根据麦金托什所制定的信息公开法，原本积压的消息如今流动了起来。

消息积压的原因大致可以推测出来。在过往的体制下，汇报问题的同时需要将解决方案一并呈报。与此同时，汇聚到集中管理室的信息如同洪水一般，远远超过了工作人员的读取能力。结果，"诺亚方舟号"在最高领导完全不知道这个事实的情况下，继续在外太空航行着。

在新体制下，总统首先向全体乘客公布了这个信息。不管怎么说，这是这艘世代飞船的终极目标。人类的后裔可以繁衍生息的所在已渐渐清晰地出现在了眼前。

这是一件值得庆贺的事情。

因此，"诺亚方舟号"沉浸在一片欢庆的氛围当中。

截至那一刻,乘客们所知道的事实仅是如此。飞船内反复播放着《奇异恩典》这首曲子。通过饮食广场里的巨型显示屏,可以看见暗黑无边的宇宙深处,应许之地模模糊糊地浮现。当然,那并不是实际的画面。应许之地实际的图像即使播放出来,也不过就是暗黑宇宙当中一个极小的点而已。不论用多么大的显示屏播放,也无法看清。

即便如此,乘客们也深深地认识到,漫长的旅行已经快要临近终点。

安德森船长向总统提出了两项提案,这两项提案都立刻被付诸实施。

其一,大幅度调整安德森船长旗下的组织和人事构成。

其二,创设新天地问题综合研讨委员会。委员会由兰伯特总统直接负责。

所有乘客都知道世代飞船"诺亚方舟号"终有一天会在应许之地着陆。人类离开地球、飞出太阳系,在"诺亚方舟号"上历经了无数生与死的考验才终于走到这一步。然而,却无人可以预料,在新天地究竟会遇到什么样的问题。

委员会由两个小组构成。一个研讨有关航行技术层面的问题,主要由安德森船长负责;另一个讨论未来可能会遇到的各种问题,由麦金托什副官负责。

他们通常在总统办公室里汇报最新信息,并对此进行分析和讨论。

目前, 飞船内已经达成了共识, 不出十二个地球年, "诺亚方舟号" 便会抵达应许之地。

"首先是汇报过很多次的事情, '诺亚方舟号' 经过中间地段之后一直在减速航行。我们也一直在对前进方向进行微调, 绝对不用担心出现偏离目标坐标的情况。"

每一次, 都是由安德森船长首先对现状进行汇报。

"还没有找到抵达应许之地后的事项手册的详细内容吗? "

兰伯特总统在三人会议之初, 也总是习惯性地问这个问题。

这个问题既是问麦金托什副官, 也是在问安德森船长。

"除了《"抵达时" 概念》之外, 没有发现其他资料。"

《"抵达时" 概念》是记录在 "诺亚方舟号" 航行手册最终篇里的部分, 在出发时便已编录在飞船内的电脑上了。

它的内容是描述人类如何在异星环境下开拓出天国般的美好生活, 带领人类后代走向繁荣, 而非 "诺亚方舟号" 在到达时应如何分阶段从卫星轨道降落到地面。

换句话说, 它不过是描绘出了 "诺亚方舟号" 最理想的结局, 对于实务操作没有任何指导作用。

奇斯・兰伯特在就任总统时被授予了一个特别的总统登陆码。他想着会不会存在关于抵达应许之地时的机密资料, 因此对此进行了一番搜索。

答案是：没有。

他找到的仅仅是按照年代记录的船上人员资料、飞船内的历史，以及格雷厄姆·兰伯特向总统提出的《七项约定》。

奇斯呆若木鸡。他不禁想着，或许人类从地球出发的时候，并不认为自己终将抵达应许之地。

"可以由我先开始吗？"安德森船长开口了。

"请讲吧。"兰伯特总统答道。

三人相互说话的时候，都充分地表达了对彼此的敬意。

三人当中，奇斯·兰伯特最为年轻。安德森作为年长者，知识和经验之丰富让兰伯特敬佩，而麦金托什是自己的恩师，这一点兰伯特从未忘记。

"正如我上次所汇报的那样，'诺亚方舟号'船体无法在目的行星的表面着陆。我们考虑使用航天飞机，分批次将乘客们运往地表。这项操作，是否适用于全体乘客，我们还将继续讨论。刚刚在我们小组进行的研讨会上，组员们也发现了不同方面的问题。最有参考价值的是第一任船长的航行日志和当时乘客们的登船记录。我们将以此作为参考，着手制订详细的下船计划。"

即便是总统，他对飞船脱离太阳系的技术层面的了解，也和一名普通乘客相差无几。所以，为了尽可能地填补这些知识层面的差距，只要是他不明白的问题，无论多么微不足道，他也会当场发问。

"我这个问题可能就跟小孩子的问题一样可笑，不过，从地球上往'诺亚方舟号'运送乘客时，采取的是怎样的步骤呢？请尽量讲述得通俗易懂些。"

"根据记载，当时一共动用了三架航天飞机，在兰伯特财团的三个机场执行运输乘客的工作。飞机是可以搭载三百五十人的亚宇宙旅客机的改造型号。"

"这么说来，一架航天飞机大概要在地面和'诺亚方舟号'之间往返三十次。"

"是。"

"那三架航天飞机如今都保管在'诺亚方舟号'内吗？"

奇斯认为，航天飞机将最后一批乘客送上飞船之后，自然是没有必要再返回地面了。那么，如果那三架航天飞机被妥善保管，如今还可以使用，问题自然就解决了。然而，安德森船长却摇了摇头。

"航天飞机目前要么是做了其他用途，要么是已被废弃。当它们将所有乘客运送到'诺亚方舟号'后，它们的使命也就完成了。为了让'诺亚方舟号'脱离地球卫星轨道，尽早地飞离太阳系，必须提高飞船的推进力。这些飞机在几百年后是否会使用到，是否还能保持性能都不确定，当时做出的判断是飞船无法容纳这些过重的载物。因此，那些立刻就能用上的材质被从航天飞机上取下来，转用在了飞船内部，而其他的便毫不吝惜地抛在了卫星轨道上。"

"不知道飞机几百年后还能不能用，是指航天飞机的老化吗？即便是定期加以保养，也还是不能使用吗？"奇斯这么问着，话里似乎有点儿埋怨的意思。

"如果在相同的条件下进行完美的保管的话，或许还是可以使用的。燃料的话，也可以通过冲压发动机弄到一些多余的星际介质能源。只是，它们究竟能不能被用在应许之地，这一点尚不明确。因为我们对应许之地的环境一无所知。所以，即便航天飞机还存在，也未必能使用。由于要反复使用，航天飞机是依靠跑道进行起飞降落的机型，所以才会使用兰伯特财团的飞机场。而我们将要移居的行星，被认为拥有天然跑道的概率几乎为零。因此当时的推断是，无法使用往返于地球和宇宙飞船之间的航天飞机将乘客运往应许之地。"

尽管安德森船长采用了尽可能委婉的表达方式，但他也必须让总统意识到，已有的航天飞机无法在应许之地着陆这一事实。

"也就是说，飞船内目前没有航天飞机，我们必须重新制造？而且，还得是新型号的航天飞机。"

"从大方向来看，我们的确不得不这么考虑。飞船内聚集了不少优秀人才。我有信心，他们一定能提出让总统满意的方案。"

安德森船长这么结束了自己那天的发言。奇斯·兰伯特总是期望他所说的话都是真的。

总统在自己家中度过的私人时间逐渐多了起来。

奇斯·兰伯特的家人只有祖母一人，他没有妻子和孩子。此外，他也没有见过自己的父母。

"诺亚方舟号"遭遇过两次悲惨的事故。一次是发生在船长室和控制室的垮塌事故;另一次是星际介质穿透飞船的事故,后者恰巧发生在前者快要淡出人们记忆的时候。最初那场事故,由于事关"诺亚方舟号"能否在航行的中间地段顺利实现减速操作,因此在所有乘客心目中都留下了深刻的印象。第二次事故发生在连接华盛顿Ⅱ区和Ⅲ区的通道上,一颗陨石状的物体突然撞击导致了此次事故。那一次事故的遇难者一共有三十四名。星际介质撞击飞船的同时,区划之间的隔离门便立刻关闭,防止了受害范围的进一步扩大。遇难者只是运气不好,恰巧在那条通道上。在隔离门关闭之前,他们就已经失去了生命。

当时的遇难者里面也有奇斯·兰伯特的双亲。

此后,奇斯便由祖母茱莉亚·兰伯特一手抚养长大。从祖母下定决心要取代他的双亲的那一刻起,她便仿佛换了一个人似的,彻底褪去了往日的温柔。为了将奇斯培养成一名可以独当一面的男子汉,祖母可谓是倾注了自己全部的心血。关于飞船内教育不完备的方面,祖母便自己先学习,然后再教奇斯。此外,她认为自己的知识和教养也有不足的地方,于是便寻找更有能力的人教育奇斯。在奇斯当上华盛顿Ⅲ区的总负责人后,祖母似乎也觉得能够放手了。

她再度发生了一百八十度的大转变,从一位严厉的祖母变回了过去那位谦逊温柔的祖母。或许，她认为自己取代奇斯的双亲让奇斯成为有用之人的使命已经结束了吧。

"兰伯特家族的成员时常会对自身有些误解。"祖母常常这样说，"因为自己的姓氏是兰伯特，便认为自己是特别的人。觉得自己与众不同，又或者很伟大。你千万不要这样认为。别人认为兰伯特一家很特别，是因为我们的祖先格雷厄姆·兰伯特拥有大量的财富，同时还掌握着至高无上的权力。但这并不代表兰伯特家族的人就比别人要优秀。我们，只不过是出生在兰伯特家族而已。所以，如果你真的想要成为一个特别的人，那你就要比普通人更加努力地磨炼自己。不断地磨炼自己，直到成为一名即使抛掉兰伯特的姓氏，也优秀又特别的人为止。"

奇斯成了华盛顿Ⅲ区的总负责人，继而升任区划长。之后，这样的话便不再从祖母那里听到了。奇斯目前还是和祖母两人生活在一起。奇斯非常珍视自己的祖母，而祖母从未停止过照料奇斯的日常起居。无论是一日三餐、衣物的准备还是清扫房间，祖母都日复一日默默地为奇斯料理着。而按照地球时间来算的话，祖母也是八十岁高龄的老人了。

祖孙两人一起吃饭的时间并不少。虽然由于公务繁忙不能回家的时候有很多，但是只要有机会，奇斯总是尽量想办法和祖母待在一起。因为能够陪祖母度过的时间肯定是有限的，所以奇斯总是尽可能地待在家中，陪伴在祖母身旁。

　　而只要奇斯一和祖母联系,她便会准备好饭菜等着奇斯回家。祖孙二人坐在餐桌前,默默地吃着家常便饭。

　　祖母绝对不会询问跟奇斯工作相关的内容。她似乎认为,即使她问了也起不了什么作用。毕竟,自己的孙子十分出色地履行着自己的职责呢……能让祖母这么认为,奇斯也觉得无比自豪与欣慰。

　　有时候祖母会像是突然想起来一样抛出某个话题。不过奇斯也明白,这绝不是祖母心血来潮的举动。这是一直萦绕在祖母心底的牵挂。

　　"我们是不是已经接近应许之地了呀?"这一天,祖母开口说道,"最近听到很多音乐都和庆典相关呢。而且,跟之前相比,工作内容又增加了不少呢,很忙啊。不过,这是好事情呀,对不对?毕竟我们现在接近应许之地了呀。这艘宇宙飞船,从我们祖先那一代起便一直朝着应许之地的方向航行,一刻也没有停歇。所以这绝对是件好事情吧?"

　　"当然。"

　　奇斯喝了一口人造咖啡,回答祖母。没有必要把靠近应许之地之后将要面临的诸多问题告诉祖母,没有必要平添祖母的不安。

　　"果然,作为总统,公务的确繁忙啊。"聊天暂时中断了一小会儿,祖母又像是想起了什么似的,开口说道。

　　"是啊。我得对'诺亚方舟号'上面的全体乘客负责啊。不管怎样,总是会有些杂事的。"

奇斯有些不安。不会又要扯到那个话题上去吧。

"所以，你就连找老婆的时间都没了呢。这点儿时间都是抽不出来的呢。"

果然，还是扯到这个话题上了，奇斯想。他努力克制自己皱眉和噘嘴的冲动，尽量不让祖母看出自己的不耐烦。

"您说妻子啊。我暂时不需要。现在所有事情您都为我做得妥妥当当的呢。总统这个职位我不可能永远担任下去，等到任期一满，我自然就有时间了。我打算到时候再来慢慢寻找，到底谁才是适合我的人。"

像平常那样，空气安静了一会儿。有时候这个话题就到此结束了。

不过这一次，祖母却罕见地开口继续说道："这么说来，是因为我在照顾着你，所以你暂时没有找老婆的打算吗？"

"您千万不要这样想！"

"我只是觉得，你当了总统后，一定是被各种琐事烦恼着。所以，我希望你回到家里之后，能够尽可能地过得舒服一些。可是，这艘飞船是为了能让人类的后代子孙在应许之不断繁衍下去，才飞来宇宙深处的吧？"

"当然是这样的。"奇斯虽然这么回答着，但心里也清楚祖母到底想要表达什么。可是，他不能让祖母看出自己的不耐烦。祖母会说这样的话，都是因为她疼爱着自己，只能暂时忍耐一会儿了。

听到奇斯的回答，祖母的表情缓和了下来，"你能够明白这一点，我就放心了。作为总统，那就是国民，也就是'诺亚方舟号'全体乘客的表率啊。这个人应该是个榜样，是全人类的代表。若是这位人类的代表，到了第二地球上却没有自己的后代，这对于全体国民意识的树立是相当不利的啊。我也不可能一直这么健康地活下去。你要是能够建立自己的新家庭，我也好放心啊。"

祖母把想说的话都说了，心情似乎舒畅了一些。所以，不管奇斯想到什么样的借口，其实都不重要了。祖母并不在意奇斯的回答。奇斯自己也是明白的。他虽然是历代总统里面上任时年龄最小的，可现在也已经过了四十五岁了。以他现在的年龄去挑选伴侣，可不能说为时尚早了。

作为祖母，她并没有期待看到自己的曾孙出生。但她应该是很希望看到自己孙子的婚礼的吧。

奇斯明白，总统作为全体船员的表率理应有自己的小孩，不过是祖母的一种说辞罢了。

"你还要再添一碗米饭吗？"祖母问道。

奇斯这才回过神来，"啊，不用了。我已经吃饱了。"

"这样啊。话说自从你当了总统之后，就完全不喝酒了呢。"

"说不清楚什么时候就会发生紧急事件啊。在这期间也只能忍一忍了。"

祖母听完此话，也只能点点头。不仅仅是结婚这件事情。孙子为了自己的职业还牺牲了很多很多东西。不过，让祖母陷入这种悲伤的情绪当中，并非奇斯的本意。

虽然自己也不清楚许下的约定能不能实现，奇斯依然这么说道："关于刚才您说的那件事，我答应您，早晚我都会找一个合适的结婚对象的。我会努力趁您依然健康的时候把她带回来见您。所以，您一定要健健康康地活下去呀。"

听了这话，祖母流下了眼泪。她眯缝着双眼，轻轻抽泣着。过了一会儿，她平静下来。

"奇斯，你也是一名政治家呢。不管能不能实现，嘴上把对方哄开心也是你擅长的本领呢。"祖母虽未明说，但还是掩饰不住地开心。

奇斯虽然这么表态了，可是并不代表他就有兑现的自信。在奇斯看来，相较于让全人类成功着陆应许之地，这恐怕是更难完成的任务。

吃完晚饭后，祖母回到自己的房间里有一搭没一搭地看起了资料影片。这大概是她本能的需求吧。影片内容是祖母未曾亲眼见过的地球的自然景观。房间一整面墙壁上，展示着朝霞映照下一望无际的大海、森林中缓缓流淌的清澈溪流，还有各种鲜花盛放漫无边际的草原。背景音乐舒缓平静。此外，伴随着不同的画面，还能听见海浪的声音以及鸟儿婉转的歌唱。

奇斯时不时地偷偷看一眼房间里的祖母，心想，对祖母而言，那就是地球了吧。那是祖母自打出生以来，一直想要亲身感受的景象。

那么当祖母降落在了应许之地之后，她又会做何感想呢？祖母自己应该也是清楚的，她所看的有关地球的资料片，展示的是地球上理想状态下的自然景观。而尚未开拓、环境与地球截然不同的应许之地，对祖母而言应该十分奇异吧。降落之后，祖母是否能够接受完全未知的环境呢？应许之地，可从未跟人类许诺过，会和地球的生态类型完全一致哦。

奇斯轻手轻脚地离开了祖母的房间。

在办公室里等待麦金托什副官和安德森船长的宝贵的几分钟里，奇斯想的是祖母的笑脸。在此之前，奇斯刚去视察了位于俄克拉何马Ⅰ区的养老院。在那里有将近五百名年龄比祖母还要大、需要人看护的老人。他们会住进养老院，要么因为是身边已经没有了亲人，要么是因为亲人在飞船上从事着时间不规律的工作，无法照料自己。置身于寂静的办公室中，回想起刚刚与老人们的交谈，他忍不住又想起了自己的祖母。

按照地球时间计算，还有十来年就将到达应许之地了。到时候，是否能够向所有的乘客兑现降落在新天地的许诺呢？奇斯努力将心底的不安抹去。必须努力让所有人都踏上应许之地。这是总统身上肩负着的使命。

下一秒，麦金托什副官和安德森船长走了进来。奇斯回过神来。

会议时间到了。

按照惯例，会议将从飞船内区划长会议的报告开始。经确认，目前飞船内并未发生任何与航行相关的重大变化。这对奇斯总统而言比什么都重要。

之后，安德森船长开口说道："关于着陆到应许之地的航天飞机制造计划已经制订好了。"

奇斯总统情不自禁地欢呼起来。有了航天飞机，人类才有可能移居新天地啊。

"这真是个好消息！航天飞机什么时候能够制造出来？在进入应许之地卫星轨道前能够完成吗？"

"您批准之后，就可以立刻进入设计阶段。关于方案，希望您能先过目一下。"

安德森船长操作了一下自己左手腕上的 N-phone。随即，桌上出现了一幅影像，那是"诺亚方舟号"的整体画面。

安德森船长用手朝着其中一部分画面挥了挥，将图像放大。这是加利福尼亚 V 区的区划，处于"诺亚方舟号"的尾部。

"我们将这里选作制造航天飞机的区域。"

船长碰了碰自己的 N-phone，航天飞机出现在了画面扩大的区域上。

"那么，是要让加利福尼亚 V 区的居民搬家吗……"奇斯问道。

船长点了点头，"是的。跟我们从地球上出发时相比，乘客人口有所减少，所以这不是问题。我们打算让加利福尼亚Ⅳ区和Ⅴ区的居民在考虑目前工作的便利性的前提下搬家。"

奇斯总统不敢相信自己的耳朵。他反问道："不只是加利福尼亚Ⅴ区吗？"

"对。加利福尼亚Ⅳ区将成为制造工厂，生产航天飞机的零件。飞机将在加利福尼亚Ⅴ区进行组装。"

奇斯终于切切实实地感受到，要重新开始制造航天飞机了。

"航天飞机有多大呢？"

"一次能够搭载两百五十名乘客，并且可以垂直起降。可以说，与我们离开地球时使用的航天飞机完全不一样。"

"完全不一样……"

"我们无法确保滑行式的航天飞机在着陆时有足够的空间。一旦进入行星的卫星轨道，我们首先要选定着陆地点。虽然，关于着陆方式我们还没有形成最终结论，但是，我们认为能够以最小空间运输最多人次的航天飞机是最有效率的。"

"明白了。不过，如果要让所有乘客都安全降落在应许之地，航天飞机必须往返运输上百次吧？航天飞机能够承担吗？"

"从物理上来讲，是这样的。不过，我们打算让负责行星开发技术的人员优先降落在应许之地。这样就可以在地表制造新的航天飞机，同时推进平整土地的工作。不过这是下一个阶段的问题了。"

如果是这样的话，那么在飞船内的确是有必要腾出足够的空间来进行操作，总统终于理解了。不过……总觉得这样好像并不能解决所有的事情。

而这个预感是正确的。

"即使把加利福尼亚Ⅳ区和Ⅴ区的居民分散到其他各个区，居住空间方面应该还是有富余的吧。"奇斯回答道。可是，安德森船长却瞥了一眼麦金托什副官，然后慢慢地摇了摇头。

"事实上，希望总统您不要考虑将纽约Ⅴ区用于居住。应该说，请允许我们直接将纽约Ⅴ区用作航天飞机的制造用地。"

奇斯看了看麦金托什副官。麦金托什副官摇了摇头，一脸无可奈何。

这正是奇斯刚才有些挂心的地方。为了制造航天飞机，就必须调配各种原材料。而这些原材料只有可能在飞船内进行调配，而方法只有一个。

"据资料记载，在地球的海底居住着一种叫作章鱼的生物，当它陷入饥饿状态却又找不到食物的时候，就会吃掉自己的脚来抵御饥饿。我们目前处于无论如何也要制造出航天飞机的状态。我认为，目前唯一的办法就是模仿章鱼的这种习性。"安德森船长说道。

麦金托什副官点点头，随即又做了一些修正："关于章鱼这种生物的记载，我在地球档案馆读过。资料的确记载它们会吃掉自己的脚，不过并不是因为饥饿，而是因为紧张。不过原因是什么都无所谓，结果都一样。只是为什么会选中纽约Ⅴ区呢？纽约Ⅴ区与加利福尼亚Ⅳ区之间的距离相当可观呢。如果选择纽约Ⅰ区的话，是不是可以节约一些运输方面的成本呢？"麦金托什副官的话语听起来，像是已经在讨论批准征用区划的问题了。

"如果只从运输距离这方面考虑的话，的确是这样的。不过，纽约Ⅴ区有一些特殊情况。"

"哦？那究竟是什么呢？"

"我记得我曾经汇报过，将乘客们从地球运送到'诺亚方舟号'的航天飞机的零件被移作他用或者废弃了。这部分资料在第一任船长安德森的航行日志中有着非常清楚的记载。此外，我们又对保存的"诺亚方舟号"的设计图进行了确认。地球上的航天飞机零件大多被用在了纽约Ⅴ区。想必你们也知道，纽约Ⅴ区进入大气圈层的耐热规格，以及加压耐用壁的水准与其他区划都是不同的。我在想，最初的设计里面，纽约Ⅴ区应该是不存在的。"

奇斯总统以前也有注意到，整个区域都作为居住区域的纽约Ⅴ区与其他区划相比，天花板的确比较低，墙面的设计也与其他区划有着明显的差异。不过，他之前并没有深究原因，直到今天被告知这背后的缘由他才恍然大悟。

"明白了。就是说加利福尼亚Ⅳ区、Ⅴ区以及纽约Ⅴ区都不能使用了。不过，其他区划有条件收容这几个区的居民吗？"

这正是奇斯总统不安的地方。

"还有十年左右就到达目的地了。有的方面，只能让乘客们稍稍忍耐一下了。"

"比如说呢？"

"比如区划内的那些娱乐设施。因为它们是乘客们仅有的放松身心的地方，所以不可能全部取消，但是也不得不做出一些取舍。"

一瞬间，奇斯想起了自己小时候经常去娱乐设施玩的场景。"水仙原野"的阵阵花香、"天堂海滨"的浪涛声以及臭氧的气味。还有，把肌肤晒得有些刺痛的阳光。它们都不是真实的。虽然这只是假想中的地球，但对于年幼的奇斯来讲，这就是他关于地球的记忆。

如果这些娱乐设施全部都消失的话，那"诺亚方舟号"的船内生活该会变得多么枯燥乏味啊。成年人还好说，对于那些正处于成长期的孩子们而言，得多寂寞呀。

虽然目前他还不清楚试行方案的详情。

"我们只能朝着这个方向去尝试。"安德森船长做出了结论。研讨委员会技术部如今得出的结论就是如此。

奇斯总统点了点头。

"这应该是对全体乘客影响最大的一个变化了吧。"他确认道。

"不。还有无数我们无法预料的事情可能会发生。"

"比如说……"

"因为无法预料，所以目前也难以说明……接下来，我们会进入航天飞机的设计环节。我们不能保证纽约Ⅴ区能够提供制造航天飞机所需的全部材料。有可能，我们会要求其他区提供能够生产出原材料的回收资源。我认为，所有的乘客都有必要事先了解到这一点。希望可以避免最坏的情况发生。"

最坏的情况究竟是指什么，对于这一点奇斯总统的脑海中突然闪过一些念头。"诺亚方舟号"虽然进入了应许之地的卫星轨道，但是却无法降落在行星上，人类只能在飞船上渐渐老去。又或者，仅有很少一部分人能够通过降落密封舱被运送到行星的地表。

不，好不容易走到这一步了，无论如何也要让全体乘客都平安地站在应许之地的土地上。奇斯真心地希望着。即便不从总统的立场出发，他也会这么想。

"我们就以可能会出现这样的情况为前提，事先把信息都分享给所有乘客吧。"

"我也建议这么做。"麦金托什副官说。

近期得找一个时间，进行一次面向所有乘客的演讲，奇斯总统心想。可是，什么样的时间点才算是适当的呢？是不是再等一等，等安德森船长告知了更为详细的设计与制造计划之后再做演讲呢？或者，应该尽早地让全体乘客共享这个信息？

"明白了。那么，就请推进安德森船长所负责的技术部的计划吧。这些事情还是尽早向乘客们公开为妙。"

"按理说最好是尽早公开。"麦金托什副官摇了摇头，"只是，因为要同时公开调动计划，方案的公开是不是稍微延后一点儿？"

奇斯就此打定了主意。

航天飞机制造完成之后，它究竟要在环绕卫星轨道的"诺亚方舟号"与行星的地表之间往返多少个回合，经历多长的时间才能够把所有乘客运输到地面上呢？一想到这里，奇斯便有些心神不宁。到那个时候，自己的总统任期已经届满，重担也已经移交给下一任总统了吧。可是，对于铺平前往新行星定居的道路，他仍旧是肩负重任的。现任的所有成员一定要一起尽最大的努力安排好移居步骤。

在此之后又举行了数次会议。就汇报给奇斯总统的最新信息来看，关于居民搬迁的计划并没有发生重大改变。但由于涉及区划用途变更的其他配套方案还未完成，所以该计划暂时还无法向全体乘客公开。不过，这几次会议中，安德森船长都向奇斯总统汇报了跟技术相关的进展。每汇报一次，奇斯总统就感觉移居新天地的计划又向现实迈进了一步。

在这一天的会议中，麦金托什副官在做汇报之初提到，在汇报食物供给方案和通风检查计划之前，他想要先汇报另一件事。食物供给和通风在"诺亚方舟号"内称得上是最重要的事情。奇斯不禁挺直了背脊，也不知道是不是发生了什么必须纳入议题的重要事件。

"本来按照议程，我应该首先汇报食物供给方面的内容。但在此之前，我想先汇报另外的事项。考虑到这一事项会给移居计划带来根本性的影响，我希望可以优先汇报这件事。"

奇斯总统同意后，麦金托什副官开始在自己的 N-Phone 上操作起来。

桌子上显示出了一张图表。看到那张图表，奇斯总统立刻明白了是什么事情。

那是一张"诺亚方舟号"的乘客年龄分布图表。高龄乘客全部被标注成了红色。

奇斯有一种不好的预感。

"这是来自厚生委员会的建议。不知总统阁下是否听说过'行星传说'？"

所谓的行星传说，是指在"诺亚方舟号"内流传的都市传说。在飞船内的正式教育里面是绝不会提及的。不过，这些传说却被人们口口相传。

其中，最糟糕的一个传说提道：根本就不存在地球这颗星球。从远古时代开始，"诺亚方舟号"就因为受到诅咒而在太空里面漫无目的地流浪、生存。

另外还有一种流传甚广的说法：在外太空的人工重力环境下生长起来的生物，会因为无法承受行星的重力而死去。因此，人类根本不可能在行星上生存。

"嗯，听过那么几个。"

听到总统的回答，麦金托什副官面色痛苦地点了点头，"我听说已经开设了好几个习武馆了。适应了外太空生活的人类肌肉已经萎缩了，一旦降落在行星上，人类的肉体根本无法负荷这样的重力，因此无法生存下去……有这样的说法。"

"是的。这种说法其实有些夸张了。但根据厚生委员会的解释，这个说法也并非毫无根据。就普通年轻人而言，飞船降落到行星的地表后，他们是无法马上就像在宇宙飞船内一样活动的。必须在地表经过一定时间的训练才可以。而对于高龄老人，厚生委员会并不建议他们到行星上开展新的生活……"

听到这里，奇斯总统感觉自己有点儿头晕眼花。

意识到麦金托什副官和安德森船长都正看着自己，奇斯总统轻轻干咳了几声，然后示意道："请继续吧。"

"据我们估计，在目前的一万九千名乘客当中，能够适应移居行星生活的乘客在一万一千五百名左右。"

"这么少……也就是目前乘客总数的一半多一点儿啊。"

"是的。因为移居是十几年之后的事情了，在这段时间内乘客们也会逐渐老去。"

"根据你们的判断，多少岁以上就无法再适应重力了呢？"

"我们并不打算根据年龄层进行一刀切。每个人的情况都有所不同。我们计划根据行星环境适应测评分数来进行判断。采用测评机器，那么任何人都能随时了解自己究竟能不能适应应许之地的生活了。"

"即便不采用测评机器，也能大致明白自己有没有移居行星的条件吧。比如根据刚刚所说的年龄……"

"我明白。不过，采用测评机器的话，本人会更能接受测评的结果吧。顺带一提，就算移居计划不是十年之后而是现在立刻进行，我估计也只能留在飞船上面挥着旗子目送你们下船了。"麦金托什副官说着，脸上露出了自嘲的微笑。

奇斯总统一时不知道该做何评论。

"说起来，我也肯定会是留守飞船的人员呢。"安德森船长一边苦笑着说道，一边摇了摇头。

"奇斯总统在十几年以后应该也是没问题的。你一定可以站在新的地球上。"

无论是安德森船长还是麦金托什副官，都没有因为自己不能站在应许之地的土地上而产生任何动摇。奇斯也意识到，自己对于一定要站立在应许之地上的愿望其实并不强烈。只是，作为总统，一定要让全体乘客到达新天地，这份使命感从来不曾变过。

"那之后'诺亚方舟号'会如何呢？"

"它将在行星的卫星轨道上继续盘旋，为开发行星提供后方援助。在'诺亚方舟号'里面的生活应该和现在没什么两样。可能会一边看着下面的行星，一边生活着。"

按照正常的想法来看，乘客们自然希望能够站在新天地的土地上开拓行星。不过，在那一刻来临之前，乘客们的反应是难以切实预料的。

"'诺亚方舟号'将永远在卫星轨道上盘旋吗？"

奇斯的这个问题，看起来早已在安德森船长的意料当中。

"短时间内，'诺亚方舟号'可能会在卫星轨道上盘旋。不过，长远来看，它早晚会因为行星引力而坠落。"

"那这种情况……大概多久之后会发生？几年之内吗？"

奇斯想，这么说来，留在飞船上的八千多名乘客，最坏的结局就是和"诺亚方舟号"一起坠毁在地面上。他们无法站立在应许之地的地面上，只能与逐渐腐朽的宇宙飞船一起迎来相同的命运。这种结局想象起来实在是让人感觉无比空虚。

"五年或是十年之内，'诺亚方舟号'是不会坠落在地表的。此外，也还有别的几个办法可以选择。这是部分专家比较乐观的意见，如果可以定期对宇宙飞船进行维护，修正它的运行轨道，那么基本上可以半永久地确保飞行。"

听到这里，奇斯总统的心里稍微好受了一些。不过，若要定期修正运行轨道，就必须有相关技术人员常驻"诺亚方舟号"。

安德森船长继续说道："这可能会偏离'诺亚方舟号'原本的使用目的。不过，专家们也说过，一旦人类发现应许之地并非理想中的第二个地球，就必须向着下一个新天地出发。如果定期维护，那时候'诺亚方舟号'也许就还可以向着下一个目标前进。出于这个原因，我们也有必要定期维护'诺亚方舟号'。"这也是安德森船长一种比较乐观的预测，"当然，总统阁下在进行演讲的时候，最好还是不要提到这一层意思为好。"

"那肯定的。"

麦金托什副官将"诺亚方舟号"的乘客们不能全体降落在应许之地的预测告诉奇斯，如同将一块巨石重重地压在奇斯肩头。

全体乘客都下船，然后登陆新天地。奇斯不希望这点有任何改变。

祖母的脸庞此时又浮现在奇斯的脑海中。

对自己而言，要告别的是祖母。除此以外，还将出现多少不得不与家人诀别的情况呢？这种事情，能提前告诉全体乘客吗？

"或者，还有一种方案，先不分条件地让全体乘客都降落在地面。"

这正是奇斯总统所希望的方向，"如何做呢？能详细地告诉我吗？"

听见总统这么问，麦金托什副官不禁皱起了眉头，"我们将公平地把机会给到每一名乘客，让愿意下船的全体乘客都站立在应许之地的土地上。可是，就如同训练一般，无法适应的人就会掉队。"

"你是指死亡吗？"

"是的。假设我们完全不考虑行星环境的适应测定值，让每位乘客下到应许之地。运气好的话，或许会有测评不合格的乘客经过训练之后能够适应行星环境这样的奇迹出现……不过，这种概率很低。"

"即使明知乘客会死亡……也让对方下到应许之地吗？"

"说是死亡，其实就是淘汰的意思。通常，只有能够习惯新环境……能够适应新环境的人才能够存活下来。适者生存，这是真理。"

奇斯无意识地重重叹了一口气。淘汰，这种干巴巴的说法不正好说明了现实的残酷无情吗？

安德森船长接过麦金托什副官的话继续问道："谨慎起见，我想问一下。这种方案，会让所有愿意下船的乘客下船；那么，不愿意下船的乘客会让他们留在'诺亚方舟号'上，对吗？"

"没错。"

"明白了。虽然不知道到那个时候，我是否还是船长的身份，但我是打算把全部的人生都奉献给'诺亚方舟号'的。只要我还有一口气在，'诺亚方舟号'肯定就需要我。我选择留在'诺亚方舟号'上。"

这恐怕是安德森船长出于船长的职业伦理所进行的发言吧。

在此之后，又召开了数次会议进行讨论。在安德森船长的指挥下，航天飞机的设计和制造按照计划有条不紊地推进着。而有关资源调配的问题，也跟当初预计的一样，仅靠一个区域的再开发，会出现资源不足的情况。移居计划状况百出,有时候不得不像打地鼠那样一个一个地去解决。

为了得到全体乘客的协助,总统演讲势在必行。演讲将公布应许之地的登陆计划,以及为了制造航天飞机而实施的区域改造计划。此外,还将发出申请,希望乘客能够在日常工作之外,提供相关劳务支援。

这一次的演讲内容没有涉及居民迁移优先顺序。发表这番演讲,只是单纯地兑现尽早向全体乘客汇报的承诺,以便在出现意想不到的情况时可以取得全体乘客的理解和协助。

然而,那一部分没有向全体乘客说明的内容,依旧像一块巨石一般重重地压在奇斯心头。作为总统,他应该做出什么样的抉择呢?无论怎么思考,奇斯的内心都像是茫然的钟摆一样,摇摆不定。

接下来应该还有几年的考虑时间。只是,奇斯有预感,在对策正式公布之前,他的内心一定会饱受煎熬。

即便是在处理其他工作时,这个问题也一刻都不曾离开过他的脑海。

总统发表区域再开发演讲的日子越来越近了。

一次晚餐时,祖母向奇斯问道:"是不是有什么问题令你相当烦恼啊?"

奇斯连忙挤出一个笑脸。自己的表情竟然已经到了令祖母担心的程度了，作为一名政治家，这难道不是一种失职吗？

"没什么，只是日常工作堆积得有些多了。您不必担心。"

奇斯这么说了之后，祖母点点头，继续吃着晚餐。

看着祖母，奇斯心想，不管怎么考虑，十几年之后祖母也是无法站在应许之地的土地上的。如果那时候祖母还健在，情况会是怎样呢……

他无论如何也无法做到将祖母留在宇宙飞船上。如果祖母本人希望去应许之地的话，是否该带着她一起去呢？

祖母埋头喝着汤。随后，她放下勺子，维持着低头的姿态，开口说道："不知道为什么，总觉得奇斯跟你的祖父很像呢。"

奇斯没有任何关于祖父的记忆。跟祖母一起的生活占据了大部分他关于家庭的记忆。

"是吗？"

"是的，从你担任华盛顿Ⅲ区的区划长开始，你总是满腹心事的样子。跟奇斯你不一样的是，你祖父会时不时地找我商量。可是奇斯你却什么都不对我说。"

"您别想太多了。"

听奇斯这么说，祖母抬起头看着孙子，眼里仿佛在说"这是我该说的话"。

"可你满腹心事的样子，真的是和你祖父一模一样呢。我想这就是血缘吧。虽然我不知道这是不是兰伯特家族的遗传，但看起来，至少你已经遗传了你祖父的血统了。"

　　奇斯没有回话。他不想让祖母担心，假如回答了什么的话，不就等于向祖母承认自己心事满腹了吗？

　　"我是明白的。每次让你祖父烦恼的无非是应该采取怎样的优先顺序。究竟应该放弃什么，选择什么。如果无论怎么选都可以获得幸福的话，那他也就不至于如此烦恼了。你在为了我们大家寻找一条最完美的道路，对吧？所以我才觉得你和祖父很像呢，真的是太像了！"

　　这番话简直是正中靶心，奇斯想。自己真的这么像祖父吗？

　　奇斯注意到自己不自觉地点了点头。

　　"你知道祖先托付给我们的任务是什么吗？这件事情才应该是放在首位的。这艘宇宙飞船的目的就是，一旦发现了可以代替地球的新行星，就要让人类在这颗新的星球上继续繁衍生息，不让人类灭绝。只要能够实现这一点，那么做出什么样的判断都不会有太大的差池。这就是我们这一万九千人坚持到这一步的意义。这一点，你可千万别忘了呀。"

　　祖母这番话，奇斯原本也是明白的。只是，当面对各种各样的状况时，自己的内心难免会摇摆不定。而祖母的这番话让他又找回了自己的初心。

　　有些事情我以为自己是明白的，其实并没有真的想明白。这是奇斯听完祖母的这番话之后的感悟。

"只要你明白了这个道理，那无论将来别人怎么评价你，又或者说你会受到怎样的指责都不重要了，因为奇斯你所做出的选择是正确的选择。"

"谢谢！听完祖母的话，我心里轻松多了。"

作为孙子的奇斯，发自内心地向祖母表示了感谢。

从祖母的房间里面传出了贝多芬的《田园》。奇斯知道，祖母又在看关于地球的影像档案，那是她从未亲眼见过的地球的景象。

奇斯能够感觉到，有些事情在理智上能够接受，可是情绪上却未必过得去。

总统的演讲已经越来越近了。

威廉·盖兹的房间

　　"诺亚方舟号"的外观在一点点地改变着。虽然无法实际看到飞船的整体形象，但乘客们若是操作左手手腕上的 N-phone，就可以通过电脑图像了解"诺亚方舟号"变样后的形状。

　　加利福尼亚区的外观几乎没有什么变化。不过，内部的构造就大不同了。加利福尼亚 V 区落成了组装工厂，负责组装将乘客运送到应许之地的航天飞机，并计划在飞机组装完成之后改建为飞机的起降场地。此外，加利福尼亚 IV 区里冶炼再循环资源的联合工厂以及零件的加工厂，也一刻不停地运转着。

　　外观有大幅度改动的，是纽约区。

　　根据当初的计划，为了建造航天飞机，需要充分地使用纽约 V

区。而随着计划的一步步推进,如今,纽约Ⅴ区几乎已经完全消失了。

目前,从纽约Ⅳ区通往纽约Ⅴ区的环线入口已经关闭。而纽约Ⅴ区本身已经解体。现在的世代飞船"诺亚方舟号"上,已经不存在纽约Ⅴ区了。

幸雄·前桥一边飞快地扫了一眼 N-phone 上显示的劝说手册内容,一边继续大声朝面前紧闭的大门呼喊道:"这就是'诺亚方舟号'的现实情况。虽然按照计划,一切都会顺利进行,全体乘客也对此深信不疑。不过,原材料实际上并不充足。事到如今也无法再走回头路了。因此,纽约Ⅴ区的航天飞机无论如何都必须完成。总统也希望能够得到大家的理解与配合。"

幸雄·前桥说完"请您多多理解"后,开始等待对方的反应。

幸雄·前桥家世世代代都从事着与空气管理相关的工作,他也曾是空气管理局的职员,一直在纽约Ⅴ区工作。

但随着纽约Ⅴ区的搬迁工作结束,他原先的那份工作也就不复存在了。目前,他是临时搬迁局的职员,负责劝说与协调纽约Ⅳ区的居民搬迁。

幸雄喊话的对象,是一台大门上的对讲装置。那台对讲装置上,没有传来任何回应,门自然也没有打开。

幸雄十分清楚,住在这扇门后面的居民接下来会面临什么样的情况。

在一定的时间内，他们会面临各种各样的劝说。临时搬迁局会充分考虑对方的立场，提出数个代替方案和搬迁条件。

然而，如果对方仍然不同意搬迁，接下来就会采取暴力手段了。

就是所谓的强制执行。

无一例外。就算对方是兰伯特家族的一员也不会网开一面。

一旦进入强制执行阶段，之前提出的优厚条件将统统作废，而且也无法再选择搬迁地点。

因此，幸雄总是尽可能地避免事态发展到这一步。

得到对方的理解，在双方协商一致的基础上进行搬迁，这当然是最理想的结果。然而，并不是所有人都愿意配合。

幸雄看了一眼自己的搭档格力·路易斯——临时搬迁局的职员在劝说居民搬迁时必须两名员工一同前往，这是规定。

因为无人可以预测被劝说搬家的居民会做何反应。

基本上大部分居民都能友好地进行协商。不过，也有一小部分居民连话都不愿意听。虽说发生意外的情况很少，但不能说没有，甚至包括一些暴力行为。

为了应付预料外的情况，必须两名职员一同前往进行劝说。

"肯定就在房间里呢。"格力皱着眉头说道。

"威廉·盖兹先生，您能听见吗？您就在房间里面吧？"他对着门上的对讲装置喊道，可是仍旧没有任何回应。

"他肯定在房间里面。室内的环境维持系统正处于打开的状态呢。"格力一边看着自己的 N-phone 一边说。

"要不，我们再试着拨一次威廉·盖兹先生的 N-phone 吧？"虽然幸雄对此不抱任何期待，但除此之外，也没有别的办法了。

格力表示同意，举起了左手手腕。

所有乘客都佩戴着 N-phone，那么应该能够联络到对方。

"不接电话。"几十秒之后，格力看着自己的 N-phone，噘嘴说道。

果然是这样，幸雄想。

"那位威廉先生据说是一位上了年纪的老人。"

"嗯。"应该是独居老人吧。不过，就算耳朵不好使了，N-phone来电的时候也会发光和振动。不可能注意不到。估计是因为知道来电者是临时搬迁局的职员，不想接电话罢了。遇上这种情况，双方就只能比耐性了。

说到搬迁这件事，只要随随便便搜一搜信息便可以立刻明白一二。如果幸雄他们访问了这个区域的各位负责人，那么工作时通常会被居民们率先问道："是说搬迁的事情吧？"随后，他们会默默听完幸雄他们的解释，然后立刻表示将配合搬迁一事。

真的只有极少数的人，会有不一样的反应。

他们会拒绝从现在居住的地方搬走。其中的理由各不相同。有人说无法抛弃生他养他的地方，也有人说不愿离开有着关于父母或家人的回忆的地方。

总之，对于必须要搬迁至一个全新的环境，多数人会感到不安。一旦到了某个年龄，人们似乎就很容易对过于创新的事物、事件产生抗拒心理。

对于威廉·盖兹在屋里完全不给出任何回应的原因，他们并不知晓。也许是有什么误解吧，或许见面之后把话说开了就没什么问题了，他也会很快同意搬家一事。所以，现在要下定论还为时过早。

在第一阶段，幸雄他们总是通过喊门，努力让居民将房门打开。就这样一遍一遍不断地尝试着。

在过了劝说期限之后便会进入第二阶段，也就是最终阶段。这个时候会委托技术部门的拆迁队出动。

这便是强制执行。房门会被强行破开。随后，搬迁局的职员会将居民带往新的居住地点。

仅此而已。即使拼尽全力去抵抗，也不会有任何效果，其实谁都知道这个结果。

格力歪着头，叽叽咕咕像是在自言自语一样对幸雄说道："怎么会这么固执呢，真是搞不懂。不管是在哪个区域哪个房间，大小也好布局也好设备也好，完全一模一样。如果是有窗户，那么窗外的风景或许还多少有些不同。可是屋里没有窗户啊。稍微合作一点儿，不是很好吗？"

幸雄完全同意格力的说法。

不管是哪一个房间，作为生活空间来说，条件都是一模一样的。就连空气管道和垃圾投放处的位置都完全相同。

要说有什么不同，那就只有居民自己的家具和生活用品了。可只要按原来的位置将这些东西在新家布置好，也就什么问题都没有了。

到目前为止，他们还从来没有遇到过如此无视搬迁局职员喊门的情况。

格力已经放弃拨打威廉·盖兹的N-phone了。他只是抱着胳膊，站在门前，"距离劝说阶段结束，还有多长时间？"

"六十个小时。"幸雄确认道。

"那现在叫破坏队的人还早了点儿。"

格力是这样称呼拆迁队的。在最终阶段到来之前，不放弃地劝说到最后一刻，取得对方的同意，这就是幸雄他们的工作。虽然在不经对方同意的情况下，采用暴力实现搬迁的方式更为简单，但这样一来，也就没有幸雄他们存在的意义了。

斜对面的屋子里突然出来了两个小孩。看起来是兄弟。两个小孩肩上都背着巨大的挎包。像是弟弟的小孩对着幸雄和格力问候了一句："你们好。"

幸雄也回答说："嗯，你们好。"这两兄弟一家应该也是要搬家的。所以，两人背着的应该是行李。按计划，应该是要搬到俄克拉何马区。宇宙农场的附近还有一些空置的区域，这样这个区域的人在搬过去之后还可以彼此住得比较近。搬迁局是这么为他们考虑的。按照计划,威廉·盖兹也应该是搬到那里去。

兄弟俩的父母似乎还在屋子里面忙碌着。他们就站在路边等待着。

"叔叔,你们在做什么呢?"弟弟发问了。

"嗯,我们必须和住在这间屋里的人谈谈,可是我们没能见着他。"幸雄回答。

"是盖兹爷爷呢。"这一次回答的是哥哥。

"你们认识?"

兄弟俩同时点了点头。

"有时会见到他。"弟弟说。

"是个什么样的老爷爷?"格力问道。

"很瘦,总是笑眯眯的。"弟弟说。

"并没有笑眯眯的呢。每次见到他,他好像都在思考着什么似的。"哥哥补充道。

"他对我是笑眯眯的。"

"你们和他说过话吗?"

听幸雄这么一问,兄弟俩同时摇了摇头。

"你们最后一次见到他是什么时候?"

兄弟俩对望了一眼。仅凭这个动作,幸雄便明白他们应该已经有很长时间没有见到过威廉·盖兹了。而兄弟俩关于老人的印象,应该也只是来自偶然的相遇，可信度并不高。

"是吗？谢谢你们。"在对孩子们道谢的时候，兄弟俩的父母出现了。母亲挺着大肚子，里面应该是她的第三个孩子。而父亲正指挥着一辆装满了家当的手推车从房间里面走出来。手推车是那种既可以用四条腿走路也可以使用车轮的款式。

父亲看见站在孩子们面前的临时搬迁局职员，一时有些疑惑，像是搞不清状况似的眨巴着眼睛。直到孩子们用手指了指对面的房门，他这才明白过来，然后对着幸雄说："辛苦你们了。你们是找盖兹先生有事吗？"

"是的。不过，我们还没有和盖兹先生见上面。"幸雄直截了当地回答道。

男人有些无奈地摇了摇头，"盖兹先生几乎不和周围的人来往。我自从结婚之后便搬到这里来了。我刚搬来时跟周围的邻居都问候了一下，那时候他也不出来。区划里的聚会也从来见不到他的身影。我好像总共就见过他几次。你和他说过话吗？"男人问自己快要临盆的妻子。

"我听孩子们说起过几次，他们似乎见过盖兹先生。但是，我自己从没见过他。"妻子回答道。

听完这位妻子的话，幸雄脑中生起了不着边际的联想，莫非这位威廉·盖兹先生像传说中的妖怪一样吗？

他不像是真实存在的，而更像是一位被人们想象出来的人物。

不过，如果乘客是独居，且年迈没有亲人，就可以由本人提出申请，让一日三餐通过安装在房间里面的管道进行配送。只要居民愿意，不用出屋，也无须和别人打交道，生活也完全可以继续下去。

至少不会被饿死。出于对居民人权的尊重，除了等待房门从里面被打开以外，别无他法。

要让房门从里面打开……那么，这位叫作威廉·盖兹的老人就必须能够听到幸雄他们的喊门声才行。

"对了，接下来，我们就要搬到新的地方去了。"对门的男人对幸雄他们说道。

"谢谢您的配合。"

幸雄他们目送着这家人离去，正在此时，两人的 N-phone 同时响了起来。

搬迁局发出了指示。

是来自技术局的要求。位于搬迁推进区之外的某位居民提出了自愿提供稀土类金属的申请。因此，幸雄和格力必须立刻去领取含有该金属的装置。并且，这项任务优先于他们正在执行的任务。

他们必须离开目前这个区域，前往指示的纽约Ⅱ区，从资源提供者那里取回类似黑盒子一样的装置，再将该装置交给位于加利福尼亚Ⅳ区的技术局。

幸雄和格力之所以会收到这条指示，可能是因为他们是离纽约Ⅱ区最近的职员。

要去纽约Ⅱ区取回的装置是 N-phone 更新换代之前的通信设备，比 N-phone 要早两代。提供者是一位叫詹姆斯·戈登的老人。以他的年龄，他完全可以选择在俄克拉何马Ⅰ区的养老院生活，可是詹姆斯老人却选择了独自一人在纽约Ⅱ区生活。

老人詹姆斯将该装置交给了幸雄和格力。幸雄还是第一次看到这种通信设备。

"现在，已经没有人在使用这种设备了。过去的话，只有区划长才能配备一台这种通信设备呢。虽然现在已经没有任何用处了，可扔了又觉得可惜。"

即便现在这种装置已经不能使用了，但它的零件里面仍然含有少量贵重的稀土类金属。詹姆斯老人的想法很乐观，如果号召"诺亚方舟号"上的所有乘客都将其他含有稀土类金属的装置交出来的话，或许能凑够所需的量。

"本来，一开始我们就已经放弃登陆应许之地了。不过，作为'诺亚方舟号'的一员，不，作为人类的一员，提供协助也是理所当然的事情。据说，安德森也还在努力呢。"

"安德森？您是说船长吗？"

格力追问道，对方点点头，表示肯定："在我做纽约Ⅳ区的区划长时，安德森还在我的区划内担任过大型活动的志愿者。他虽然是学技术出身，但是有一种与生俱来的与人打交道的能力。所以，他升到船长的位置，那简直就是早晚的事情。"

幸雄与格力对望了一眼。虽说二人都听说了詹姆斯老人曾经担任过区划长,不过他们都以为是纽约Ⅱ区的区划长,没想到竟然是纽约Ⅳ区的区划长。

"我可以问您一个问题吗? 在您担任纽约Ⅳ区的区划长时,当时的居民您还有印象吗? "幸雄不假思索地脱口问道。

"嗯,虽说我当过区划长,可是区划内也有好几千人呢。经常见面的还好说,要说认识全部的人那倒真有些不太可能。"

这个,自然是这个道理,幸雄想。他这一问,也就像是溺水的人试图抓住救命稻草一样。

"你是要找一位什么样的人? "

"跟詹姆斯·戈登先生年龄差不多的人,名字叫作威廉·盖兹。"幸雄想着随口问问,就算没得到有价值的答案也不亏,所以试着说明了一下。

詹姆斯老人歪了歪头,皱起眉。

幸雄想,对方会有这样的反应也是理所当然的。

"啊,我想起来了。他和我是同岁。我年轻的时候就认识他了。那个人个性稳重,很受大家喜爱。他好像是在区划里的总务局做事情吧。我跟他私下应该说过话的……我从区划长的位置上退下来之后,便搬来纽约Ⅱ区和女儿夫妇俩一起住了。打那之后我和他便再也没有见过面了。盖兹他怎么了? 他还好吧? 他还住在纽约Ⅳ区吗? 啊,对了……纽约Ⅳ区就快解体了。"

看见幸雄他们脸上的表情，詹姆斯老人似乎明白了他们为什么要问这个问题。

"这么说来，威廉·盖兹是出了什么事情吗？"

"是的。"

坦率来讲，无论是幸雄还是格力，充其量也就是知道威廉·盖兹的年龄、名字和简单的经历而已。詹姆斯老人似乎也意识到了这一点。于是幸雄简要地将截至目前发生的事情讲了一遍。

"我们负责的居民数目非常多，其中大部分居民接触下来都没有任何问题，因此我们也不会在执行任务之前进行非常深入的调查。"

在遇到威廉·盖兹之前，他们都是这样操作的。有时候解释和说明工作会稍稍花些时间，但碰上完全不予回应的情况，还是第一次。

"嗯——"詹姆斯老人右手握拳，抵在嘴边。这似乎是他思考时的习惯动作。

"人是会变的吧。我所认识的那个稳重的人，只是年轻时候的他。我女儿现在也经常会说我的性子越来越慢了。所以，威廉·盖兹究竟是不是还和当时我所认识的他一样，这还真的不好说呢。"

"那位盖兹先生，究竟是一个怎么样的人呢？"

詹姆斯老人指着幸雄拿着的信息终端说道："如果你们不赶时间的话，不如拿着这个 K-phone 到屋里来吧。那样可能会好理解一些。"

幸雄心想，这个 K-phone 里面或许保存着威廉·盖兹的信息。将这个信息终端交给技术局，取出里面的稀土类金属之后，剩下的零配件也将变成制造航天飞机的材料吧。

幸雄和格力对视了一眼，然后说道："就听您的吧。"

他俩跟着詹姆斯老人进了房间。詹姆斯老人伸出手，幸雄将信息终端交给老人。老人将信息终端放入一个正对着他们的装置。打开装置后，墙壁上展现出一段段的文字。与此同时，各式各样的人脸也出现在墙壁上。画面从左向右播放。然后从下往上滚动。詹姆斯老人有些不耐烦地伸出手掌对着画面做出滑动的样子。于是，画面变化的速度变快了。

当他手上的动作停止以后，画面也静止下来。

这是一张中年男子的照片，只有上半身。神情看上去有些微妙，不过单凭一张照片，还看不出他的性格。照片上的男子没有什么特点。感觉在"诺亚方舟号"上任何一个区域的道路上都可能会和这样长相的男子擦身而过。

"这个人就是威廉·盖兹先生吗？"

"是。这就是我所认识的威廉·盖兹。当时，我是纽约Ⅳ区的区划长，而他在纽约Ⅳ区的总务部工作。不过，他同时还在做志愿者，担当娱乐设施的工作人员。我女儿特别喜欢去'人鱼礁湖'玩。那个设施设置在纽约Ⅳ区和Ⅴ区之间。我和女儿一起打发闲暇时光时，她总是一个人尽兴地玩着。而这时候陪我聊天的，就是威廉·盖兹。那时候，我没有想到他是总务部的，只是来娱乐设施做志愿者，而他应该也没有想到我是区划长吧。我们随便聊着家常，聊着我除了 N-phone 之外还拥有 K-phone 等等，言语之间，我们彼此的了解不断地加深了。"

随后，詹姆斯老人从他担任区划长时期的数据里面调出了有关威廉·盖兹的信息。

威廉·盖兹做着"人鱼礁湖"娱乐设施的维护以及粉刷工作，人手不够的时候，他也会担任大型活动的工作人员。当时，威廉·盖兹是和父母史蒂夫·盖兹夫妇同住。

"现在'人鱼礁湖'已经拆除了吧？"

"嗯，是的。在纽约 V 区解体之前就拆除了。不过，在此之前，它应该也被闲置很长一段时间了。"

幸雄也对"人鱼礁湖"有着模模糊糊的记忆。那是一个以被地球的大海环抱着的小岛为基础来设计的娱乐设施。能够让人联想到太阳和蓝色的海面。至于更加细节的部分，就算回忆起来了，他也没办法保证是否正确。不过，他很肯定，大海的颜色是明亮的淡蓝色。

将威廉·盖兹的简历放大之后一看，里面果然包括了关于"人鱼礁湖"的信息。

詹姆斯老人用手触碰了一下"人鱼礁湖"这几个字，墙壁上立

刻出现了一段关于这个娱乐设施的影像，是"人鱼礁湖"内部的
景象。

不过，幸雄发现墙上出现的"人鱼礁湖"跟他记忆中的有些不
同。原来，那里的植物竟然生长得如此繁茂呢。可能当时大海留给
他的印象太过于强烈了吧。

他们没有在这段影像中看到威廉·盖兹的身影。

"我从来没有遇到过作为总务局工作人员的威廉·盖兹，只知
道他后来结婚了。因为有报告递交上来。再之后，我女儿的兴趣也
渐渐转移到了别的地方。我们没有再去'人鱼礁湖'，自然也就没
有再和他说过话了。"

"就这些吗？您记得可真是清楚啊。对方只是娱乐设施里面的
一名志愿者呢。"幸雄说出了他的真实感受。

"是的。当安德森说他想向人请教志愿者工作的诀窍时，我还
将威廉·盖兹介绍给了他。另外，他对我的女儿照顾得非常贴心。
最重要的……是他说话时对人真诚。他有一双非常清澈的眼睛。
因为这些，我记住了他的名字。记忆中也保留着对这个人的印象。"
詹姆斯老人将信息终端的电源关掉，还给了幸雄，"关于他，我也就
只有这么一点点印象，可能帮不了你们什么。"

"哪里的话，非常感谢您抽出了这么宝贵的时间。那么，在您看
来，威廉·盖兹先生究竟是怎样的一个人呢？"

"他几乎不怎么谈论自己的事情。总之，他给人的感觉是眼神

很温柔，让人愿意跟他聊任何事情。他似乎自带某种气场，可以包容一切的气场。"

从这番话里看不出威廉·盖兹有任何拒绝与幸雄他们接触的理由。

"安德森船长向威廉·盖兹学了什么呢？是什么样的诀窍？"

"哦，当时在大型活动中有一个超重力肌肉训练项目。这个训练项目是为了让人降落在新的星球之后，能够适应超重力环境。虽然不知道这样的训练有多大的效果，不过威廉曾经指导过这个项目，并且很受欢迎。据威廉说，他的这些本领都是他的父母传授给他的。当时，他和父母住在一起，所以我想这些本来应该是在日常生活中培养起来的吧。"

之后，他的父母应该过世了吧，幸雄心想。现在他住的屋子里应该只有他一个人了吧。

看来，果然还是因为屋里拥有与家人的回忆吧？威廉·盖兹从小就在那间屋子里生活，因此才会对那间屋子如此执着。

向詹姆斯老人道谢之后，两人离开了纽约Ⅱ区。

幸雄在环线上呆呆地想着，要不，将信息终端交到加利福尼亚Ⅳ区的技术局之后，再去一趟威廉·盖兹的房间吧。

这时，格力的 N-phone 响了起来。

"来了，来了。"格力瞄了一眼左手腕说道。

"怎么了？"幸雄问道。

格力得意扬扬地说道:"我女朋友在总务局工作。刚才,詹姆斯老人不是也说过吗,威廉·盖兹结婚了。我在想,他是不是在父母去世之后才结婚的呢。于是,我赶紧向我女朋友求证了一下。"

格力一边扫着 N-phone 上的信息一边说着:"安吉莉可·盖兹。按照地球时间计算的话,她差不多是在七十岁的时候去世的。也就是大约十年前。啊……她果然是在威廉·盖兹的父亲去世之后,和威廉结婚的。"

"她是怎样的一位女性呢?"

"不清楚。我还没有问到这些细节信息。要不我试着问问吧?"

格力这一次直接呼叫了 N-phone:"苏珊,你在上班吧?不好意思。关于威廉·盖兹夫人的事情,你那里还有其他信息吗?"

看来,格力在总务局工作的女朋友名字叫作苏珊。

"目前知道的就这些了,抱歉。"对方用不带任何感情色彩的声音回答道。

"威廉·盖兹在父亲去世之后才认识了他的夫人吗?"

"这个我也不清楚。我现在工作有点儿忙,因为搬迁居民的协调问题正手忙脚乱的呢。"

格力只好结束了与女友的通话。结果最后什么信息也没有问到。

将信息终端交给技术局之后,幸雄再次回到了纽约Ⅳ区,与居民们进行沟通协调。必须将搬迁的劝说工作有效地进行下去。

"要不，我们再去一趟威廉·盖兹先生的住处怎么样？"幸雄提议道。

"好。之后我们也不大可能再一趟一趟地去他那里了。"

幸雄和格力被分配的协调家庭还剩下五百户左右。在现阶段，他们能够再去到威廉·盖兹的住处进行劝说的机会，最多还有一次。

在去纽约Ⅳ区未访问的家庭之前，两人又去了一趟威廉·盖兹的住处。

这一次，他们决定在劝说的方式上做一些改变。

他们假装无意地将在詹姆斯老人那里获得的信息加入了劝说的内容中："威廉·盖兹先生，您还记得曾担任纽约Ⅳ区区划长的詹姆斯·戈登先生吗？他对您可是赞不绝口啊。听说您在'人鱼礁湖'那里做过志愿者吧？"

幸雄的声音渐渐变低，因为屋内并没有任何反应。

站在幸雄旁边的格力似乎已经达到了忍耐的极限。他挡在幸雄前面对威廉·盖兹大声发出警告："威廉·盖兹先生，您知道强制执行这件事吧？从初次拜访的时间算起，一旦过了规定时间，我们就得暴力拆除您家的门，并将您遣送离开。或许，您想要向我们展示抵抗到底的姿态，可是，这样做对您而言是一点儿好处都没有的。您也没有传递出任何有效的信息。您明白吗？"

格力带着威胁的口吻不断警告屋里的人，但当他发现这样做没有任何效果之后，最终闭上了嘴。他向幸雄耸了耸肩，看起来有些无能为力，"真是没辙了。"

他们决定先将这间屋子的问题搁置，过后再来拜访。时间或许会让威廉平静下来。到那时候，他可能会愿意再听听幸雄他们的话。

于是，两人先去拜访那些还没有去过的家庭了。他们想，在规定的时间到来之前，应该还可以再来几趟，确认威廉·盖兹的反应。

他们之后从通往纽约Ⅲ区的环线附近开始了劝说工作。需要进行情况说明和劝说工作的家庭还剩下不少呢。

不过，拜访工作的推进高效得令人吃惊。要拜访的居民似乎都已经对情况有所理解，并友好地对他们的工作表现出配合态度。而且，无论是幸雄还是格力，他们劝说的技巧都比刚开始进行这项工作时提升了不少。不对，与其说是劝说技巧提升了，不如说是对劝说手册的内容越来越熟悉了。几乎不需要考虑什么，劝说的话语便脱口而出了。

在访问工作不断向前推进的过程中，两人渐渐将威廉·盖兹的事情抛在了脑后。

让他们想起这件事情的是总务局突然打来的电话。

对方告知他们，威廉·盖兹的屋子已经超过了规定的劝说时限，就要被移交强制执行了。

"技术局的拆迁队已经到达那间屋子了，现在可以进去开展工作吗？"

"请稍微等一下。我们马上就过去。"

幸雄觉得无论如何自己都必须要再劝说威廉·盖兹一次。或许这一次，对方会有所回应呢？

威廉·盖兹的住处面前停着一辆油压加重机，操作这台机器的两位拆迁队的队员和联系他们的那位总务局员工也在。

"请让我再试着和威廉·盖兹先生说说话吧，一次就好。不再试一下，我有些过意不去。"

来自总务局的那位男子立刻同意了。拆迁队也是按照规定办事。只要搬迁局的员工提出要求，他们就会尽量配合。所以，强制执行绝非专断独行，他们还提前通知了幸雄他们。

"威廉·盖兹先生，请您开开门好吗？如果你再不开门的话，就会进入强制执行的阶段。技术局拆迁队的人会直接将您的房门打开。拜托您了，把门打开吧。"

然而，同之前并没有什么不同，屋内依旧是没有任何反应。这是在表示，他对房间外发生的事情都没有任何兴趣吗？

总务局的男子确认了安装在房间外面的计量表后说："他在里面。"

"是的，我知道。"

"那么，开始强制执行吧。请向里面那位也这么宣布吧。"

已经没有任何理由再拖延下去了。接下来，幸雄尽可能公事公办地向门内的人告知，他们即将进入强制执行阶段。

威廉・盖兹究竟在屋里做什么呢？他一直拒绝从屋里走出来的理由又是什么呢？

幸雄无论如何也想不出理由。

屋内依旧没有任何反应。

"接下来拜托你们了。"总务局的职员对拆迁队的人员说道。

拆迁队的其中一人坐上了油压加重机的座席。四条腿的装置无声地向前移动，与房门紧密地贴在了一起。

"好，开始！"站在幸雄旁边的技术局员工说道。

"开始！"油压加重机上的男子也重复了一遍。

令人不快的不规律的金属声响了几次之后，加重机的低频音停止了。

"可以打开了。"

"好的。"幸雄一边回答，一边想，就没有那种不需要大动干戈也能打开所有房门的智能开锁大师吗？莫非对方还料到了总务局有这样的控制系统？

接下来就是开门。应该怎么做？威廉・盖兹会拿着类似武器一样的东西袭击他们吗？幸雄还没有考虑过这种情况，自然也没考虑过应对方法。不过，无论威廉・盖兹做出什么事情来他都不会觉得奇怪。

拆迁队的人和总务局的男子看着幸雄和格力，但他们自己并不往屋里走。他们明白，一旦房间的门锁被打开，他们的工作便结束了。

"赶快进去看看吧。"他们一边说一边看着幸雄他们。

幸雄和格力对视了一眼，然后缓缓打开了房门。

屋子里面的灯光倾泻而出，照在通道上。通道上的光稍暗一些，因而房间里的明亮程度更加一目了然。

并没有出现令他们担心的突然袭击。玄关处洒满了灯光。幸雄和格力喊了威廉·盖兹的名字。

没有回应。不过，里面的房间传来了家具翻倒的声音。里面那间屋子好像很宽敞。幸雄坚信威廉·盖兹肯定是在里屋，因此大声呼喊着他的名字走进了里屋。

里屋的光线暗淡一些。有人在房间里剧烈地摇晃着。天花板的金属柱子上挂着一根绳子。男人就吊在绳子上面。那剧烈的摇晃就是男子刚刚上吊的证据。大概是因为痛苦，他的双腿用力地晃动着。男人的脚边倒着一把椅子。他们刚才听到的声音应该就是椅子倒地发出来的。

格力将他的双腿抱住，幸雄大声喊道："大家快过来！他上……上吊了！"

幸亏拆迁队和总务局的男子都飞奔到了里屋，这才成功地将上吊的男人放到了地板上。格力呼叫了急救队的人。

躺在地上的老人完全失去了意识。恐怕他早就决定要在屋子被打开的那一刻，放弃自己的生命。

根据他左手腕上佩戴着的 N-phone 显示，这位老人就是威廉·盖兹。在詹姆斯老人通信终端上看到的威廉的图像毕竟是几十年前的了，实在很难与眼前这位老人联系起来。

"威廉先生！威廉·盖兹先生！"

老人没有回答，取而代之的，是像笛声一般的吸气声。

急救队的成员几分钟之后便赶来了。幸雄和格力只能目送着老人被他们搬走。在这种情况下，幸雄他们没有任何事情可以做。二人都隐约产生了一种罪恶感，威廉·盖兹选择自杀的理由会不会和自己相关呢？可这就是他们的工作啊。

接下来，按照计划，这间屋子里的所有私人物品都将搬到俄克拉何马区的空房子去。当然，布置和这里完全一样。因此，威廉·盖兹在结束治疗之后，他的新家也会和他在纽约Ⅳ区的屋子完全相同。这样一来，威廉·盖兹或许会对新环境感到满意吧。

但愿如此，幸雄心想。

万一威廉·盖兹没有苏醒过来，他的私人物品就会被处理掉。想到这里，幸雄下意识地叹了一口气。

幸雄抬起头。

这时，他才发现，原来格力一直站在他面前。不仅仅是格力，还有总务局的男子以及拆迁队的队员，都张着嘴呆呆地站在那儿。

房间里面光线很暗，再加上之前被上吊的威廉·盖兹抢走了注意力，所以他们一直没有发现——

格力朝着墙壁跑去。室内变得明亮起来。

直到这时，幸雄才明白了威廉·盖兹无法离开屋子的原因。除此之外，他想不到别的原因。

在他们正面的墙上，是从山丘上远眺群山的景象。左边的墙壁上是群山的延伸，在那里，可以看见一片缓坡上的草原。他们面前的则是森林深处的景象。

是的。所有墙面、天花板以及地面上，都画满了图案。威廉·盖兹的小屋里呈现出来的绘画与娱乐设施里再现出来的场景完全不同。娱乐设施里再现的场景是根据地球影像档案馆里的资料制作的。而现在展现在他们眼前的，是耗费了漫长岁月，由人工手绘制成的精致作品。

天花板上绘制的是蓝色的天空。蓝天中排布着几朵小小的白云。而太阳则躲在云朵之间，微微露出了一部分脸庞。

右边的墙壁上画着一处海角。地平线向着远方延伸。天空中飞翔着黑色的小点。幸雄想，这个会不会是鸟儿呢。不是一只鸟，而是鸟群。

"这些，是刚刚那位威廉·盖兹先生画的吗？"格力问道。

"不清楚。或许是这样的……"刚一开口，幸雄就发现墙上有一行很小的签名。是黑色的文字。

"安吉莉可……是威廉·盖兹妻子的名字。"

幸雄心想，难道威廉·盖兹是想要守护心爱的妻子所绘制的地球？或许他认为，只要守住了这些壁画，也就守护住了与安吉莉可有关的回忆。而如果这个房间解体，成了航天飞机的原材料，那么自己存在的价值也就不复存在了？威廉·盖兹恐怕明白，以自己的年龄是不可能登陆应许之地了。所以，他才选择了这条道路吗？

不过，这些说到底也只是幸雄的猜测罢了，可似乎也想不到其他可能。的确，这些壁画是没有办法被搬运到新住所的。

总务局的男人一边用灯照着画在天花板上的太阳，一边用手指着说道："快看看这里！"

太阳在灯光之下，竟然呈现出了表情。在幸雄的印象之中，太阳一直是用火焰吞噬地球的存在。而眼前被灯光笼罩着的太阳完全不一样。它就像是人类的脸庞一样，长着眼睛、鼻子和嘴巴，并且浮现出了一个稳重的、似乎可以包容一切的笑容。

在太阳的左下方也可以看见一行文字——史蒂夫·盖兹。

"这是威廉·盖兹父亲的名字……"格力·路易斯喃喃自语道。

"啊？是吗？"

第一次拜访威廉·盖兹前，他们在浏览相关信息的时候可能看到过这个名字，不过幸雄已经没有印象了。

"是的。绝对没错。"

总务局的男子将灯光照向了别的地方，签名和太阳的表情都消失了。

"我不知道这究竟是什么绘画手法，但是好像在一幅画的下面还隐藏着另外一幅画。只有当灯光照射的时候，下面那幅画才会显现出来。"

于是，他们又将灯光照向了右边的墙壁。海岸线开始向画的深处后退，岩石出现了。并且，签名也出现了。

这一次的签名者是威廉·盖兹。

看到威廉·盖兹的签名之后，幸雄不禁想，或许自己的推测偏离了真相。

然而，确认真相的机会，却离幸雄他们越来越远了。

幸雄他们收到了搬迁局那边发出的指示，要求优先对进度落后的纽约Ⅳ区居民展开搬迁说明。

幸雄来不及去确认威廉·盖兹到底有没有保住性命，甚至他的屋子已经被拆迁队处理了的情况，也是在幸雄工作时途经那里时才知道的。看着威廉·盖兹的屋子那儿只剩下一片空虚暗淡，幸雄的心陷入了深深的寂寞。

然而，当幸雄深陷搬迁局各种琐事及繁忙中时，他也越来越少想起威廉·盖兹的事情。只是偶尔，记忆会像闪光一样突然复苏。

相较于完全没有一丝回应的威廉·盖兹，他房间里留下的谜一般的壁画反倒更让幸雄牵挂。再加上谜底无从揭晓，这些绘画一直在幸雄的脑海中挥之不去。

这天，幸雄他们在纽约Ⅲ区附近进行拜访。在结束了对最后一户人家的说明工作后，格力的 N-phone 收到了信息。

"我们得再跑一趟，好像有点儿事情找我俩。"

"谁？"

"詹姆斯老人。他之前不是提供了一个通信终端吗？他问起了有关威廉·盖兹的事情……"

"啊。"幸雄立刻想起来了，"不过，到了这个时候，究竟会有什么事情呢？"

格力在那之后将威廉·盖兹的房间被强制处理掉了的事情告诉了詹姆斯老人，还说了当时他选择自杀一事，以及他房间里的大量壁画。

詹姆斯老人说他无论如何都想要了解一下事情的经过。格力还对老人说了幸雄也很牵挂威廉·盖兹先生的事情。

事实的确如此。

老人指定两人去往的地点是加利福尼亚 V 区。具体地点是区划入口处的技术局。

"能去吗？"格力问道。

"嗯，去。"幸雄回答道。他坚信这个要求和威廉·盖兹有关。那么，威廉·盖兹康复了吗？这个疑问涌上幸雄心头。

换乘了两次环线之后，他们离开了加利福尼亚 IV 区。如今，那里比起宇宙飞船的内部，更像是一个冶炼厂与巨大联合工厂的结合体。那里正在不断地生产出包含了纽约 IV 区废弃材料的再生产品。

自己工作的结果会体现在这里吗？幸雄心想。而纽约Ⅳ区的房屋就这么一间间地消失不见了。

加利福尼亚Ⅴ区的入口处便是约定的地点。格力在 N-phone 上面操作了一通，二人很快找到了位置。

詹姆斯老人坐在会议室里向他们招了招手。而坐在他旁边的人，幸雄是认识的，只是还没有和他说过话。

对方看上去比詹姆斯老人要年轻一轮。他就是"诺亚方舟号"的船长安德森，同时也是技术局的总负责人。

"不好意思，你们正在工作还特意把你们叫过来。"

安德森船长站了起来，和幸雄以及格力握了握手，"原来就是你们去威廉·盖兹的房间做了说明工作啊。"

幸雄这才想起来，詹姆斯老人和安德森船长，以及威廉·盖兹他们三人本来就是认识的。由于幸雄毫无心理准备，此刻不禁紧张得嗓子发干。

"是，正是我们。非常抱歉，我们在一次面都没有见上的情况下，就迎来了最坏的结局。不过，虽然一直没能和威廉·盖兹先生见上面，但那之后我们一直很挂念他的事情。"幸雄坦诚地说道。

安德森船长点点头，"我一直照顾着威廉·盖兹，直到最后……"

听到安德森船长说出这句话之后，幸雄顿时感到自己浑身的力气仿佛都消失了一般。

果然，最终还是无力回天……

"所以……"安德森船长继续说道，"他拜托我向二位转达一些话，这才劳烦你们跑这一趟。"

詹姆斯老人也在一旁点了点头。

"他想对我们说什么呢？"

"对不起。给你们添麻烦了。"

幸雄和格力听到这话，忍不住对视了一眼。

"就这个？"

"就这句话。我和他约定好了，一定要亲自向你们转达。现在，我兑现了承诺。"

"对不起"是指自己没有配合幸雄他们提供协助的意思吗？还是指，自己面对强制执行最终选择自杀这件事呢？又也许是为这一切道歉？然而，如今一切都不得而知了。他所留下来的话，仅此而已。

可是，幸雄却觉得，威廉·盖兹对自己和格力所做的道歉，反倒让自己感到格外沉重。

"他是为了守护那些壁画吗？"幸雄问道。

"关于那些壁画，他直到最后也只字未提。不过，他或许是觉得，如果那些画没有了，那么他自己活下去的价值也就不复存在了吧。"

幸雄的脑海里模模糊糊地出现了那些有着威廉和他妻子、他父亲署名的壁画作品。要是有机会的话，真想再看一眼那些画啊……

"关于那间房子，技术局正在进行调查。"船长说出了让人意想不到的话来，"工作人员对壁画进行了分析。然后发现了许多不可思议的事情。那些壁画是在原本的墙壁上，一层一层地加上去的。之所以进行调查，是因为当初收到了报告，说用光照在壁画上，太阳会出现表情。当时，你们俩是不是也在现场啊？"

"是的。"

"当时，用紫外线照射的时候，出现了画和签名，对吧？工作人员以此为线索，做了很多实验，发现能让威廉·盖兹的壁画改变的不仅仅是紫外线。当房间里的温度上升，画上所描绘的森林会变成夏日光景。不光是森林，还有天空的颜色、云朵的形态以及在地上奔跑的生物都会随之变化。当室温下降，森林会被雾凇覆盖，变成银装素裹的世界。此外，绘画人的签名也都一一出现了。一共有十四个人。我们这才明白，那些画是由盖兹家族世世代代的人描绘的。事到如今，我们无法知晓他们究竟用了什么描绘手法。关于那间屋子，对于家族的最后传人威廉·盖兹而言，就相当于是最后的地球了吧。

"所以，我在想，或许……对于威廉·盖兹而言……或许，若是那间屋子消失了，也就意味着家族的回忆以及家族的地球也一起消失了吧。我是这样觉得的。"

幸雄非常惊讶。他一直以为屋子里的壁画象征着他与珍爱的妻子以及父亲之间的回忆。看来不仅仅是这样。威廉是盖兹家族的最后一人。他没有孩子。并且以他的年龄，是不可能降落在应许之地了。难道，他是觉得自己至少可以选择和盖兹家族的"地球"共命运？

"那间屋子也将成为航天飞机的一部分吧？"

这样的话，对于威廉·盖兹而言，也算得上是一种回报吧。

安德森船长和詹姆斯老人对视了一眼，然后同时缓缓地点了点头说道："当然。"

船长碰了碰左手佩戴的 N-phone，使用了一个大约只有船长的 N-phone 才有的功能。接着，一艘航天飞机的立体影像在桌上显现出来。那是一个精致的缩小版的影像。

"这就是最终完成的航天飞机。"

之后，随着船长的操作，立体影像呈现出内部的横切面。船长用手拨了拨，图像被放大了。

"这个可以说是我行使了我船长权限的任性之举了。这里，是航天飞机的机长室。也就是所谓的私人房间。从外面看不出这个房间有何端倪，可是从里面看，就能看出这间屋子完全还原了威廉·盖兹房间里的景象。不仅仅是机长可以看见，只要是有时间，谁都可以来欣赏盖兹家族的艺术遗产。"

这一次，相互对视的是幸雄和格力。

他们完全没有注意到，他们所处的房间里还有一个房间。更没想到，威廉·盖兹的房间被原封不动地保存在了这里。

威廉·盖兹无法降落在应许之地。然而，威廉·盖兹的房间会带着盖兹家族的共同回忆一起抵达应许之地。

两人目不转睛地盯着那个房间。

安德森船长问道："怎么了？你们想看看威廉·盖兹的房间吗？"

"是的，非常想。"两人不假思索地回答。

"知道了。让我带你们去看吧。你们可以慢慢看个够。"

在技术局人员的带领下，幸雄和格力再次踏入了威廉·盖兹的房间。

"把室温升高。"技术局的职员说道。

下一秒，不可思议的光束包围了两人。幸雄坚信，这是对威廉·盖兹的一种回报。

在自由教会

 在新伊甸，第一代移民"跳跃"到应许之地后建设的街区原封不动地保存着，留存到了现在。说起来，那个街区呈现的也并非是文明尚未恢复的时代，而是好几个世代之后的时代。那时，适合人类居住的建筑已经鳞次栉比，有了商业区的模样，而街区的周遭也已经被农田包围。

 那个地区被称为"老城区"。市政厅保持着昔日石建筑的风格，附近的东方职业学校周遭也是同样的风格。第一代移民的议会厅如今成了议事厅和户外音乐厅。在户外音乐厅的入口处，矗立着的纪念雕像——愤怒之剑，可以说是这一带的地标性建筑。雕刻的是一只结实的手臂握着剑指向天空。

每一个人都见过这座雕塑。就算是没有亲眼看见，也会在各种媒体中见到它的模样。

经过"愤怒之剑"继续往东走，会看见一条狭窄的小路。道路的对面是保留了自然景观的中央公园。虽然穿过中央公园便是商业区了，但这一带真的是非常幽静。

沿着公园前面那条狭窄的小路往南走几十米，便到了自由教会。自由教会和市政厅一样，也是石建筑，并且散发出类似的气息。因此，应当同市政厅拥有着相同的历史。

有一位年轻人正朝那儿走着。

要说是观光的游客又或者虔诚的老人前去拜访自由教会，那并不是什么稀罕事儿。可是，一位年轻人，独自一人前往自由教会，那不得不说是很少见的。

不过，自由教会是一个无论是谁、无论什么时候都可以拜访的地方。并且，在那里常驻着神职工作人员。

曾经，在地球上存在着好几种不同的宗教。最初那一代移民"跳跃"来这颗星球时，也信奉着各自的神明。而在经过了几个世代之后，这颗星球上渐渐形成了这样一个场所，在这里，每个人都可以向自己所信奉的那唯一的神明进行祈祷。这个地方就是自由教会。

神职人员即是"给烦恼之人以内心安宁的人"。在这个自由教会里，在编的神职人员有好几位，他们轮班完成任务。

不过，对于年轻人而言，比起信奉神明，自身的行动力恐怕更值得信赖吧。若不是遇到了人生中过不去的坎儿，别说去自由教会了，这个地方连想也不会想起。

而即将拜访自由教会的这位年轻人在此之前，看起来也是同自由教会没什么关系的年轻人之一。他将脸背到一侧，并不想与其他拜访自由教会的人有什么眼神接触。

如果是日常的礼拜，进入圣堂之后便可以按照自己的方式自由地进行祷告。如果是想要忏悔自己犯下的罪过，或者想要寻求一点儿关于人生的建议，必须要与神职人员见面的话，那么就需要在接待处领一枚牌子，按顺序等待。

那位年轻人进了教会，领了牌子，然后目光开始在当值的神职人员的姓名上游走。

今天一共有三名神职人员当值。分别是"父亲""母亲"和"兄长"。年轻人犹豫了一下，走进了"兄长"的房间。圣堂右边狭窄的小路是进入"兄长"房间的必经之路。

远远地，从道路的尽头传来一阵音乐声，是最近很流行的曲子——《将艾迪森一党赶尽杀绝》。

"用鲜血来偿还罪恶""让他们知道正义是什么"以及"拔出眼珠子，将手指全部切掉"等目不忍睹的歌词在这首歌里比比皆是。

是从那时开始的……年轻人心想。

年轻人甩甩头，将曲子从脑袋里赶走，急匆匆地走上狭窄的小路。一扇色调灰暗，很有年代感的大门出现在眼前。年轻人缓缓地推了推门把手。好重……

在来这里之前，年轻人曾有所担心。他想，如果人很多的话，那他就必须排队等待。这样一来，他就必须和其他等待的人待在一起，这样难免会有视线碰上的情况出现。他不喜欢面面相觑的感觉。虽然彼此之间应该不会有任何言语上的交流，但也足够让人觉得尴尬了。

被称为"父亲"和"母亲"的神职人员想必人生经验很丰富，但找他们咨询的人恐怕会比较多，需要等上一段时间。而且，自己的事情，也不知道是否可以对"父亲"或者"母亲"说。虽然不知道"兄长"究竟是什么样的神职人员。不过，相较于"父亲"和"母亲"，"兄长"的想法或许会更接近自己吧。

推开门后是一个小房间。前面又是一道门。这里看起来只是一间等待室。墙边摆放着几张椅子。

幸运的是这里一个人也没有。年轻人担心的事情不会发生了。

年轻人敲了敲第二道门。几秒钟后，房门从里面缓缓地打开了。

穿着宽大黑袍的神职人员向年轻人招了招手。

神职人员的模样与年轻人的想象相去甚远，甚至让年轻人有种咋舌的冲动。

对方根本不是"兄长"，而是一位接近父亲年龄、毛发稀疏的男子。

不过，年轻人却有一种自己被拯救的感觉。因为，这位神职人员正用温和而坚定的眼神看着他。

他眯缝着眼睛，用手势邀请年轻人进到屋里去，"来，到屋里来吧。"

比起刚才的那间屋子，这里显得更加宽敞。有一把椅子摆放在那里，坐垫的品质看上去似乎很好。年轻人虽然进到屋里来了，可或许是还未习惯的缘故，他有些平静不下来。

"非常感谢您的来访。您是想要看着我的脸，还是更喜欢不看着我，只是听我说话？"

听到"兄长"这么问他，年轻人先是干咳了几声，最后终于开口说道："啊……都可以的。不，还是看着脸说话好一点儿。"

"好的。我虽然被称为'兄长'，但年龄却比所谓的兄长大得多，这一点让您感到很吃惊吧。不过，来这里见我的人，大部分都比我年轻一些。大家都叫我丹尼尔。您愿意叫我丹尼尔吗？"

"是丹尼尔哥哥吗？还是丹尼尔老师？丹尼尔先生？哪种称呼您觉得更合适呢？"年轻人怯声问道。

"不必拘泥于这些细节。叫我丹尼尔就可以了。这样的话，您也不会太紧张。"

"明白了。那我就这样称呼您了。"

"没问题。那么，我如何称呼您比较合适呢？如果，您倾向于我什么也不称呼也没关系。如果是那样的话，您尽管直说。"

年轻人稍微考虑了一会儿，说："那么，您可以叫我八志吗？"

"好的。八志。"

也不知道八志是不是年轻人的真名。不过，随着和神职人员的交流，他看起来似乎渐渐地恢复了平静。八志重新打量起这个房间。虽然有光线从窗户那里透进来，但房间里仍旧有些昏暗。不过，这间屋子有一种能够让人沉静下来的氛围。整个房间里面没有摆放一件称得上是装饰品的东西。

"说起来，八志君的信仰是什么呢？"

"您所说的信仰，是指宗教吗？我并没有特别称得上是信仰的东西。那个……丹尼尔，您有专门的……宗教信仰吗？"

丹尼尔摇了摇头，说："没有。我的父亲信奉基督教，我母亲信奉伊斯兰教，但我并没有特别偏向哪一个宗教。据说两个教派的教诲分别写在《圣经》与《古兰经》上。不过，这些典籍都没有被带到新伊甸，而是通过人们的口述一点一点复原的。我并没有参考过那些典籍。只是，因为在这里工作，我可以和有着不同宗教信仰的人交谈，我观察到他们之间有一个共同的特点，那就是无论是什么派系的宗教，都认为自己信奉的神明是独一无二的。而我有信心让来这里找我交谈的人与我一起思考他们真正需要的东西。如果八志君也没有特别信奉的宗教的话，那么这一点倒是和我很相似。或许，我们之间可以做到毫无保留地畅所欲言呢。"

听了这话，八志似乎有些为难地避开了丹尼尔的视线。

"八志君，您这样站着说话好吗？要不要先坐下来？"

"啊，哦。是啊。"八志回答道。这时，刚刚在外面的小路上听到的《将艾迪森一党赶尽杀绝》的旋律似乎越来越近了。

"哦，那是正义人类党一贯采用的豪华宣传车，您要是觉得刺耳的话，我就把窗户关上？"

"那麻烦您了。"八志回答。丹尼尔将窗户关上了。窗户的隔音效果出乎意料地好，外面的噪声戛然而止。丹尼尔在八志的旁边坐了下来。

"好了，已经没有打扰我们交谈的东西了。现在我可以问一问，今天八志君来这里的原因吗？"

"嗯。"八志虽然嘴里这么说着，可看上去还是有些犹豫。丹尼尔双手合十，放在鼻尖，耐心地等待八志开口。

"我想说的是关于'神的旨意'……那样的东西，是靠不住的吧？"突然，八志像是打开了话匣子一般说了起来。

"哎呀，您可以说得更详细些吗？最近，我经常听到'神的旨意'这个说法。刚才提到的那个正义人类党的代表，安德斯·瓦根辛，自从他提出这个说法之后，我好像就经常听到有人说起。"

仅仅半年前，安德斯·瓦根辛在众人眼里还是一名狂热分子。

他衣衫褴褛，每天在街头巷尾重复着自己的演说，用歇斯底里的语气大声地宣扬着恶魔艾迪森的后人们正在暗黑宇宙里航行，谋划着向新伊甸发动袭击。新伊甸的人们也应该手拿武器，准备给他们迎头一击，云云。

那时，人们看见他这副模样，并没有任何反应。

可是，现在不同了。大批支持者和赞同者围在他的身旁。他们乘坐着宣传车，用大音量播放着他的主张，以及《将艾迪森一党赶尽杀绝》这首歌曲。看来，他之前所做的种种努力，切实起到了作用。

就在半年前，安德斯·瓦根辛还只是一个没有人愿意与之为伍的男人，而如今他已经成了像领袖一样的人物。支持他的人与日俱增。不，与其说那些是支持他的人，倒不如说他们都是安德斯·瓦根辛的信徒。

"是的，我想说的就是这个安德斯·瓦根辛的事情。据他所说，他所做的一切都是按照神的旨意在行动。那么……我究竟应该怎么做呢？"

神职人员面对这个问题会做出什么回答呢，年轻人似乎是期待能够得到答案，所以才会到这里来。可是，光凭年轻人说的那些内容，丹尼尔也无从回答。

看起来，安德斯的宣教活动似乎让八志有一种负罪感。

"关于正义人类党的活动，丹尼尔先生您是怎么看待的呢？"八志问道。

"仅仅是能够接受而已。"丹尼尔回答道，"我既没有和正义人类党的成员说过话，正义人类党的成员也没有到访过这里。自由教会的宗旨是让所有的人感到心安。在人生路上，人们难免会有困惑的时候，这时候总想找出适合自己的答案。如果是否定社会、破坏社会的问题，又或者是否定自己的问题，那么我们可能会想办法对整个心灵进行重建。除此之外，我们要做的，大多数不过是帮助来访者'意识到自己的答案'。因此，如果有一百个人来到这里就会有一百种答案。一千个人来到这里，又或许会有一千种答案。对于正义人类党成员而言，如果他们的信念可以帮助他们得到内心的安宁，那么就应该予以尊重。这就是我的立场。"

八志听后仍旧是一脸难以释怀的样子。

"可是，我认为正义人类党的结论很难说是正确的。不对……那或许就是一种错误的结论。那么，那算是一种罪恶吗？"

"任何一种结论，都不能简单地评判其正确与否。这个究竟对谁而言是正义的，或者说，在什么时点是正义的，关于这些我们的想法最好可以时时做出调整。而对于罪恶的观点也是一样。这个时代的罪恶或许会成为另一个时代的正义。

"不过，刚刚我们说话的时候我突然想到，八志君似乎只对我说了很少很少的一部分内容呢。我想，这并不是因为您不想说才没有说出来，而是因为您不知道该怎么说吧。还有，您在犹豫，究竟要不要把所有的事情都说出来。

"您只需要说出您愿意说的那部分就好。我也就针对您说的那些话做出回答，但不知道是否能够让您满意。您也可以在未尽兴的情况下就这么回去。那之后，您或许能够注意到自己还有话没有说完。那时再到这里来，说出您没有说完的那部分内容就可以了。彼时，我或许可以听到更加接近事实的倾诉，也就可以得出更贴近事实的结论。

"现在，您愿意将脑袋放空，不去考虑说话顺序，仅仅坦率地说出您心中所想吗？"

"我明白了。谢谢你。"

八志做了个深呼吸。随后，他像是在安抚自己不要焦躁一般，将事情娓娓道来。

"是的。我要说的就是之前提到的安德斯·瓦根辛的事情。我在很早之前就知道他了。他总是站在街角，一个人喊叫着。从小时候起，我就特别讨厌他。我从来没有和他说过话。但我小时候经常看见他对着人们大声疾呼。我觉得很可怕，根本不想靠近他。他穿着肮脏的衣服，挥舞着双手，大吼大叫。喊着'杀掉他们！''绝不原谅！'之类的内容。

"第一次见到他时，我和母亲在一起。当时，他站在市政厅斜对面的街角，右手不断地指向天空，像是在诅咒谁似的。人们在他身边来来往往，却没有谁向他投去在意的目光。我握着母亲的手。我记得她的手充满了力量。她还对我说：'害怕吗？没关系的。'

"于是，我和母亲一起若无其事地从安德斯的旁边走了过去……我应该是小跑着过去的。并且，我故意低垂着双眼，尽量让自己不要看他。可是，人往往又会对自己恐惧的事情感到好奇。究竟是什么原因我也闹不清楚。或许是觉得他绝对没有看着我。我只偷偷地瞄一眼，不会有什么问题的。总之，我抬起了原本低垂着的双眼。

"我的想法太天真了。当我抬起双眼的时候，他刚好盯着我。他的眼珠鼓出来，一脸凶狠。这副模样对我来说实在是太恐怖了，我甚至恐惧得忘记了哭泣。那时，我似乎是尿了裤子，或者昏倒了。因为和安德斯对视了一眼，那时候的事情我都记不太清了。

"这已经是十几年前的事情了，有的细节我可能记得并不准确，不过，大致的情形我还是记得的。总之，当时他给我幼小的心灵留下了难以磨灭的印象。

"在一段时间内，安德斯必然会在我的噩梦里登场。对于这件事情，我母亲似乎也注意到了。每当我做了坏事或者是不听话的时候，母亲就会威胁我说：'我要把你带到那个可怕的叔叔那里去了哟。'不过，现在的我看来，这可真不是什么值得提倡的教育方法啊。

"嗯，就这样，我从小就特别讨厌那个安德斯。然而，随着我渐渐懂事，我似乎开始明白他为什么要站在那个地方，一遍又一遍地诉说着他的宣言。他是人类'跳跃'到这颗星球之后的传统思想的继承者。他能够想象，最初来到这颗星球的人们经历了怎样的苦难，又付出了何种努力。必须将正义的铁锤砸在艾迪森总统带领的那群抛弃了人类的畜生头上。正是由于这种使命感的支撑，他们才艰难地生存了下来。而这个历史性的时刻正在步步逼近。对于抛弃了人类的艾迪森一党，必须进行制裁。为了告慰祖先所经历过的种种苦难，每个人都必须手持武器行动起来。

"不过，我已经到了只把这些话当玩笑话听听的年龄了。即使听了他的街头演说，我的内心也没有任何想法。可能是因为我打出生就没有经历过任何开拓这颗星球的苦难和辛酸吧。那个时候，安德斯已经不再是能够给我带来恐惧的人了，他在我心中反倒成了一个脑子里少根弦的人。我虽然不再害怕他，可是从半年前起，我却开始认真考虑起来，我必须得做点儿什么。我必须要惩罚安德斯。当然，是因为他的罪过，他曾威胁过年幼的我。此外，就算人们对于他的话语充耳不闻，我也认为他的街头演说无异于一种公害。因此，后来再靠近他的时候，我开始倾听他究竟说了什么。

"无论何时，安德斯演说的内容都一成不变。他总是宣扬着，要给逃离地球的世代飞船上的人们一场血的洗礼。而且，这个日子越来越接近了。

"我觉得，这种想法非常愚蠢。我听说，从地球到我们这颗星球，即使以接近光的速度持续航行也要耗上好几百年。按照常识来思考，人类如果不补充任何的资源，是不可能经过几个世代的消耗降落在这里的。而且，关于逃离地球这件事情，或许当时的人们已经对有可能会出现的意外做了种种预测，但仍旧有可能出现完全无法预料的事态。更何况，人类离开熟悉的地球，能否适应未知的环境并且繁衍后代，还是个未知数呢。说不定，宇宙飞船在半途就已经和其他星尘混在一起，成了某片不知名的星域的浮尘。这种可能性其实相当高。

"也记不清楚是从什么时候开始的事情了。总之，我和我的那帮狐朋狗友，开始在马路对面对着安德斯的演讲喝起了倒彩……要说是什么内容的倒彩呢……比如说，所谓的艾迪森一族乘坐的宇宙飞船，现在究竟是否存在都还搞不清楚呢。说不定已经在某个地方爆炸，成了宇宙中的微尘呢。相比这件事情，担心天会塌下来都更实际一些呢。

"不仅仅是我们。那段时间，嘲笑这位脑子有点儿奇怪的老爷子的人越来越多了。那种时候，安德斯一句话也没有回应我们。他只是恶狠狠地瞪着我们，瞪着所有用咒骂声、奚落声将他包围的人。只不过，他的脸变得通红。现在想来，他应该是很不甘心吧。

"看到自己从小就讨厌的安德斯遭受到如今的这种待遇，我的心情十分愉快。他没有因此停止他的街头演讲，年轻人对他的奚落也不会结束。这样的情形循环往复。我觉得，那时的安德斯可以说成了被年轻人欺负的对象。看到这样的情形，不得不说，我心里十分愉快。

"我那时迷糊地想，这种状态，会就此持续下去吧？可是……某天早晨，当我经过市政厅的时候，却发现安德斯的演讲竟发生了惊人的变化。他的脸上神采奕奕,眼神都和以前沉浸在自己的妄想中的状态不一样了……而他究竟在说些什么呢?

"他提到了神的名字。我不知道这件事发生在现实,还是他的梦中,总之,他说他遇到了神明,并得到了神明的授意。艾迪森的后人们已经接近这颗星球了。神明会向大家展示证据。

"他说,只要一看到这个证据,大家就能感受到艾迪森一族是确实存在的。神明所希望的是,大家能够立刻准备起来,给艾迪森的后人们迎头痛击。

"我们嘲笑着反问他:'你在说梦话吧? 神明向你展示了什么样的证据,你又看到了怎样的奇迹啊? 而且,真的有神明吗? 如果真的有神明的话,为什么神没有拯救第一代"跳跃"而来的移民呢? 为什么仅有一小部分的人类能够来到这里呢? 看着到达这颗星球的祖先们遭受各种苦难,神为什么又要袖手旁观呢?'安德斯大叫着反驳我们,说自己的确得到了自己所信奉的神的旨意。这究竟是真实的还是他的幻想,我们无从考证。但他那语气,让人不得不相信他确实是得到了神明发来的信息。

"神明似乎对安德斯授意:'将艾迪森的后人们即将降临的征兆向大家展示吧。当征兆出现时,那个时刻便接近了。'

"'那个征兆是什么?!'我的一个朋友问道。然后,安德斯说出了一个让我们目瞪口呆的答案。那时,安德斯用手指向了户外音乐厅入口处的'愤怒之剑'。那座雕塑究竟是什么时候建造的,我也不清楚。据说雕像很早之前就立在那个地方了。那是一只巨大而健硕的男性右手手臂。手里握着一把剑，对吧？那把剑指向天空。象征着对正处在太空某处的艾迪森一族的愤怒，老师和我父母都是这样告诉我的，可说实话，我对此一点儿兴趣也没有。'愤怒之剑'与神的旨意之间有怎样的关系，我也不明白。而安德斯·瓦根辛大声地宣称：'神明对我降下了神谕，"愤怒之剑"被血染红，便是艾迪森后人们到来的征兆！'

"随后，他一遍又一遍地重复着他在神明那里听到的话。他的演讲让我们感到不适，于是我们打算离开那个地方……这时候，我的一个朋友开口了。他问：'你怎么看安德斯所说的神明的预言？'于是，这一内容成了我们闲谈的对象，预言本身也成了一个话题。我们讨论了许多，比如，为什么那个预言偏偏和'愤怒之剑'有关系呢？那座雕塑被血染红，象征着什么呢？安德斯指着雕像那样说了之后，'愤怒之剑'是不是就会被血染红呢？说到这里，有人忍不住笑出了声。他们一定认为这个想法太不现实了吧。石像被血染红的概率，几乎接近零吧。

"那个叫安德斯的男人，果然是脑子有问题。大家最后得出了这样的结论。因为他已经失去了心智，所有才会陷在这样不可思议的妄想里。而艾迪森总统的宇宙飞船是永远也不可能降落在这颗星球上的。大家一致这么认为。

"大家大笑着正打算离开的时候，一位朋友突然发话了：'等一下。'于是大家停下脚步，等着这个家伙开口说话。这个家伙平日里就是个喜欢搞恶作剧的人，那时候貌似他也是想到了什么了不得的鬼主意。看他龇牙咧嘴地笑着，我就知道我猜中了。

"果然，那家伙开口说道：'"愤怒之剑"若是被血染红了，事情不就有意思了吗？'

"起初，大家没太明白他这话的意思。直到那家伙一直笑啊笑啊，我们才反应过来。周围的伙伴们也都哈哈大笑起来。这个家伙又想到了新的恶作剧——如果，我们用血把'愤怒之剑'染红，会发生什么事情呢？若是安德斯看见了，他又会干出什么事情来呢？街上的人们又会是什么反应呢？还有……如果'愤怒之剑'被血染红，而艾迪森一族却没有出现的话，又会是一番怎样的情形呢？这个想法对于在场的所有人而言，无异于是一场极妙的游戏。现在想想，我当时听了竟然也觉得无比激动，这真的有些不可思议。

"几天后的一个夜晚，我们将计划付诸了实践。我们各自拿着工具在公园的入口处集合。那帮狐朋狗友中有一人在肉食加工厂打工。大家在算好可以收集养殖毯牛的血的时机之后，定下了实施计划的日子。我们事先就已经商量好了，要尽可能地速战速决。我们当中最有绘画天分的那个家伙登上梯凳，手持一把巨大的毛刷，在'愤怒之剑'的剑刃和手臂上巧妙地涂上了毯牛的血。原本我们计划尽快结束任务，可当我在下面放哨时，依然感觉时间过得好慢，仿佛凝固成了永远一般。所以，当完成涂血任务的家伙下来之后，我们也没有好好确认效果，就如同蜘蛛一般四下散开了。

"第二天早晨，我们的'杰作'取得了远超预期的效果。从未有过那么多人关注'愤怒之剑'。人们围在雕塑周围，而那位安德斯·瓦根辛则不断地宣称，自己所传递的神明的旨意出现了！神明已经显灵，接下来人们应该做什么呢？

"看到这样的情形，想象着接下来可能会发生的事情，我们忍不住相互对视，笑了起来。如果接下来并没有发生神明的旨意所传递的事情的话，那么，那位安德斯·瓦根辛的信用肯定会跌至谷底吧。

"之后的事情，您应该都清楚了吧。在那之后，安德斯继续站在他一贯站立的那个街角，不断地向人们宣称，神明已经显灵，向我们传达了其旨意。神明说，艾迪森的后人们已经越来越接近了。每一个人都应该拿起武器来，做好血战的准备。他的语气前所未有的激昂。

"于是，我们开始商量，准备找个时机将'愤怒之剑'上面的血迹并非神明的授意，而是我们这一伙人干的这件事情公之于众。就在这个时候，宇宙中突然传来了来路不明的旋律，一直传到了我们这颗星球上。就是那首曲子——《奇异恩典》。能够听见这首曲子，就说明来自地球的宇宙飞船的确正在靠近这颗行星。

"人们开始认为，安德斯的确从神明那里得到了神谕。此前，在大家看来，安德斯无非就是一个脑子有些奇怪的家伙，是个狂热分子。而现在，人们却认为他是一个预言家，是被神明选中的人物。更有甚者，称他为救世主。

"事到如今，我们即使将事情和盘托出，说用血染红'愤怒之剑'的人是我们也无济于事了。也说不清楚哪个地方出了差错，雕像上明明涂着毯牛的血，安德斯却表示他拿到了相关的证明书，证明了'愤怒之剑'上面的血液是未知的血液。

"此后，世人的想法大为改观。正如安德斯呼吁的那样，当宇宙飞船降临这颗星球时，我们必须遵从神谕，手持武器，对艾迪森的后人们发动袭击……"

说到这儿，八志沉默了。丹尼尔并没有立刻给他回应。

于是，八志继续道："安德斯对神明传递的信息深信不疑。而后，宇宙飞船真的出现了，还在逐步靠近我们。于是人们开始相信，我们应该遵从神的旨意，将乘坐宇宙飞船到来的人们赶尽杀绝，作为我们的祖先所遭受的苦难的复仇。

"这件事情的起因竟然是我们的一场恶作剧，是我们骗了神明。对此，我感到非常烦恼。而我也找不到其他可以商量这件事情的人。于是，我就到这里来了。

"人们对神明的信息深信不疑。而这一切，其实是我们在假扮神明。我心里一直有一种罪恶感。我，究竟应该怎么做？我知道，我所做的事情是不能被原谅的。丹尼尔请说说您的想法吧。我应该怎么做才能弥补我的罪过呢？"

丹尼尔双手抱在胸前，沉默了一会儿，并时不时地用手挠挠头。看见他这副模样，等待丹尼尔回答的八志脸上开始浮现出不安。

突然，丹尼尔开口说话了："在我年轻的时候，也有过类似的经历呢。你赶时间吗？我在想，要不我跟您讲讲我的事情？"

"没关系。我鼓起很大勇气才来到这里。因此，只要能够解决我的烦恼，花多少时间我都无所谓。"

丹尼尔放心地点了点头，讲起了自己小时候的故事。

丹尼尔出生成长的地方离老城区有些距离，是与工业区相邻的住宅区。他父亲在制铁工厂上班，他母亲在附近的农场帮忙。全家都住在工厂的宿舍里面。由于父亲的工作有一定的危险性，外人是禁止进入工厂的。于是，孩提时代的丹尼尔并不知道父亲的工作环境是什么样子，反倒在母亲工作的农场里面度过了不少时光。

这家农场大规模地饲养着企鸡。在新伊甸，企鸡的饲养历史并不长。不过，它们的繁殖能力相当优秀，蛋的产量也很可观，因此企鸡的饲养迅速地普及开来。丹尼尔热情地讲述了不少企鸡的生活习性。八志觉得这个话题和自己想要找丹尼尔商量的事情似乎毫无关联，但想着或许这是一件很重要的事情，便没有打断。

在丹尼尔的讲述中，他继续成长着，进入了工业区的小学。丹尼尔父亲工厂里相关人员的小孩都在这所小学读书。

那个时候，丹尼尔的脑子里还没有神职人员这个职业的概念。

"那个时候的我，应该比现在的八志君还要小十多岁吧。当时我并不特别喜欢学习，也并不认为我将来一定会进入父亲的工厂工作。那时的我就是一个随处可见的普通小孩。

"那时候，我经常和住在我家隔壁的……弗朗茨，暂时就把他叫作弗朗茨吧。虽说我们不是特别好的朋友，但我经常和这个弗朗茨一起玩耍。我们在同一个班里上课，年龄也一样。我们两人经常一起玩。到附近的河边去钓钓鱼，或者去山里探探险，也就是这样一些普通的娱乐。

"在同一个班里……嗯，我们就叫他乔治吧。在我们班里有一个叫乔治的家伙。他是一个稍微有些敏感的少年，好像没有什么朋友。有一次，他突然来到我和弗朗茨跟前，邀请我俩去他家玩。我那时有些犹豫不决，弗朗茨却立刻爽快地答应他了。

"我问弗朗茨为何如此轻易地就答应乔治了。弗朗茨告诉我，乔治的父亲是我父亲和弗朗茨父亲的上级。弗朗茨比我更擅长处理人际关系，什么事情是必须要做的，他心里十分清楚。没办法，我只好和弗朗茨一起去了乔治的家。乔治的家的确很宽敞。当时，我家一共有三个房间。父母的房间、我的房间，然后是起居室。可乔治家里的房间就多得有些数不清了。他的房间在最里面。他母亲端出来招待我们的点心我从来没有见过。我的母亲总是浑身沾着企鸡的粪便呀农场里的泥土啊，穿着皱巴巴的衣服辛苦地工作着。而乔治的母亲却穿着华美的衣服，头发上面插着漂亮的发饰。

我当时想，乔治一家简直就像是生活在另外一个世界的人呢。

"我们当时进了一间十分宽敞的房间，听说这个房间归乔治一个人使用后，我再次震惊了。因为这一个房间的面积几乎就有我家那么大。

"看着呆站着的我们，乔治说道：'我们一起来玩狐仙大人吧。'所谓狐仙大人，是当时一种占卜类的游戏。乔治似乎对请狐仙大人这个游戏很着迷。至于玩法嘛……我们当时是这样做的，先准备一张很大的纸。在那张纸上事先写好一些方便狐仙大人回答的答案。我后来才知道，其实这些答案是有很多种写法的，只是当时完全是乔治说了算。除了'是'和'不是'之外，还罗列了很多其他字。随后，我们在纸上放了一枚硬币，再将手指放在上面，这样就可以请出狐仙大人了。

"狐仙大人是否灵验倒在其次，只是当时我们学校的学生都很喜欢在放学后玩这个游戏。不过，也是由于狐仙大人的游戏太风靡了，孩子们的身上发生了各种不可思议的事情。据说有的小孩出现了不明原因的发烧，还有的小孩出现了歇斯底里的症状。于是学校出台了相关禁令，禁止学生们再玩这个游戏。这些我都是听别人讲的，具体什么情况我也不太清楚。只知道女孩子们尤其沉迷这个游戏。当时我和弗朗茨经常在森林里面玩得不亦乐乎，所以那时我并不知道学校里面曾经流行过请狐仙大人这个游戏。

"乔治非常想玩这个被学校明令禁止的游戏，但他没办法一个人玩，所以才叫上了我和弗朗茨。没办法，我和弗朗茨只好陪着乔治玩这个请狐仙的游戏……

"最初，游戏是一个亚裔女孩从自己祖母那里学到的，她将游戏带到学校里面玩过之后就流行了起来。我也听说有的人把狐仙大人叫作安琪儿或者丘比特。

"三个人把手指放在硬币上面，便正式开始了请狐仙大人的仪式。

"那是我们第一次玩这个游戏，于是由乔治带着我们进行。乔治在呼喊狐仙大人时有一种奇妙的感觉。他是这样叫的——'狐仙大人，狐仙大人，请您现身。您如果已经出现的话，能够答应我一声吗？'他大概这样呼唤了三次。最初的两次是乔治一个人呼唤的。最后一次，乔治说：'要不你俩也试一试？'于是，弗朗茨呼唤了一次。在弗朗茨呼唤完之后，事情有了让人无比惊讶的变化。放在三个人手指下面的硬币在纸面上滑动了一下。

"在那个时候，我甚至没有反应过来究竟发生了什么事情。硬币继续在纸面上移动着。于是，乔治问道：'您是狐仙大人吗？'然后硬币突然停住了。它刚好停在了写着'是'的那个位置。

"弗朗茨双眼瞪得圆圆地看着我。虽然我们并没有看到狐仙大人本尊，但是，他竟然真的显灵了，这太让我惊讶了。尽管我和弗朗茨对此快要惊掉下巴了，乔治却是一副意料之中的样子。随后，乔治开始向狐仙大人提出各种各样的问题。

"乔治问的问题都比较简单，比如，学校里老师的名字啊，狐仙大人平常都住在哪里啊。老师的名字狐仙大人回答得完全正确，而我们也知道了狐仙大人平常住在学校附近的洞穴里面。狐仙大人还会加法，让狐仙大人计算简单的题目，狐仙大人也能够立刻回答出来。不过，当问到明天要举行的小测验都有哪些问题时，硬币的移动就变得犹豫不决了。有些问题，狐仙大人也不太能够回答得上来。结论就是，即便是狐仙大人也不是任何事情都知道的。

"此后一段时间，无论是我还是弗朗茨，都对狐仙大人这个游戏非常入迷。只要乔治一邀请我们，我俩便欣然应允，一起到他家去，在他房间里玩这个游戏直到太阳下山。

"刚开始，我们对于狐仙大人的存在深信不疑。因此，我们问了狐仙大人许许多多的问题。当我们问狐仙大人那天心情好不好的时候，狐仙大人会回答'是的'。于是我们又问了许多其他问题——明天的天气如何呢？我们三人当中谁最聪明呢？弗朗茨喜欢的女孩子叫什么名字呢？每当我们问出这些问题并得到狐仙大人的回答之后，我们都会爆发出一阵阵的大笑。不过，有一点我觉得很奇怪，那就是当我们问狐仙大人三人当中谁最聪明的时候，狐仙大人回答说是乔治。可我觉得，我们三人明明就差不多啊。

"回家的路上，我跟弗朗茨说起了这件事，觉得这个答案有些奇怪。弗朗茨也说，他并不认为乔治有多么聪明。我们又想到提出这个问题的，正是乔治自己。还有，就是关于弗朗茨喜欢的女孩子是谁，这个问题也是乔治提出来的。弗朗茨一脸困惑地对我说，虽然狐仙大人说他喜欢一个叫作爱丽丝的女孩子，可是，他并不知道谁是爱丽丝。他其实对女孩子没什么兴趣，不明白狐仙大人为什么会说出这个答案来。

"随着玩的次数多起来，我也越发觉得奇怪了。我们请出的狐仙大人，如果真的是神灵的话，那一定是那种不怎么靠得住的神灵吧。难道……我想到还有一种可能性，那就是每次引导狐仙大人做出回答的，其实是乔治。

"这么一想，狐仙大人给出的那些答案一下子就想得通了。狐仙大人说错的答案，全部都是乔治不知道的问题。于是，我们得出一个结论，这个狐仙大人其实是乔治扮演的，并不是什么神灵。同时，我们还决定，今后我们不会再接受乔治的邀约，玩请狐仙大人的游戏了。

"尽管如此，乔治仍旧不厌其烦地向我们发起邀请。而我们总是断然拒绝，并告诉他，我们再也不会玩请狐仙大人的游戏了。于是，乔治非常激动地责问我们，还问我们为什么不再玩了。弗朗茨说自己并不认识叫作爱丽丝的女孩子，狐仙大人根本就靠不住。我和弗朗茨都发现，乔治听到这话后脸色一下子就变了。果然，喜欢爱丽丝的其实是乔治自己。

"之后，乔治哀求道：'再玩一次狐仙大人吧。只玩这最后一次，之后就再也不玩了。'但我们告诉乔治，我们再也不会去他家了。

'那么……这样吧，我们就在教室里面玩最后一次。'乔治这样哀求我和弗朗茨。虽然学校明令禁止我们玩请狐仙大人的游戏，可是看着乔治那一脸沮丧的样子，我们决定就陪他玩最后一次。

"为了随时都能玩请狐仙大人的游戏，乔治随身带着狐仙大人回答问题用的那张纸。乔治高兴地将那张纸拿了出来。于是，放学之后我们三人便在教室里面玩起了游戏。那天所有的老师都去准备地区活动的事情了，教室里面就只有我们三个人。开始之前，我们向乔治再次确认了我们的约定。这是我们最后一次玩狐仙大人的游戏了。然后，请狐仙大人的游戏开始了……

"我们发现，果然是乔治在用手指强行引导狐仙大人的答案。我不禁对乔治说：'乔治！是你的手指发力让硬币移动的吧？''不，我没有这么做！'乔治否认了。他的眼神十分认真，我也不好继续责问下去，只能继续游戏……然后，我发现，乔治的手指仍在明显地移动。

"'是你做的吧，乔治。''我没有做。我可以向狐仙大人发誓。'

"这么继续了几个回合。我们确信乔治在故意用手指引导答案，可他本人却没有意识到这一点。他不是故意在撒谎，他对于狐仙大人显灵这件事情深信不疑。事到如今，我和弗朗茨无论说什么都是没用的。

"我们又问了狐仙大人许多问题，并一一得到了回答，是时候让狐仙大人回家了。每次要结束的时候，我们都是先向狐仙大人道谢，然后说'请您回去吧'来结束这个游戏。而那一次，我突然鬼迷心窍般地冒出了一个主意。我看了一眼弗朗茨，他正一动不动地盯着我，似乎也和我有相同的想法。于是，我们趁乔治没注意的时候，相互点了点头。然后……

"我和弗朗茨放在硬币上的那手指暗暗使了力。'请您回去吧'我一边喊着，一边将硬币往'不要'的位置移动了过去。乔治无比惊讶。我到现在还没忘记他那副张大了嘴巴的表情。随后，他尖声喊道：'狐仙大人，拜托您了。狐仙大人，请回吧。拜托您了。请您回去吧。'

"我清清楚楚地记得，我们随后假装狐仙大人向乔治传递了怎样的信息。

"——你经常在玩耍的时候使唤我呢。我已经受不了了。乔治！你最坏了。你一次又一次地把我叫出来，净问我一些无聊的问题。你应该受到惩罚。

"当我们把这样的信息传递给乔治之后，乔治的脸色瞬间变得刷白。到了这个地步其实也可以原谅他了，只是，当时的我也不过是个孩子。或许是那个年龄的孩子都很残忍，而我也是刹不住车的性格。于是，我又继续传递出了更加可怕的信息。

"——我不会原谅你的，乔治。我会诅咒你，诅咒你全家。你千万别忘了。

"我的手指移动着，心里痛快极了。然而乔治却开始全身发抖，几乎快要站不起来了。'这怎么可能呢？狐仙大人怎么可能诅咒我呢？一定是哪里搞错了吧。'他一遍一遍地重复着，像是在说着梦话一样。

"随后，我们出了教室。与乔治告别之后，我和弗朗茨一起跑到了我母亲工作的农场，然后去了我母亲负责的企鸡养殖场。直到那个时候，我和弗朗茨都还处于一种着了魔的状态。养殖场那里也会对养殖的企鸡进行加工。于是，我和弗朗茨一起去将我的想法付诸了实践。我们在袋子里尽可能地塞满了处理过的企鸡的羽毛。因为企鸡被处理了，所以有一些羽毛上面沾了血迹，我们也没管那么多，一个劲儿地往袋子里面塞羽毛。那时，我母亲刚好在别的地方劳作，也没有跟我们碰面。

"紧接着，我们去了乔治的家。我们绕过乔治家的大门跑到了乔治房间那一面。乔治房间的窗户总是开着。那时候，乔治不在房间里面，我和弗朗茨便悄悄溜了进去，将羽毛撒在乔治的床上，书桌下面，撒得到处都是。令我震惊的是，弗朗茨不知道什么时候还准备了不少企鸡吃的蚯蚓虫，他从口袋里掏出了许多又细又长、黏糊糊滑溜溜的蚯蚓虫放到了乔治的枕头上。这些就是我们能够想到的来自狐仙大人的惩罚。然后我们慌慌张张地逃离了现场，想着这些布置绝对会有效果。我和弗朗茨跳过篱笆栏，跑出几十米之后便听到了乔治的哀号。

"从那之后，我们便再也没有见过乔治了。他从第二天开始便不再去学校上课了。我们也不知道他究竟怎么了。从那时候开始，我便常常在想，自己是不是做得太过分了？

"在学校里我们也听到一些传言，说乔治变得很奇怪，说他玩狐仙大人玩得太过火了被狐仙大人报复了之类的。我和弗朗茨商量着，要不我们去给乔治道歉吧。之后，我从父亲那里听说，乔治一家已经搬走了，他父亲的工作调动到了边境的对面。

"那之后我一直在自我反省。可是，从某一时刻开始，我的想法变了。我想，那些超出我们认知范围的存在，会不会就是通过这样的方式来证明自己的存在呢？这么一想，我突然就释怀了。心情也变得轻松起来。我曾经认为狐仙大人是不存在的。可是，事实上真的有狐仙大人。让我把企鸡的羽毛撒在乔治的房间里也好，让我传递信息训斥乔治也好，这些事情其实都是狐仙大人借用我的身体来完成的。而我本人，并不坏。因为这一切都是狐仙大人的所作所为。

"我一直都是这么想的。为了让自己的内心得到平静。"随后，丹尼尔点点头，"你觉不觉得这两段经历很相似？八志。"

八志心想，的确很相似。

"神明的旨意是我们的恶作剧，这种事情也可以被原谅吗？"

丹尼尔对提出这个问题的八志微笑道："比起说原谅，倒不如说是拯救。虽说想要释怀，但我还是会时不时地生出罪恶感。或许可以这么说，我之所以选择成为一名神职人员，正是为了逃避那些偶尔在我内心深处出现的黑暗。有时候我会突然想，都是因为我，乔治一家才会变成现在这样。

"我坚信，神明不会亲自传递某种信息，只会借用人类之手来传递。无论是我装作狐仙大人对乔治传递了信息，还是八志让'愤怒之剑'验证了预言，都是神明在向世人传递信息。今时今日，我可以这样断言。这些事情都是必然会发生的。我们，只不过是代替神明将这一切实现了而已。根本不需要对此有任何的负罪感。"神职人员丹尼尔斩钉截铁地说完，将双手放在了八志的肩膀上。这一动作，充满了宽恕一切的温柔。

八志感到自己内心那些执念，全都融解了。他开始发自内心地觉得，来这里真好。

八志又问丹尼尔："那么，我是做了正确的事情吗？"

"当然。因为八志代替神明完成了该做的事情。"

"那么，接下来我应该做什么呢？"

丹尼尔点点头，微笑着说："你应该按照神明的期望，好好生活下去。"

八志仿佛是在回味丹尼尔所说的话似的，反复念叨了好几遍这句话。然后，他的双眼突然闪出了光芒，说道："我明白了。我应该像神明所期望地那样生活下去。"

这是八志自己的领悟。神职人员再一次点了点头。这个领悟究竟是不是正确的，和神职人员并无关系。他们的职责，只是让每一位造访自由教会的人得到内心的安宁。

七十六分钟的女孩

乔纳·哈里森在加利福尼亚Ⅳ区的一家制造工厂里面工作,这家工厂与冶炼回收联合工厂位于相同地点。

这个地区,主要是为目前已在加利福尼亚Ⅴ区投入生产的航天飞机制作零件,而原材料则主要来自纽约Ⅴ区。

之后,顺利完工的航天飞机将搭载"诺亚方舟号"的乘客降落在目标行星——应许之地的地表。

虽然人们给这颗未知的行星起了个充满希望的名字,可是它的环境究竟如何,乔纳一无所知。在"诺亚方舟号"上,并不是全体乘客都对应许之地有切实的感受。

前不久,"诺亚方舟号"向应许之地发射了行星侦察机。不是一次，而是连续发射了两次。

侦察机在卫星轨道上转了一圈，之后尝试着在地表进行软着陆。

人们凭此确认了一个事实，应许之地九成以上的地表都被水覆盖着。并且，这颗星球上的大气成分和大气温度，都对人类生存无害。

第一次发射的侦察机由于落入了水中，所以失去了功用。

第二次发射的侦察机应该是成功着陆在了陆地。不过，侦察机在着陆的同时便失去了信号，原因未知。

新一轮的探测活动尚在推进中。不过，之前的侦察机在软着陆前发回的数据倒是可供分析。以其为参考，"诺亚方舟号"上的人们勉强拼凑出了应许之地的模糊形态。

乔纳的工作是按照设计图纸在机器上加工指定数量的零件。即便一个简单的管状零件，尺寸也需要精准到微米。

乔纳的父母均在区内从事着总务工作。不过，乔纳在很小的时候，便展示出了机械方面的才能，并且走上了与零件的维修管理相关的职业道路。随后，他进入了由安德森船长直接领导的航天飞机零件加工厂工作。

说起乔纳的才能，不是指他小时候就会模仿制造一些零件。在他家附近有一家生产日用品的工厂，生产些刷子啊瓶子啊之类的简单用品。即使如此，有时候还是会有生产剩下的边角余料。乔纳将这些边角余料细心地收集起来，根据自己的想象进行组装。有时候他会做"诺亚方舟号"的模型，有时候会做恐龙——一种据说曾经在地球上栖息过的生物，还有的时候是一只或许存在于应许之地的凶残怪兽。

如今的安德森船长看到他的这些作品之后，当即向他的父母就乔纳的职业选择发出了热情的邀约，表示乔纳有这样的才能，必须将它发扬光大。

乔纳做的并不是什么了不起的工作。每一天，他都只是在工作机器和设计图纸面前沉默地重复着相同的作业。不管怎么说，这份工作虽然单调，但乔纳并不讨厌。说得更准确一点儿，乔纳很喜欢这份工作。

乔纳不是一个交友甚广的人，他的朋友很少。在他还是个孩子的时候，他就不擅长与人说话。他不知道该跟别人聊些什么，和别人待在一起，他容易感到疲惫。倒是一个人写写画画，独自做点儿什么更让他感到开心。

所以，他觉得目前这份工作很适合自己。

意识到旁边有人，乔纳抬起头来。此时所有的管状零件都制作完毕了。正因为如此，他才能注意到旁边有人。全身心投入工作的时候，乔纳可是什么都看不见也听不见的。

站在他身旁的人是艾伦·诺斯伍德。乔纳正是隶属于零件制造厂的艾伦·诺斯伍德小组。换句话说，艾伦·诺斯伍德是乔纳的直属上司。平时，他都是通过 N-phone 向乔纳做出工作内容方面的指示。像今天这样，艾伦·诺斯伍德与乔纳直接面对面的情况实属罕见。

乔纳立刻站了起来。

"辛苦了！"艾伦露出了笑容，慰问道，"大家对于你制作的成品评价相当高呢。"

"谢谢您。请问您来找我是有什么事吗？"

"你坐吧。别紧张，我们团队成员之间时不时地也应该打个照面啊。光看屏幕画面既难以察觉对方的心情，笑容看起来也不真实啊。"

"是这样啊。"乔纳应道，额头上开始渗出汗珠。他希望艾伦可以快一点儿离开。

"今天的工作已经结束了吧？"

"是的。管状零件的加工已经全部完成了。把这些送过去就可以结束了。"

"真是辛苦你了。不过，刚刚我收到了一个申请，对方指定你来完成一些精密加工的工作呢，抱歉这么突然地告诉你……不知你是否愿意？"

如果艾伦是为这件事情来的话，乔纳反倒放心了。他看了看对方的要求，零件制作似乎并不需要花太多时间。不过，看起来不是常见的形状。

"没问题。不过，这究竟是什么零件呢？似乎跟航天飞机没什么关系。"

"的确如此。据说这是航天飞机修理室里的复制机需要的零件。复制机基本上制作完成了，不过目前还处于改良阶段，所以发来了这个零件的订货需求。要求三十个小时之内交货。"

到达应许之地后，根据开拓的需求判断哪些物品是必需品，再返回"诺亚方舟号"取用会来不及。于是，决定采用从飞船传送必需品的信息，再利用复制机，根据信息将必需品制作出来的办法。这复制机似乎便是出于迫切需求，新开发出来的。

乔纳能够理解。复制机也好，转制机也好，对他来说都没有区别。他只需要完成指定的零件就好了。

"两个小时左右应该就可以完工。"

"那么快吗？那么，这些成品就让我来运走吧，不浪费你的时间。"艾伦·诺斯伍德一边检查着管状零件一边说，"顺便提一句，乔纳你还是单身吗？"

"嗯。"乔纳时不时就会被问到这个问题，到了他想回应一句"请不要干涉我的私事"的程度。

"N-phone 上面不是有介绍对象的程序吗？它会给你介绍最适合你的女性。你难道不希望两个人一起降落在应许之地吗？"

艾伦的年龄比乔纳大概要年长两轮。乔纳也明白，艾伦问这种问题也并非是真的对他的私事感兴趣。不过，对乔纳而言，这种行为就是多管闲事。

不知道从什么时候开始，乔纳出现在了 N-phone 的介绍名单上面，之后有不止一位女性想和乔纳接触。直到现在，乔纳都觉得可能是系统出现了失误吧。那些女性一个个的竟然都深信乔纳是最适合自己的那位异性。

对乔纳而言，这件事只意味着痛苦，只会让他更加厌恶与人打交道。因此，N-phone 介绍来的女性，他通通都拒绝了。

"我没有心思考虑这些事情。我觉得一个人生活更轻松愉快。"

艾伦听完，噘着嘴皱起了眉头，"这样啊。不过，'诺亚方舟号'的目的是尽可能多地繁衍人类的后裔，让人类更加繁荣昌盛。而且，我认为乔纳将自己的本事传给后代，也是一件很重要的事情。为了实现这个目的，首先就是要找到你的配偶。"

"明白了。不过我先抓紧时间制作这个零件吧。做完之后我立刻送过去。送到修理室可以吗？"

乔纳转移了话题，艾伦这才注意到自己打扰乔纳工作了。

艾伦有些抱歉地说道："是的。请送到修理室的复制机那边。抱歉打扰到你的工作了。"

艾伦用两只胳膊抱起所有的管状零件离开了车间。乔纳将艾伦给他的数据录入了机床。他打算尽快把这件事情搞定。这样一来，下次工作之前他就能休息四十八个小时。他倒是没计划要做什么，只是最近工作量猛增，他一直没怎么休息好。他打算之后不上闹钟地好好睡上一觉。这就是乔纳目前的愿望。除此之外，他没有别的想法。

让他感到不安的反倒是十年之后的事情。

现在一切都还好。

每天，他能够全身心地投入到精密的作业当中。不需要和任何人见面，也没有什么需要操心的事情。只是，这种状况不会永远持续下去。

十年之后，"诺亚方舟号"上的乘客便要开始往应许之地移居了。这个过程会花上多长时间，目前还是个未知数。一架能搭载二百五十名乘客的航天飞机，应该需要往返数次，但也不可能永无止境地往返下去。总有一天，乔纳也必须降落到应许之地上吧。未知的行星，未知的环境。乔纳不禁开始考虑，自己能在那里干什么。会不会是很严酷的环境呢？不，就算是安稳的环境，要想开拓未知行星，也必须学会如何维持良好的人际关系吧？

那时候，恐怕每一天都会遭遇无法预料的事件。自己真的能够忍耐那样的状况吗？

乔纳无法在心里描绘出降落在应许之地后的自己。心里的不安就像是一团蓬乱的毛球。

乔纳将心里的杂念赶走。与其担忧十年之后的未来，倒不如集中精力把眼前的事做好。

将材料面板进行热处理之后，乔纳将其安装到了机床上，然后开始进行红外线处理。用遮光罩将机床盖上后，机床上方出现了正在处理的面板的立体图像。乔纳在一旁严密地监控着整个加工过程以及面板的数值。

指定由乔纳来制作的面板，不到两个小时就完成了。把这个送过去之后，乔纳这天的工作也就结束了。

为了便于搬运，乔纳将面板打包好，然后关上机床的电源，离开了车间。通道上静悄悄的。乔纳朝着加利福尼亚Ⅴ区的方向走去。虽说也可以搭乘环线，但乔纳还是选择了从狭窄的通道步行过去。通常，很少有人会在通道上行走。搭乘环线的人们经过乔纳的时候，都用惊讶的目光看着他，仿佛在说，为什么要特意走路啊？

如果是步行的话，那就无须和旁人交谈。况且，在机器面前坐了一整天，这时能够走走路，也可以转换心情。在乔纳看来，这是赶走不安和郁闷的最好方式了。而且，乔纳所在的工厂距离加利福尼亚Ⅴ区也就不到二十分钟的路程。

踏入加利福尼亚Ⅴ区之后，首先映入眼帘的是一架巨大的飞行装置。其外观看上去很像是用金属打造的三角形未知生物。只不过，这个生物还远未完成，现在看起来，它就像是被什么东西啃噬了一半似的，裸露着骨头。如果外部贴上耐热板，估计看起来会更像航天飞机一些，不过这应该是很久之后的事情了。在"诺亚方舟号"抵达应许之地、开始在卫星轨道上环绕之前，航天飞机能够完工吗？

乔纳远远望着这架飞行装置，发挥自己所有的想象力也无法想象出来。

周围完全没有人。

乔纳首先注意到了这一点。以往送零件过来的时候，周围总是纵横交错地跑着重型机器、作业车辆或者起重机什么的。到处都闪烁着工作时的亮光、火花，直晃人眼。而残暴的金属声音则直冲人耳。从来不会像今天这样寂静无声。

乔纳突然意识到，虽说对方表示这是一单急件，但也指定了是三十个小时之内交货。换句话说，这里的作业都会暂停一段时间吧。比起轮岗操作，或许会有更高效的工作模式。

乔纳知道送货地点在哪里。所以他决定把东西放到指定的场所去。把东西放在订货人知道的地方。

乔纳登上了连接航天飞机的舷梯。他进了航天飞机后径直走向了修理室。

因为不在作业时间，机舱内光线很暗。幸亏这里还没有贴上隔热板，乔纳得以靠着外面的光线，勉强摸清舱内的模样。

修理室的空间也很大。天花板上垂下了裸露的电线，地板也到处还在施工。若不是有外面照进来的些许光线，还真的没办法迈开脚呢。

乔纳环顾室内，究竟哪一个是复制机呢？就在前不久，他还往这里送过一大堆零件，那个时候还没有复制机。

　　找到了。乔纳看见房间对面昏暗的角落里有绿色的灯光在闪烁。那是一台体积很大的机器，让人想起巨大的金属床。灯光闪烁着是因为忘记关掉开关了吗？这间屋子里的工作人员就这么下班回去了吗？

　　乔纳将做好的零件放在这部机器旁边的操作台上，又留下了"零件已送达"的留言条。

　　好了，事情都做完了。就这么撤了吧。乔纳一边转动着自己的脖子缓解肩膀的僵硬，一边准备离开。

　　这时，无人的修理室突然发出了声音。乔纳万分惊讶。这声音相当大，绝对不是幻听。接着，是人的呻吟。

　　声音是从复制机上方发出来的。

　　"谁？"乔纳用尖锐的声音问道，"谁在那里？我是过来送面板的。"

　　等了几秒钟，没有人回答。乔纳战战兢兢地靠近复制机。复制机的上部高出了乔纳的视线。那里应该就是复制台。主开关的确是开着的。这么说来，复制台上面正在复制着什么东西吧？乔纳顺着台阶朝复制台跑去。

　　然后他站住了。

　　复制台上有一个死人！不对……那个人好像还活着。

　　对方看起来不是操作人员。她正散发着与这个场合格格不入的气息。她为什么会出现在这个地方？是不是该去叫人过来帮忙呢?

　　乔纳正打算从台阶上走下去,突然停下了脚步。女孩发出了呻吟。在这种情况下,究竟应该怎么做呢? 乔纳完全不知道。他只觉得他必须先将女孩从复制台上抱下来照料才行。

　　他又看了看复制台上的女孩。她看上去非常年轻,周身散发出来的气息与乔纳所认识的"诺亚方舟号"上的任何一名女性都不一样。还有,她的左手腕上没有佩戴 N-phone。

　　如果是"诺亚方舟号"上面的乘客,不佩戴 N-phone 的话生活会非常不便。

　　"你没事吧?"乔纳轻轻地摇晃着她的肩膀。

　　女孩抖动了一下,随后像是受到了惊吓般地,一下子坐了起来。

　　女孩对着乔纳说了些什么。可是,乔纳听不懂她的话。她究竟是从哪里来的女孩啊?

　　黑色的头发一直垂到肩膀。脸庞小巧,眼睛却很大。她穿着白色上衣和深蓝色裤子,这都是"诺亚方舟号"上面不曾见过的东西。可是,乔纳却感觉自己曾在哪里见过似的。总觉得有些眼熟⋯⋯

　　"你是从哪里来的? 还有,你在这里⋯⋯做什么呢? "

　　乔纳虽然问了她问题,可是,对方似乎没有明白。终于,女孩开口了,用微弱的声音说:"Eigo⋯⋯? Eigo⋯⋯? "女孩究竟在说些什么,一开始乔纳完全搞不清楚。随后,他终于意识到,女孩是在询问自己所说的是什么语言。对，是这样的。在"诺亚方舟号"上面，大家都使用英语交谈。当乔纳想到这里时，突然明白了自己是在哪里见过这般模样的女孩。

是在档案馆里。在已然消失的地球上的影像中，那些在草原上奔跑的女孩们，不就是这副打扮吗？

那是人类已经失去的地球。有关那里的所有信息，对乔纳而言不过是通过学习积累的知识而已，但不可思议的是，他竟然对此有种"似曾相识"的感觉。

女孩有些不安地环顾四周。她似乎想弄明白自己究竟身在何处，以及为什么会出现在这里。

"我说的是英语。你可以说吗？"

女孩惊讶地望着乔纳，张了张嘴却什么也没有说出来。她摇了摇头。这么看来，她应该是听懂了乔纳所说的话，但自己并不会说英语。

乔纳指着自己道："我叫乔纳，乔纳·哈里森。请叫我乔纳吧。"

女孩用力点了点头，看上去似乎松了一口气。或许女孩认为乔纳并不像是坏人。

随后，女孩将自己的手放在乔纳的胸口，像是喃喃自语般地说道："乔纳……"

此时，乔纳突然感觉到一股电流蹿过身体。事实上，这当然是不可能的。但当女孩用她那大大的、亮闪的眼睛看着乔纳时，乔纳的心中仿佛有什么东西炸裂开来, 发生了巨大的变化。

他有一种直觉, 能够守护这个女孩的, 除了自己别无他人。女孩究竟从何处来, 又为什么会在这里, 他一无所知。不过, 如果这个女孩有什么困难的话……

到目前为止, 无论是和什么样的女性……不对, 无论是和任何人待在一起, 都会让乔纳感到痛苦。然而, 和眼前这个女孩在一起, 他竟然完全不觉得痛苦。

不仅如此。

跟这个女孩在一起, 他竟无端地觉得开心。

这样的感情对乔纳而言是前所未有的, 女孩将手放在乔纳的胸口, 这一次她摇了摇头。

"你的名字呢?"乔纳问女孩。女孩听了之后, 再次摇了摇头。这样的女孩, 究竟是生活在"诺亚方舟号"的什么地方呀? 她没有佩戴 N-phone, 是如何生活的呢? 而且, 她为什么会来到这架航天飞机的内部呢?

"你是从哪里来的?"乔纳语速缓慢地问道。他觉得对方即便不会说英语, 应该也能大致理解自己所说的话, "你是哪个区的? 加利福尼亚? 纽约? 俄克拉何马? ……"他将所有的区划名称都说了一遍, 女孩始终摇着头。

不管怎样, 不能将这个女孩留在这里。这里是航天飞机的组装工厂, 不是生活区。

这件事情需要和艾伦商量一下吗？还是说，应该去和自己生活的加利福尼亚Ⅱ区的区划长商量呢？

不过，两种选择都让乔纳有所顾虑。万一女孩被视为没有见过的生物呢？那这样做只会给她带来不幸的结局。

这些想法自然而然地出现在了乔纳的脑海里。

这个女孩是特别的存在。虽然不知原因，但乔纳对此深信不疑。

女孩望了望天花板，又环顾了四周。她指着地板，说："日本？"

她是说了"日本"吗？这究竟是什么意思？

乔纳想了想，对着N-phone重复了一遍女孩刚才所说的内容。N-phone立刻做出了回应。在他们眼前投射出一幅影像。女孩惊讶极了，但她还是立刻阅读起这份影像提供的信息。

乔纳不知道该如何理解，不过影像介绍道，在那颗被太阳耀斑包围而燃烧毁灭的母星地球上，有许多个国家。日本就是其中之一。

女孩就是从日本来的吗？

这是关于什么东西的比喻吗？还是说，这个叫作日本的国度有一种特别的语言呢？

在"诺亚方舟号"上似乎也有日本人的后裔。这么说来，乔纳其实也和长得跟这女孩差不多的亚裔说过话。不过，他们彼此之间，并没有语言上的障碍。难道她不是那一族的人吗？

N-phone上面应该装有翻译软件。平日里，人们几乎没有机会用到。不过，在一些特殊的业务领域偶尔会遇到有口音的人，他们掌握的技术往往是世代相传的。为了更顺畅地进行交流，人们这时就会使用翻译软件。此外，令人吃惊的是，这种翻译软件即便是遇到完全未知的语言，也可以摸索其中的规律，经过一定的时间便可以正确无误地进行翻译了。

这是乔纳第一次使用这种软件。他将 N-phone 放在嘴边，说："您的父母是日本裔吗？"

N-phone 在乔纳说话的同时立刻用别的语言重复了一遍。这说的是日语吗？乔纳想。

而女孩立刻瞪圆了双眼。她点了点头，用带着一丝疑惑的声音给予了回复。这一次，在女孩说话的同时，N-phone 将女孩说的话翻译成了乔纳能够听懂的语言。

"我，刚才还在日本。正和家人在传送设施里，要去往应许之地。估计进行得不太顺利……我，十三岁了……可是，我想不起我的名字了。"

能够交流了……不过，乔纳非常困惑。女孩在日本？还有什么传送设施……？这究竟是什么意思？会不会是翻译错了？乔纳重复了一遍"传送设施"，然后问："到达应许之地的卫星轨道，还需要大约十年。他们没有告诉过你吗？你住在哪个区呢？"

"这是哪里？"

"加利福尼亚 V 区，我们在航天飞机的里面。"

"加利福尼亚……我……难道是到美国了吗？"

"不，我们在宇宙飞船里。这是逃离了即将灭亡的地球，朝着应许之地前进的'诺亚方舟号'。"

"灭亡的地球……地球，已经不在了吗？这里已经不是地球了吗？"

乔纳不禁怀疑起自己的耳朵。和这个女孩说话，总觉得有什么地方不对劲。

"我爸爸和妈妈呢？明明一直在一起的啊，他们还没有到这里吗？"

虽然满腹狐疑，乔纳依然继续和这位来路不明的女孩说着话。不管怎样，他都心存疑虑。女孩看起来，不像是在"诺亚方舟号"上长大的。

突然之间，乔纳意识到一个问题。女孩说她自己十三岁。这应该只是她的生理年龄。乔纳和女孩生活的时代恐怕相去甚远。

这么一想，一切问题就解释得通了。这个女孩是在太阳耀斑摧毁地球之前被传送到这里来的。她的目的地是应许之地，却被传送到了"诺亚方舟号"上。

不过，是什么原因造成的呢？

人类可以被传送的事情，乔纳在"诺亚方舟号"上从来没有听说过。如果地球上存在这样的技术，就没有必要利用世代飞船逃出地球了吧？难道，那是在"诺亚方舟号"逃离地球以后发明的技术不成？

这一点,女孩估计也回答不上来吧。技术方面的东西她似乎不懂,只是奇迹般地降落在了"诺亚方舟号"上。究竟为什么没有按计划降落在应许之地,原因尚不明确。

这么说来,应许之地已经满是从地球传送过去的人类了吗?

乔纳心中还是觉得有些地方不对劲。传送需要花这么长的时间吗?要一百多年才能到达目的地吗?如果女孩没有撒谎的话,现在应该怎么办呢?

看着这位因为不安而瑟瑟发抖的女孩,乔纳认真地考虑起要为她做点儿什么。应该将她作为"诺亚方舟号"的一员,一起带到应许之地,不是吗?

不过,女孩与她双亲再见面的概率恐怕几近于零了。她的双亲真的顺利地降落在应许之地了吗?可就算是顺利降落,那也是一百多年前的事了吧。

"你别担心,你的事情我会想办法的。"

此时此刻,乔纳打从心底里是这么想的。女孩或许就是这样一个人在外太空飘荡,没有任何人可以依靠。如果自己不想法子帮她,她该如何是好?

女孩应该是听懂了吧。她的眼里噙满泪水,用力地点点头,伸出双手握住了乔纳的手。女孩的手暖暖的。

坦率地说,究竟应该怎么做,乔纳心里也没数。

总之,先把女孩带回自己家里保护起来,之后再慢慢想办法吧。

"先去我家吧。我想听你仔细讲讲这件事。"

女孩点点头，站了起来。她晃晃悠悠地靠在了乔纳身上，乔纳稳稳地扶住了她。

一股甜甜的香味传来。是女孩的香气。在"诺亚方舟号"上似乎没有哪位女孩有这样的香气呢。乔纳脸颊泛红地想着。

他将 N-phone 凑到嘴边问道："能走吗？"

随后，女孩对着 N-phone 回答："给您添麻烦了。"

乔纳带着女孩从复制机上下来。女孩紧紧地抓着乔纳的手腕。对她而言，能够依靠的只有乔纳一人。

"叔叔。"女孩有些担心地叫道。

"怎么了？"

"我可以跟叔叔待在一起吗？"

乔纳心想，如果自己不照顾她，又有谁能照顾她呢？并且，和她待在一起，自己内心会觉得舒服。

"嗯。我会和你待在一起的，别担心。"

女孩抬头看了看乔纳。虽说她只有十三岁，可个头也到了乔纳肩膀的位置。

女孩第一次对乔纳露出了淡淡的笑容："太好了。我不太会和不认识的人说话。能在这里遇到叔叔，真是太好了。"

"为什么？"

"因为您是好人，我一点儿都不害怕。和您在一起，我觉得很安心。"

被这么一说，乔纳有些不好意思。这还是他第一次被人叫作"叔叔"。乔纳也觉得，同这个女孩说话，心情就能变得愉快起来。

她和那些 N-phone 里介绍的女性完全不一样。这个女孩，虽说是异性，但不用以异性的身份与之相处，所以没有那种令乔纳感到窒息的感觉。

"可是，我和叔叔在一起，会给您添麻烦吗？比如，叔叔的家人可能会介意？"

乔纳告诉她，自己的双亲都很健康，不过，自己是一个人生活，所以不用担心给谁添麻烦的。女孩听完开心得眼睛都眯成了一条缝。

待会儿到家之后先让她休息一下吧。要是把这件事情向上司汇报，乔纳觉得女孩恐怕就得和自己分开，被带走调查。这对女孩而言绝对是个不幸。距离抵达应许之地的卫星轨道还有十几年。在此之前，是否要一直这样隐瞒女孩的存在呢？想想办法，总是可以做到的吧？乔纳就这样漫无目的地想着这些事情。除了自己之外，女孩别无依靠。要是自己做不到，那该怎么办啊？

两人快离开修理室时，乔纳感觉女孩更加用力地握住了自己的左手腕。

"你怎么了？"

乔纳回头一看，吃惊极了。女孩全身上下都散发出白色的微光。那光芒像是在女孩的身体里游走。

女孩似乎很痛苦，她两只手抓着乔纳跪在了地上，痛苦地低喃道："救救我。"

乔纳不明白究竟发生了什么事，问她："怎么了？"

"好难受。"

乔纳将就要倒在地上的女孩抱了起来。她已经没有办法依靠自己的力量走路了。继续前进了几步之后，那些在女孩身上游走的光点移动得更快了。

这究竟是什么病呢？乔纳从来没有听说过有这样症状的病。

此外，女孩比乔纳最初抱起她的时候轻了些。

已经不能再移动她了。女孩的病症明显在恶化。

乔纳四下张望，修理室里只有一间休息室，那里有一张沙发。

"你还能坚持吗？"

女孩无言地支撑着。乔纳连忙朝休息室的沙发走去。刚走到途中，女孩便重重地吐出一口气。那些出现在女孩身上的光点消失了……

"叔叔……我没事了。"女孩终于发出了声音，"请放我下来吧。"

乔纳想到了一个原因，复制机。一旦远离了复制机，女孩的身体状况就变得很糟糕。而回到复制机附近，她的身体状况似乎又明显好转了。

乔纳仔细观察，在女孩身体里面，还有一些微弱的光点在游走。这便是证据。

乔纳像是在对待一件易碎品似的，让女孩站在了地板上。女孩似乎想往修理室的出口走去。她两手抓着乔纳的右手手腕，缓缓地迈出步伐。

然而，同样的事情又发生了。女孩的身体上再度出现了快速游走的光点，光点变得更强烈了。女孩两腿发软，她已经无法依靠自己的力量移动了。

乔纳扶着女孩的肩膀，将她带回原处，说："就在这里休息一下吧。"

这次女孩完全没有半点儿反抗的意思，照着乔纳所说的坐在了沙发上。

据女孩说，她和家人是从地球上被传送了。

乔纳并不清楚这传送采用了何种原理，不过，他猜想是在地球上将肉体分解，然后在应许之地的地表将相关信息进行重构吧。

只是，并不是所有的传送都成功了。如果，没能顺利将肉体重构，那些信息就一直处在外太空里的话……还有一种假设，如果，复制机在未完成的状态下被启动，是不是作为传送的接收装置发挥了功能呢？比如说，复制机接收到了在茫茫外太空飘荡的女孩的信息，然后将她复制了出来……

由于并非是完工的接收装置，因此女孩重构的肉体处于一种不稳定的状态。所以，一旦远离复制机，女孩就很难维持自己的肉体。

女孩看上去轻松多了。只要坐在沙发上，她的身体上就不会出现那些游走的光点。

如果是复制机起了作用的话，那么，她就不能离开复制机。

"这样一来也就不觉得难受了。"女孩说。

"暂时就在这里休息一下吧。"乔纳说，"你肚子饿不饿？口渴吗？"

女孩摇了摇头。接着，她埋下头对着乔纳的 N-phone 说："我的传送不太顺利吧？"

乔纳心里一惊。女孩已经凭直觉察觉出自己所处的状况了。在这之前，乔纳还一直在苦恼该怎么跟女孩说呢。

她并没有降落在目的地应许之地上，而是降落在了"诺亚方舟号"上。并且，她在"诺亚方舟号"上的活动范围也很有限。

女孩并没有任何过错，只能说她是被诅咒了。

"你为什么会这样想？"乔纳只能这样问。

"因为，大家都说我们'跳跃'去的地方像天堂一样。据说，每个人都在大自然的怀抱中，在明媚的阳光下，开开心心地生活着。或许，那个地方生活并没有那么便利，但至少是一个人可以像人那样生活的地方。可这里并不是啊。"

"嗯……这里并不是应许之地。"

放眼望去，只能看见煞风景的航天飞机的室内。并且，由于机身外部还未完全建好，只见无数根金属像骨头一样支棱着。对面是无数的星光。

一如女孩所说。

"我在想，我是不是还会继续'跳跃'啊？"女孩一边说着一边找到乔纳的手，再次紧紧握住。

"为什么呢？"

"在传送设施那里进行'跳跃'的时候……那时候的那种感觉，在我从这里醒过来之后，也一直持续着。"

"你现在……也觉得很不舒服吗？"

"倒谈不上不舒服。只是感觉整个身体似乎要融化了……好像要被什么力量牵引着去某个地方似的。这种感觉一直持续着。"

"刚才我们打算离开这里的时候，你看上去十分痛苦，你现在就是这种感觉吗？"

"不，现在的感觉和刚才的不一样。所以我才想，如果这种牵引的感觉越来越强烈，我应该就会再次'跳跃'了。毕竟，这里并不是应许之地，对吧？"

"是的。不过，很快这艘飞船就要在应许之地降落了。"

女孩看上去似乎在微笑。

"我刚才在这里恢复意识的时候，几乎所有事情都想不起来了。不过，很快我就想起了许多名字。我朋友的名字、我爸爸妈妈的名字……很多事情我都一点一点地想起来了。对了，我还想起有一位叫鲁巴恩克的美国人曾说过，有一群人乘坐宇宙飞船飞向了应许之地。就是这艘宇宙飞船吧？"

乔纳并没有听说过这位叫作鲁巴恩克的美国人。不过，既然女孩都这么说了，那么肯定是有这么一位人物存在了。

"可是，我怎么都想不起我自己的名字。"

"没关系，你已经回忆起很多事情了。肯定很快就会想起来的。"

"谢谢您。又来了……那股牵引我的力量还在持续着。对了，叔叔。"女孩握着乔纳的手似乎比刚才稍稍用了一些。

"怎么了？"

"为什么你好像知道我来了这里呢？"

"我知道？"

这时，乔纳感觉女孩的呼吸变得急促了。他一时不知如何是好。他觉得不应该勉强女孩继续说下去，可女孩似乎太想说话了，他根本没办法阻止。

"我一定是在去应许之地的路上，绕道来到了这里。"

或许就是这么回事吧，乔纳想。由于受到复制机的影响，女孩的传送未能进行彻底。

"为什么会绕路来到了这里呢？"

要不要和她解释复制机是怎么一回事呢？怎么说会让她觉得好理解一些呢，乔纳绞尽脑汁也想不出来。

女孩没有等乔纳的答案，而是继续说道："我想，一定是神明为了让我和叔叔见面，才这么做的。叔叔，您多大年龄了？”

平常乔纳几乎不会想起自己的年龄。在宇宙飞船上每过一年便会举行一次正式的庆祝仪式，依据是地球上面年龄的计算方式。这么说来，乔纳已经二十九岁了。

乔纳第一次真切地感受到，自己已经到了被人叫“叔叔”的年龄了。

“我大概……二十九岁了。”

“我……接下来应该还会再次‘跳跃’。这样的话，我就会比叔叔先到达应许之地。”

“是这么回事。”

女孩究竟想说什么，乔纳毫无头绪。

“叔叔你说过，你到达应许之地是在十年之后了对吧？”

“嗯。”

“那时候我就是二十三岁，而叔叔就是三十九岁了，对吧？叔叔，你现在还没有女朋友，对吧？”

女孩说的没错。接下来，女孩终于说出了自己想说的话。

“那让我来做叔叔的新娘吧。”

听到女孩这么说，乔纳的心像是被什么东西紧紧勒住了似的。但并不是令人讨厌的感觉。反倒是一种喜悦，他看着眼前的女孩，觉得这一切都极不真实。

突然之间，乔纳仿佛被空虚刺中了一般，什么话也说不出来。

女孩从沙发上坐了起来。她的身体似乎仍然有些不堪重负。

"如果我在应许之地等你的话，我们一定可以再见面的吧。"

"嗯，肯定的。"

"那到时候，让我嫁给叔叔好吗？"

"好的，一言为定。"

随后，女孩用她残留的力气紧紧握住了乔纳的手。乔纳有些吃惊，没想到女孩还这么有力气。

"太好了……"她喃喃自语。

乔纳不太相信女孩有那么喜欢自己。他虽然很开心，但心里还存有疑虑，他不知道女孩为什么会喜欢自己。

"嗯，我可以问你一个问题吗？"

"怎么了，叔叔？"

"为什么你想嫁给我呢？十年之后，我的年纪就更大了。我们现在才刚刚认识，你还是少女的年纪，你到底看上我哪一点了呢？我真是百思不得其解。"

女孩一脸淡淡的表情，靠着沙发说道："我觉得，喜欢一个人是没有原因或者理由的。我第一次见到叔叔的时候，就明白了神明为什么要安排我和叔叔见面。神明是这样说的，'怎么样？我让你见到了一个好人吧。你很喜欢他吧？'就是这么回事。叔叔，你呢，你喜欢我吗？"

在刚刚见到这个女孩时，乔纳认为她应该是个如外表一般幼稚的孩子。不过，随着和女孩聊天的深入，乔纳越来越相信女孩其实是一位成熟优秀的女性。

女孩把乔纳问住了。他心里并没有不高兴。不过他觉得，如果老实回答了这个问题，就正中了少女的下怀。还真是有些让人气恼。

"对于自己想嫁的那个人，你就一直叫'叔叔'吗？"

听到这话，女孩耸耸肩，吐着舌头说道："这个嘛，我是有点儿害羞呢。乔纳叔叔……你的名字，我可记得好好的呢。等我嫁给你之后，我会叫你的名字的。"

乔纳苦笑。

"我真的会叫你的名字哦。"女孩一边说着，一边指了指N-phone，"这个手表里面的翻译器有录音的功能吗？"

"嗯。它什么都会。你可以播放你想听的那部分。"

女孩抓起乔纳的手，将N-phone靠近自己的嘴边。她用手掌挡住嘴巴说了什么，然后将乔纳的手腕松开。

"我说了。所以，你放心吧。"

女孩用乔纳听不见的音量，对着N-phone将嫁给乔纳以后对乔纳的称呼说了一遍。乔纳伸出右手想要播放女孩刚刚说的内容。

"不要！"女孩将乔纳的手摁住，制止了他，"我在旁边的时候你不要听。答应我，我在的时候你别听。我会不好意思的。"

"那只有我一个人的时候，就可以听，对吗？所以你才对着有录音功能的N-phone讲话？"

女孩害羞地点点头说："叔叔，你大概会笑的，因为觉得我很孩子气。"

"没有，我没这么想。我觉得你就是将要成为我妻子的那个人。"

当乔纳说出这句话时，连自己都觉得有些不可思议。

"真的吗？如果是真的，那我太开心了。"

说这话的时候，女孩的脸似乎又因为痛苦而变得扭曲。看来，她身体状态会定期发生变化。乔纳握着女孩的手。只见女孩掌心又开始有小小的光点游走。

这大概就是传送不彻底的结果吧。

"好冷。"女孩说道。乔纳脱下自己的上衣，披在女孩身上，又暖了暖女孩的手。

那个时候，乔纳已经有了预感。正如女孩所说，她不可能在这里生存下来。本来，这里就不是女孩所生活的地方。

如果复制机已经完成了，女孩是否就可能稳定地传送到"诺亚方舟号"上了呢？

这种可能性也不过是靠不住的猜测而已。现在，自己无法为女孩做任何事情吗？他希望女孩至少不要再痛苦下去了。

乔纳在 N-phone 上操作了一通。说实话，他一点儿也不想向艾伦汇报这件事情。可是，他目前只有这一个选择。

艾伦那边很快接通了："乔纳？怎么了？"

"我到修理室来送复制机的零件了。"

"哦。那么快啊?"

"事实上,我想和那位指名我制作复制机零件的技术人员说几句话。"

"什么事情? 是什么紧急情况吗?"

"嗯。有件事情想跟他说。"

"那么急吗? 我想,现在对方应该已经休息了吧。"

"我想直接告诉他。是关于零件使用方面的注意事项。"

艾伦稍稍考虑了一下说:"我叫那位跟你联系。"挂断 N-phone 之后,女孩看起来似乎轻松多了。她从沙发上坐了起来。

"已经不难受了吗?"

"嗯。现在感觉还可以。可是,我觉得自己就快要离开这里了。因为我又开始感受到那股牵引的力量了。"

"不过你看起来精神好多了。"

"我知道。我又要开始'跳跃'了……"

"那你就没法儿成为我的新娘了。"

"我会在应许之地等着叔叔降落的。"

"现在,我们正做着很多准备……"

正在这时,N-phone 响起了呼叫声。

"是乔纳·哈里森吗? 我是复制机的技术人员,我叫罗伯特·罗根。是艾伦联系我的。请问,您有什么急事吗?"

"谢谢。我现在就在修理室那台机器旁边,我是过来送零件的。

我想说的是关于那台复制机的事……复制机的电源还没关闭。然后，那台机器上……"

技术负责人罗伯特立刻表示，这不是什么大事。"你说这件事啊。没关系的。因为复制机的试运行不能突然全部停止。所以我们设置了定时器，用定时器让它停下来。必须要让它慢慢冷却才行。现在，时间差不多快到了。你把零件放在那儿，直接回去就可以了。"

"不，我想说的不是这个。"

乔纳正打算继续说下去时，复制机上闪烁的绿光突然全部消失了。整个修理室都暗淡下来。

复制机完全停止了。

乔纳慌忙找寻女孩的身影。

就在刚才，她还待在眼前的沙发上来着。

没有了复制机上面的绿光，只有紧急灯那微弱的红光照亮四周。

"喂，怎么回事？发生什么了？"罗伯特·罗根在 N-phone 那边询问着，乔纳却顾不上回答他。

无论是沙发还是沙发周围，都没有女孩的身影，唯有刚刚乔纳给女孩披上的外套落在了地板上。

罗伯特·罗根继续用 N-phone 呼叫着乔纳。

乔纳四下张望。他去刚刚他们离开修理室时移动到的地方看了看。随后，他又爬上了最初发现女孩的复制机的台面上。

到处都不见女孩的踪影。

乔纳想试着喊一喊女孩的名字。可是……乔纳还不知道女孩叫什么名字呢，因为她还没有想起自己的名字。

她到底在哪里呢？乔纳不死心地继续寻找着。然而结果始终一样，女孩无缘无故消失得无影无踪。

为什么呢？难道是……？

乔纳想到了最坏的可能性——由于定时器预定的时间已到，复制机被关掉了。而此时此刻，女孩的肉体还未能在这个场所固定住，所以就消散至别的地方去了……不对，应该是再次"跳跃"了吧。

不久之后，赶到现场的罗伯特·罗根发现了精神恍惚的乔纳。

乔纳的精神还没有恢复正常，当他得知罗伯特·罗根就是复制机的技术负责人之后，他威胁着要让罗伯特再度开启复制机。罗伯特不明白他的行为为何如此怪异。

乔纳表示，因为一个女孩出现在复制机上，随后又消失了。他还认为，如果把复制机再打开的话，一定能够救那位女孩。在他的坚持下，罗伯特·罗根再次启动了复制机。然而，什么都没有出现。精神几近错乱的乔纳当场崩溃，号啕大哭。

乔纳如今仍在制造工厂的角落里制造那些对精密度要求甚高

的零件。他的生活没有任何变化，不过他的想法发生了巨大的改变。他坚信，在到达应许之地之后，自己的技术对于开拓小组的一些重型机械的维修是非常有必要的。

在那之后，乔纳过了一段平静的日子。关于和女孩那段奇妙的相遇，他对非常亲近的几个人说起过。然而，谁也不相信他。大家都认为那不过是乔纳的白日梦。

跟女孩有关的痕迹全部都没有保存下来。乔纳曾想着 N-phone 里面会有他和女孩对话的录音，然而当他试着播放 N-phone 里的录音时，却发现那部分对话不知出于什么缘故，竟然未能被录下来。

女孩对着 N-phone 说话时那副不想让乔纳听见的模样，突然又浮现在乔纳眼前。而他耳畔还清晰地回荡着那句话：

"我要成为叔叔的新娘。"

和女孩的相遇让自己的人生都改变了，乔纳心想。

有一段时间，乔纳也开始有些动摇，会不会像大家所说的那样，自己在修理室里见到的一切都是幻觉。或者不是幻觉，而是被留在地球的人们的幽灵。

不过，在某个瞬间，他的想法变了。

那时，乔纳看到了应许之地的影像。星球的影像让乔纳坚信这一切都是真的。女孩已经抵达了那颗星球。并且，她一定在翘首期盼着乔纳的到来。

为了再见到那个女孩，乔纳的人生观发生了一百八十度的变化。

有一天，乔纳的 N-phone 接到了来自艾伦·诺斯伍德的电话。

"你给我的 N-phone 发送了应用软件吗？"

"咦？是什么东西？"

"一个日语的应用软件。录音里面有两个人的声音，其中一个怎么听，都像是乔纳的声音呢。"

这事来得突然，以至于乔纳怀疑起自己的耳朵。对了，女孩小声地对着 N-phone 说话的时候，会不会触碰到了什么？之后他用 N-phone 跟艾伦联系过。如果是自己的话，绝不会发生这样的事情。不过，若是那个女孩……

说到日语的应用软件，谁会用这个呢？

"那……那个。说不好，有可能是的。"

"是吗？这样吧，我先把这个应用软件发回给你。"

难道是……乔纳看了看自己的 N-phone，这才发现手机上原先装的日语应用软件已经不见了。乔纳停下手中的工作，立即重播了一遍录音。是女孩的声音。她的声音和翻译的声音同时传了出来。

当时的情形被清晰完整地再现。

乔纳不会再给任何人听这段录音了。他决定把它作为仅仅属于自己的东西。

女孩痛苦的声音。向乔纳撒娇的声音。深深依赖着乔纳的声音。

乔纳止不住地流下了眼泪。这可不是什么白日梦，而是真真实实的存在。

过了一会儿,声音安静下来。随后变成了小声说话的声响。

乔纳想起来了,是那个时候。

"结婚之后,我就不会叫你叔叔了,"女孩说,"我该叫你什么呢……?

"我有点儿不好意思,你要等我不在这里的时候才可以听哦。"

乔纳将音量调大。女孩的声音清楚地在他耳畔响起。

"——我可不会叫你叔叔什么的呢。因为,你对我来说是非常重要的人。

"乔纳。乔——纳。这样可以吗?

"乔纳!

"另外,告诉你一个秘密。刚才,我想起自己的名字了。

"Miyuki。我的名字是 MI—YU—KI。等我成为你的妻子以后,你就这样叫我吧。"

录音到这里就结束了。乔纳顾不上拭去自己脸颊上的泪滴,只是默默地喃喃自语道:"MI—YU—KI。"

屏幕上显示出播放时间。

一共七十六分钟。

乔纳十分吃惊,仅仅七十六分钟便改变了自己的整个人生。

后 记

梶尾真治

　　"怨仇星域"系列的连载是在二〇一四年秋天结束的。

　　"诺亚方舟号"正在浩瀚宇宙中的哪处航行呢？关于这个问题的思考，至今我还记忆犹新。此外，尽管我做了笔记，可书里那些出场的人物，谁的孙子是谁，谁的叔叔又是谁，现在年龄多大了，这些问题对于我来说是一片混乱。因此，我总是要将自己写的故事拉出来看看，反反复复地检查，确保所写的篇章之间不会出现情节矛盾。

　　这是一项非常花时间的工作。有时候，检查所花的时间甚至比写作本身所花的时间还要多。

　　但是，写作的确是一件愉快的事。虽说故事是科幻的设定，但推动故事发展的却是人。他们是和我们一样的血肉之躯，在每一个短篇里依次出场。有人悲惨，有人傻气，还有人十分有趣。要将这么多的短篇都设定在同一个场景下，这需要一定安排，而安排这一切是很有趣味的一件事。此外，我一直对有"妙之吟味"①风格的作品青睐有加，因此，对于这样的话题我很容易就写得停不下来。所以，就算把这部作品叫作编年体连作集我也无所谓。

不过，写到这本书的后半部分时，我不得不开始考虑落脚点了。

只是，即便是到了这个时候，身为作者的我也无法确定"诺亚方舟号"上的人们与"新伊甸"的人们之间会发生什么样的故事。有时候，我会觉得故事必须要有一个结局；有时候又觉得，可不可以不让他们见面，故事就这样永远发展下去呢？

---

① 江户川乱步将变格推理小说中读后能留下令人毛骨悚然的感觉的作品，命名为"妙之吟味"。现多指既不能归类为科幻又不能归类为志怪小说的风格独特的作品。